被折叠的时间

Folded Time

孙甘露对话录

孙甘露 著

译林出版社

图书在版编目（CIP）数据

被折叠的时间：孙甘露对话录 / 孙甘露著．—南京：译林出版社，2024.1
ISBN 978-7-5447-9430-5

Ⅰ.①被…　Ⅱ.①孙…　Ⅲ.①中国文学－当代文学－文学评论－文集　Ⅳ.①I206.7-53

中国版本图书馆CIP数据核字（2022）第171811号

被折叠的时间：孙甘露对话录　孙甘露 / 著

责任编辑　侯擎昊
装帧设计　好谢翔
校　　对　王　敏
责任印制　闻媛媛

出版发行　译林出版社
地　　址　南京市湖南路1号A楼
邮　　箱　yilin@yilin.com
网　　址　www.yilin.com
市场热线　025-86633278
排　　版　南京展望文化发展有限公司
印　　刷　江苏凤凰新华印务集团有限公司
开　　本　850毫米×1168毫米　1/32
印　　张　11.375
插　　页　4
版　　次　2024年1月第1版
印　　次　2024年1月第1次印刷
书　　号　ISBN 978-7-5447-9430-5
定　　价　78.00元

目 录

孙甘露：汉语中的陌生人（代序）

汪民安

作为一名职业作家，孙甘露写得非常少。但是，也可以反过来说，作为一名作家，他写得非常多。他是写作数量最少的作家之一，也是产量最多的作家之一。为什么这样说？我们无法单纯用数量去衡量孙甘露的写作强度。对于孙甘露来说，写作就是一种繁重的劳作，是一种巨大的体力消耗：词语的消耗，句子的消耗，写作本身的消耗。我们知道，有一种轻松的不费体力的写作。这种写作可以大量地繁殖、重复，可以轻而易举地自我再生产。这是一种机器般的配置性写作：词和词之间的配置，句子和句子之间的配置，人物和人物之间的关系配置，最根本的是故事本身的配置，所有这些，都纳入一个事先被编排好的程序之中。作家不过是熟练驾驭这个程序的工人——这样的写作，数量巨大，但绝不辛劳。孙甘露是没有写作程序的人，他不知道下一个词语会从哪里召唤而来，更不知道下一个句子会出现怎样的节奏、面貌、气息。对于孙甘露而言，写作是去写出未知的东西，而不是去写已知的东西。他的写作就是写句子，就是要创造出一些前所未有的句子，每一个句子都是一个发明，每一个句子都是独一无二的。要将句子写得与众不同，就必须精雕细刻，殚精竭虑。这些句子如此考究，考究得令人惊讶，它们看上去都像是汉语中的陌生句子，好像不是汉语写出来的句子。这些考究的词语组合、考究的句子如此之频繁，一个连接一个，一部短篇小说——如果我们非要说这是小说的话——容纳了如此之多的新句子，这是高强度的写作，这一定耗费了他大量的体力——或许，在当代作家中，没有谁的写作比孙甘露更加消耗体力了。

或许，我们应该用一种新的标准来衡量作家的产量。我们不应该只看到他写出了多少书，写出了多少字数，我们应该看他写出了多少陌生的句子，看他在一个民族的语言中创造出了多少句子。一个作家总是能够写出令自己和读者感到陌生的句子，这是文学的伟大至福。有无数的作家，有无数著作等身的作家，并没有写出一个属于自己的句子。这样的作家，无论他有多少作品，都是产量最低的作家——这不是一种创造性的写作，而是重复性的简单的再生产写作：对自我的再生产，对流行汉语的再生产。这是躺在汉语的慵懒被窝中的写作。这是文学的虚假繁荣。对于一个作家而言，最为重要的，也是最为基本的素质，就是写出属于他的句子，写出不能被别人模仿的句子，写出即使将他的名字抹掉但仍能够被轻而易举地辨认出来的句子，写出让他的民族语言感到无比愕然的句子——孙甘露当之无愧地属于这类少数作家。在这个意义上，他非常多产。经验告诉读者，仔细地读他的一部短篇小说，需要消耗的体力和时间，要超过一部一般的长篇小说。确实，《呼吸》这样的长篇，只能最为恰当地被命名为“呼吸”了：无论是对于著者还是读者，它都需要巨大的耐心和体力。小说的语言强度，迫使人们不停地呼吸。

在什么意义上，孙甘露的写作是汉语中的陌生写作？我们如何从一种民族语言的内部去发现一种异己性？如何成为一种语言传统中的不速之客？只有在这种语言折磨我们舌尖的时候，只有在这种语言让人们的身体不适的时候，它才构成一种陌生语言。此时，人们会有一种不同的发声经历，一种不那么自然的发声经验。我们的舌尖很难充满惯性地读出这些句子，很难自然地将这些小说诵读下来。读这些小说使人感到费劲。这种语言昭示了身体经验的匮乏。即便被一种民族语言长期浇灌，即便储存了民族语言的多样范式，身体中还是存在着言语的漏洞，它还是被这种民族语言内部的闯入者弄得困惑不已。孙甘露就是汉语的闯入者，如同游牧者闪电般地突然闯入了语言定居者的王国，令人感到陌生。阅读这些小说，就如同要求我们说一种不熟悉的语言，要求我们发出一种我们的舌尖难以发出的音节，就如同要求一个湖北人发出他身体中没有的“r”音，一个四川人发出他身体中没有的“h”这样的语音来一样。为此，我们必须非常敏感地使用舌尖，舌尖要尝试，要适应，要模仿，要倾尽全力。总之，不能随意而自然地发声，不能畅快淋漓，舌尖无法在一条康庄大道上疾走。孙甘露的句子，就是这样一种令舌尖战战兢兢的语言。阅读如同冒险，结结巴巴，时时刻刻担心跌入词语的错误连接的深渊。我们对这个同代人的汉语如此陌生，就如同当代人的身体对古代汉语非常陌生，如同北京人的身体对上海话很陌生，如同中国人的身体对英语很陌生一样。他这是“在自己的语言内部充当外国人”。我们要么将他挡在民族语言的外部，要么只能接受他的挑衅，慢慢地尝试着去读他，尝试着培养自己所缺失的音节。湖北人最终学会了发出“r”音，就像人们最终能够阅读孙甘露一样。正是因为有孙甘露这样陌生的闯入者，汉语最终扩展了自己的领土。孙甘露是作为一个异己、一个边缘人、一个“小文学”的典范的形象出现的。越是边缘，也越具有一种语言的难度，越具有一种语言的强度，也就越具有一种对既定的语言领土的爆炸性。

这种令汉语感到陌生的异己者，大都患有一种语言的精神分裂。正是这种精神分裂使他们成为汉语中的外来人。一种民族语言，总是存在着自己的传统语法，存在着自己的语言习性。就现代汉语而言，白话文学史和各种层次的教育机器在巩固这种语法习性。这种语言习性被人们反复地再生产。一种分裂的语言破除了理性的组合链条，并使现代汉语半个多世纪的构造原则摇摇欲坠。从上个世纪八十年代开始，一种癫狂的令人神经分裂的句法出现了。孙甘露、莫言、残雪和王朔或许代表四种分裂的方式、四种语法的癫狂形象：莫言是叫喊的语法，王朔是狂笑的语法，残雪是唠叨的语法，孙甘露则是臆想的语法。这是精神分裂的语法。一个精神分裂者的一天就是在叫喊、狂笑、唠叨和臆想状态下度过的。他们四个人分享了精神分裂者的一天。幸亏有了这四个人！一个理性读者，一个被汉语习性培育的读者，要读懂这些作家，就要练习疯癫。不叫喊，就读不懂莫言；不狂笑，就读不懂王朔；不唠叨，就读不懂残雪；而不充满幻觉，就读不懂孙甘露。这些作家让我们暂时从这个乏味而平庸的世界中脱身。文学就是要让人们暂时摆脱理性的桎梏：莫言的叫喊，歇斯底里般地划破了理性的平静夜晚，令人惊骇不已；王朔的狂笑是对世俗逻辑链条的讽刺性毁灭，那是来自上方的闪电般的尖锐一笑；残雪的唠叨结结巴巴，这是决不调和的具有强迫症状的肌肉的痉挛和嘴的痉挛；而孙甘露，在这些疯狂的句法中，最为平静，但最为疯狂——这是一个自闭的悬浮的臆想世界。

一旦考虑到臆想和幻觉的句法，我们就能明白，为什么孙甘露的小说总是有一种特殊的词语组合。我们看不到熟悉的搭配，我们不能在看到一个词语之后马上联想到另外一个词语，不能在看到一个句子之后马上联想到另外一个句子。就像一部让人心神涣散的电影，我们看到前后的两个镜头毫不相关。在孙甘露的作品中，人们很难看到句子之间联系的蛛丝马迹，甚至是联想的蛛丝马迹——无论是从横向的角度，还是从纵向的角度。通常的小说，人们可以用一个相似的句子改写既定的句子，用一个相似的词改写既定的词，这并不妨碍小说的布局和进展，甚至不妨碍小说的风格。但是，在孙甘露这里，每个句子是特定的，这些句子的每个用词是特定的，是无法被其他句子和词语替换的，无法为这些词语找到近义词。也就是说，句法的两大功能，换喻和隐喻，都失去了效果。句子处在某种迷幻状态，词语是依靠幻觉来组合的，而幻觉是一种临时性的闪现，它决定了这个句子和词的组合的独一无二性：它怪异但是不可替代。每个句子和每个词都种植了特定的基因。同时，幻觉摧毁了实证主义神话，实在之物被幻觉无情地驱散。幻觉只是和幻觉相伴，或者说，一个幻觉催生另一个幻觉。这是幻觉的换喻，一串幻觉。在或许是孙甘露发表的第一篇小说《访问梦境》的开头，我们读到这样的句子：“此刻，我为晚霞所勾勒的剪影是不能以幽默的态度对待的。我的背影不能告诉你我的目光此刻正神秘地阅读远处的景物。谁也不能走近我静止的躯体，不能走近暮色中飞翔的思绪。因为，我不允许谁打扰死者的沉思。”这是冥想、倾诉和谁也听不清楚的低语。这就是幻象，是纯粹的能指消耗，是能指的无目标的滑动，在固执但居然又是非常优雅的滑动中，能指和所指脱节了，“实在”无限地推迟。形象遭到了拒绝。一种典型的分裂式语言。

孙甘露志在毁坏形象。他一定要使形象和场景发生崩溃。阻断故事的线条，不让行动发生，不让场景活灵活现，不让人物栩栩如生，总之，不让人在小说中“看到”什么。这是对目光的彻底拒绝。他基本上拒绝白描，拒绝被一个活生生的现实场面所束缚。有一个人坐在花园里，这就够了。不需要详尽地描写这个人的面貌，不需要这个人坐的椅子的形态，不需要周围的布景，不需要天空、阳光、大地和绿草。这个人坐在那里干什么？他被幻觉所支配，他要展览出来的也是他黑暗的内心冲动。这些冲动“以充满柔情蜜意的坠落散布出去”。内心冲动也无法准确地被捕捉。坠落和散布，这就是孙甘露的风格，这是同聚焦和内在性完全相反的一种风格。这种风格总是指向外部的，总是不屈不挠地往小说的领土之外延伸、扩展、攀爬，而且这个展开并不遵循规律。就像一个树根一样，盘根错节，四处分杈而交织，曲折而又无休无止，这种延伸是偶然的、任意的。许多小说在表面上具备这样一种伸展的形式，这些小说的叙事也是离散的，也充满了联想、断裂、褶皱，它们也被碎片残酷地割断。但是，这些小说总是被一种内在性紧紧地绑住。一个隐秘的焦点在背后统摄着这一切。小说的叙事无论抵达一个如何偏远的角落，它最后还是被一个内在的焦点不知不觉地拉回来。同这种方式不一样，孙甘露的小说——我们最好说它是一种写作——彻底地将这个焦点掏空了，它是纯粹的外向写作，是一个逃跑式的写作：不断地从内在性的焦点逃跑，不断地躲避这个焦点的编码和组织——无论这个焦点是什么。一旦一个形象要定型的时候，马上逃离这个形象；一旦一个场景要定型的时候，马上逃离这个场景；一旦一个故事要成形的时候，马上逃离这个故事；一旦一个人物的“性格”要定型的时候，马上逃离这个“性格”；一旦一个主题要定型的时候，马上逃离这个主题。

孙甘露小说的特别之处，就在于不倦地往外逃离。逃离就是他的小说现实。到处都是逃离，所以，不要为这些小说想象一个合理的封闭结局，似乎结局就是逃离的终点，逃离到此戛然而止。不，完全不是这样，这不是封闭意义上的结局，结局本身就构成了逃离，至少，结局不会是一个封闭性的终点。孙甘露小说的许多结尾都充满着否定词。否定就是逃离。我们看看，《夜晚的语言》的结尾：“我无力再写下别的什么了。”而《我是少年酒坛子》的结尾是：“没有人相信这一点。”《访问梦境》的结尾意味深长：“食无言。”《音叉、沙漏和节拍器》的结尾即便打算肯定，但也是用的否定方式：“你不要问东问西，做就是了。”《庭院》同样如此：“陶列和他的作品永垂不朽。”另外，有小说的结尾，充满悖论地提到开端。结尾或许是一个新的开端，一个新的起源。《信使之函》结尾：“信起源于一次意外的书写。”而他最长的小说《呼吸》是这样结尾的："仅有开始和完满的结局都带来缺憾。"最后，又意味深长地补充了一句："你知道我指的是什么。"这是对持有这种信念的读者的信赖：阅读或者写作的过程或许是最重要的。这个过程就是逃离，逃离是最重要的，作为一个过程，逃离，并没有开端，没有结尾，无休无止，无始无终。逃离是对于焦点的逃离，对于内在性的逃离，对于任何一个封闭性的中心的逃离，最终，是对于意义的逃离，对于形象的逃离。

这种逃离是如何形成的？或者说，意义是如何在尚未形成和聚焦之前就自我崩溃的？孙甘露的句子执着地拒绝表意。他的写作，意在抹去意义。他大量地使用形容词。没有人比孙甘露更喜欢用形容词了，他很少让一个名词裸身地出现。名词前面一定要有定语，一定要有修饰性的说明，形容词就像一件件华美的衣服一样穿着在原本光秃秃的名词上面，这样一来，名词本身的意义被这些衣服覆盖了，被遮住了，它们有时候反倒显得无足轻重。事实上，反过来，这些形容词如此之丰富，如此之讲究，以至于人们毫不怀疑这些词并非只是些无足轻重的定语，它们并不单纯是名词的配角，相反，这些词有自己的厚度，有自己的光辉，有自己的家宅。

这些修饰性的词在自身内部获得了自己的重心。词出现在这里，就是为了自身的荣耀和美妙。它从它们的俗常语境中解脱出来。孙甘露让词语重新获得了生命，他苦心搜寻各种各样的词语，一有机会就将它们安置在句子中。句子不是意义的透明渠道，它就是让词在其中托付和寄寓的空间——它将这些词在一个横断面上一个个密集地展示出来。孙甘露对词语的偏爱是由衷的，词在句子的经纬线上闪耀而获得了生命，也因此，写作获得了生命，而作家的生活本身也获得了生机——这是将词语作为生活根基的作家：写作就是为了让词语从表意的地平线上缓缓升起而熠熠生辉。词，获得了自身的存在。这个存在的核心就是永恒。孙甘露苦心地搜寻汉语中的各类词语，尤其是形容词，或者是词组，或者是功能类似于形容词的副词，或者是修饰性的动词，这些形容词（和副词）是一种感觉，一种无法被意义准确地捕捉的感觉。感觉，正是幻象的逻辑。沉迷于幻象，只能沉迷于感觉。而名词完全不一样，名词是理性的，它是确定的，有特定的对象。名词缺乏弹性。一些名词的美妙仅仅在于它所指称的对象的美妙，或者是它的音响的美妙。孙甘露并不回避这一点。他总是挑选一些别致而优雅的名词，他试图用这些名词指代那些更为准确、更为直接，但同时也更为粗俗的名词，孙甘露对粗俗有一种天然的敌意，他好像害怕这些词弄脏了他的小说一样。他是我见到的中国当代作家中用词最为干净的作家。我所看到的最粗俗的词，是“尿”，但是，这个“尿”，在追赶“诗人”的途中，居然一直没有“尿”出来。他的小说中没有脏物，没有叫骂，没有器官，没有肉，即便是在肉体的销魂时分也是如此。孙甘露并不排斥——相反，他好像很迷恋——这个销魂片段。在《呼吸》中，有两段冗长的销魂时刻的叙述，这两段叙述精彩绝伦，是我看到的最好的性爱的片段之一。销魂在这里变成了一种特殊的经验：是肉体感受，但是是没有肉的肉体感受。因为女人的身体器官都是以另外的优雅名词来替代的，女人及其器官被描述为“宝藏”、“水母”、“露珠”、“湖泊”、“幽冥之穴”和“海市蜃楼”。在这个时刻，男人没有出现器官，没有出现动作，没有出现场景。或许，男人的器官太粗俗了，没有名词可以替而代之。而手，这个欢爱过程中必不可少的器官，它的出现，跟身体的抚摸动作没有关系——没有抚摸，只有体会、应答和交流；没有动作，只有感受：“她的食指的第一处折痕越过他手心展示的爱情和生命的图示附在了手腕的脉搏之上，在得到了血脉的一次应答之后，转向了手臂那倾诉着感伤的毛孔。”这是一次性爱中的手的动作，但是，它像在拉小提琴一般，细致、敏感而略带忧伤。肉体之爱，离肉体如此之近，但又是如此之远。器官和动作，或许是对性爱的侮辱，反过来也可以说，性爱的至福，是要剔除器官本身。性，如此拒绝了色情的引诱。

正如没有器官词汇一样，孙甘露的字典中也没有暴力词汇。没有使用器官词汇并不意味着对性没有兴趣，但是，不使用暴力词汇，则很可能确实对暴力没有兴趣。一旦充满暴力，小说就会变得激烈而动荡。孙甘露则希望平静和缓慢，因为冥想总是在平静状态下展开。他异常地平静。暴力、血腥、辱骂和对抗好像没有进入他的世界一样。他的小说令人惊讶地根除了敌意，世界没有敌我之分。一旦剔除了暴力和敌意，事实上，我们要说，它就剔除了历史。敌意和暴力潜藏在历史的每个毛孔之中。对此，孙甘露却视而不见，他选择存活在一个虚幻的世界中——这种虚幻，不是人们所说的文学虚构，不是说通过写作本身来抵制历史。事实上，绝大部分文学恰恰是通过写作本身来介入历史，文学是植根于历史本身的一个物质性事件。文学是一种虚构，但是，这种虚构具有一种实在的力量。即便人们有意回避历史，但是，一旦置身于文学的事业中（即便是娱乐文学的事业中），他总是深陷历史之中。孙甘露拒绝历史则表现出一种过分的执着。他开始于虚构，但是也终止于虚构——这些作品并不构成一种实质性的历史力量。这是单纯的冥想。这些小说，几乎扫除了全部的历史遗迹。小说没什么历史的舞台道具，偶尔出现的是另一些虚构物：一些书籍，一些音乐、电影和戏剧，以及制造这些虚构物的作家、画家和诗人。这是孙甘露的移情对象。孙甘露沉浸其中的，也就是虚构之物。这是双重的对虚构的尽兴湮没。它确实没有具体的历史，没有实在之物。但是，一种对历史的如此拒绝，难道不是一种历史的态度？为什么如此地拒绝历史，难道单纯是对冥想的偏爱吗？

这是对词语的偏爱。正如他不喜欢粗俗的词，不喜欢辱骂的词，不喜欢充满敌意和暴力的词一样。孙甘露意图过一种精致的词语生活。对于他来说，词语生活就是历史生活。生活在历史之中，就是生活在词语之中。写作、虚构、冥想和幻觉可以将各种词和句子召唤出来。这些词语总是自发地涌现，它们使得句子变得肿胀而绵长。即便句子冗长，这些长句子却有异常清晰的类似于印欧语系的句法结构。如果按照课堂上的句子成分的划分，人们会惊讶地在这些陌生的句子中发现完善的句法结构。尽管在抵制表意，但是，人们还是得承认，这些句子非常适合翻译成英文。这完全是因为主语和谓语明确了自己的功能和位置，但是，它们被定语和状语狂热地修饰着。修饰语，副词和形容词就密集地挤在一起了——这就是这些句子饱满而充实的原因，这也构成了写作和阅读的强度。孙甘露几乎在所有的名词前面都要修饰，他的标志性特征就是句子中出现的大量的“的”，孙甘露的那些长句子不断地被“的……的……的……的”间隔，句子中反复出现的“的”，就使得这些“的”之前的词语反复地停顿、滞留和自我显身，在“的”的有节奏的间断下，这些词拥有了自己的重音。即便是冗长的句子，在孙甘露这里，还是能够轻松地被断句。这是一个孙甘露的典型句子：“一曲五声音阶的牧歌在执着的垂暮中为手持风筝的人们的迎风奔跑做着辽阔的背景伴奏。这单调的哼唱犹如仁慈的心灵在迅疾的默读间偶尔掺杂的游移的舌误，这纷忙的田野上洋溢着略带佶屈的和谐。”而这些由“的”构造的修饰词，通常是和名词形成一个并不固定的临时搭配，这种搭配常常让一种俗常的意义自我瓦解。有时候有些并置的形容词也常常相互诋毁。形容词、副词、名词之间的奇异配合，就使得句子的意义自我瓦解，烟消云散。

因为孙甘露大量使用定语和状语，这样，主语、谓语和宾语，这些最重要的句法成分反而不是很重要了。主语和宾语是名词，它们缺乏变化，这是最呆板而顽固的意义空间。写作者通常在名词和主语前面束手无策。不仅如此，孙甘露好像特别不希望他的小说运动，我们看到了他对动词和谓语的敌意。幻觉状态，一定是停滞状态，在此，冥想代替了运动，低语代替了行为，耳朵和肌肤取代了手和脚——有一个城市干脆就被孙甘露命名为耳语城：一个幻听之城，而不是一个行动之城，故事之城。人们沉迷于感受而疏于行动。小说中几乎缺乏行走，更不用说奔跑了——无论是人物的奔跑，还是叙事往终点的奔跑。从否定的角度，我们已经提到了他的小说对焦点和内在性的逃离。同样，从否定的角度，我们能够看出他对运动的拒绝。因为运动就是肯定。结尾并不意味着一个行动结束了，而是意味着，不行动，从头到尾都不行动。相反，到处都是滞留：动作的滞留，幻觉中的滞留，各种词语的滞留，在各种词语中的滞留。滞留就让词语获得了垂直性，获得了深度。滞留就滞留在词语的深处。词语再一次借助于滞留而获得了永恒。这样，这些小说如此不动，如此缓慢，好像是在抵制时间的风蚀。在当代的作家中，孙甘露或许是最为缓慢的。他的小说流淌着溪流一般的忧伤。时光催人老去，唯有藏身于语词的深邃之处才能获得永恒。

2009 年 3 月

孙甘露 × 张灼祥

作品有其自己的命运

张灼祥：作为八十年代冒出头来的新生代作家，可以打从你开始写作时谈起吗？

孙甘露：真正的情况很难说得清楚，过程充满变化。我最早发表的小说刊于《上海文学》1986年9月号，我认为这是我写作上的一个转折点。小说当时在文坛引起争议，并延伸至思想界和整个社会。然而对我个人来说，《访问梦境》并非来自一时冲动，而是经过长久的酝酿，虽然较诸今日，八六年的我还是比较冲动的。现在我是上海市作家协会的专业作家，因为有了社会的身份，所以写作时社会意识更加强了。

张灼祥：西方作家对你似乎很有影响……

孙甘露：最早影响我的当然是俄国作家，后来我读到欧美作家的作品，再后来还有拉丁美洲作家的，这些作品一般而言我是相当喜欢的。

张灼祥：较诸西方，你受到中国文学传统的影响就比较少。

孙甘露：我想，活在今天这个时代，对新思潮完全不闻不问是不可能的事，另一方面我个人一直强调的就是，不管是作为中国人，还是华人和汉语写作人，这些全是无法改变的事实，因此，没有一再指出、一再强调的必要。像《罗马帝国兴亡史》中提到的，穆罕默德完全不必强调他是阿拉伯人，即使他一生不提骆驼，也无法改变这一点，就只有旅行者会在他们的笔记本上写下骆驼的名字。

张灼祥：王安忆在《我们在做什么》这篇文章中提到你，并指出你在语言游戏中寻找的是心灵世界。陈村说你把小说当作诗歌来写，又说你的小说是难以剪断的缠绵。对他们两位的评价，你个人觉得怎样？

孙甘露：王安忆和陈村是我的朋友，彼此交换文学意见是常有的事，并且咱们是上海市作家协会的同事，他们对我的评价当然有一定的道理。我想这些评价既来自他们对我文本的理解，亦来自对我作为一个写作人的理解，但更重要的却是，他们对大陆文坛在语言上、风格上的转变有充分的认识。

张灼祥：小说语言的范畴除了是小说的，还可以是散文的和诗的。你是否意图探索小说的可能性呢？

孙甘露：对每一个人来说，在他拿起笔意图尝试创作小说之先，肯定全都读过大量作品，因此完全凭空创作几乎是不可能的事，所以漠视传统在我看来是不足取的，谁若是这样的话，谁就是故作姿态，因为这种情况没有存在的可能。但写作，当你写到一个时候，不管写到何种程度，总会有种欲望在激励着你，而这种欲望是充满幻想的。如果是一个认真的严肃的作者，就会打从心里渴望往现有的写作模式中增添一些，尽管这样的愿望具体到对个人、同代人或后来者来说，由于语境的不同和时代的变迁，总会产生不同的判断。

张灼祥：小说人物苏在《忆秦娥》中是个独特的女子，尽管并不自觉，却包容一切，似乎跟现代女性很不一样，你把这个人物写活了。

孙甘露：《忆秦娥》是我个人相当喜爱的小说，并且含有独特意义。我所描写的这个时代、这些生活和人物，虽非我所曾经历的，但为我所熟悉，在本质上跟我的内心非常吻合。我出生于上海，生活于上海，从来没有离开过上海，由于极度专注，这个城市的过往岁月一直迷惑着我，吸引着我。尽管小说中的时代背景并不明确，这个上海只能算是泛指的旧上海。因为萦绕于心，不把它写下来是不成的。这个城市是这样地边缘，小说中写到的一切，似乎都跟现实和公众生活充满距离。苏是上海女性的象征，因被理想化了，所以在现实中不会存在，但在小说中却有隐喻和转化的作用。

张灼祥：先前你说《访问梦境》发表后备受争议，作家对自己的作品有解释的必要吗？

孙甘露：《访问梦境》以及其他作品发表后，海内外的评论和解释总是各式各样的，这对我来讲是一件相当有趣的事。我想以一句法律语言回答你，“对自己的作品我总保留解释的权利，在必要时使用这种权利”。但对作品做过多的解释，就我个人来说意义不大，不是不可以，但要在恰当的时间，采用适当的方法。作品发表后变成社会的产物，有自己的命运，而它的命运很多时候又是作者无法操纵的。

张灼祥：小说人物维庸在《大师的学生》中既想遗世独立，又想进入生活，正如你所说，是个身不由己的人。你想反映的是什么？

孙甘露：《大师的学生》跟《忆秦娥》有着不同的时代背景，可以说是当下的小说，维庸是个与我处于同一时代的人。他是个边缘人物，可以说是被时代抛弃的，但游离并非发生在具体的事情上，他照样有家庭，照样有职业，游离是因为无法寻找心灵的家园。虽然我并不反对为小说赋予哲学含义，这样的小说若是成功的话，同样也是好的，但《大师的学生》并没有这样的意图。维庸反映的是当下人类的矛盾、犹豫和困惑，尽管在许多事情上做出努力、辨别和选择，但到最后还是处于原位，一切亦归于徒劳。

张灼祥：你好像特别喜爱写边缘人物……

孙甘露：关于这个话题，至少包括两个方面。第一与我对生活的认识有关，其中俄国作家对我的影响就更为明显了。像《多余的人》《地下室手记》，我想这些大师之所以描写这样的人，总不会是毫无原因的，而主要的原因在于这些人总是更能发出时代的声音，更能凝聚时代的精神。而另一方面在于边缘人更能明显地标示出当下生活的变迁，既由于他们的敏感，又由于他们拒绝被归纳进生活的主流。而生活，就像汪洋大海，为了不致被淹没，就只好努力浮出水面。努力就是边缘，就是跟大多数人不一样。

张灼祥：在你的长篇小说《呼吸》中，罗克是个既生活于过去，又生活于今天的人物，他跟五位女性的情感纠葛与过往的越战经验彼此呼应。

孙甘露：罗克这个人在形象上、气质上与前面提到的苏和维庸有几分相似，他们的渴望与欲求是彼此相通的，尽管各自的经历并不一样。这部小说写于八九年底，成于九〇年初，大概只写了半年，这既是我的第一个长篇，也是我写作的转折点。经历对罗克造成的影响是精神上及心灵上的，因此特别难以摆脱，对当下的影响尤其严重，与内心反应相比，表面行为就变得不再重要。我是通过心理层面来描写的，并以身体的反应作为表达。

1993 年 5 月

孙甘露 × 郜元宝

我把我的一生看作是一次长假

● 作家应该有他自己的时间表

郜元宝：文学曾经捉弄了我们好几代人，今天，我们中间的有些人开始反过来“玩”文学了。作为一种“玩”的结果，写作在目前好像已经成了异常容易的事。不少中青年作家产量高得惊人，他们似乎想以此显示其充沛的创造力，这却总让我感到有几分疑惑：我们的文学是否客观上已经进入了一个繁荣的时代，还是仅仅说明，这个时代要求作家们非得不断有作品发表，否则就可能迅速被人遗忘？

孙甘露：我想这里面有许多可以理解的原因，商业的冲击或许是主要的。

郜元宝：比较起来，这两年你似乎一直保持低产写作。能否谈谈个中的感受？

孙甘露：怎么说呢？我觉得挺自然的，不认为自己特别勤奋，也不认为特别比别人懒。其实照我目前的状况，如果能写到六十岁，在总数上也颇可观了。也许，我这人太满足于现状了吧。但是，老实说，怎样才是高产或低产，这中间并不存在一定的标准。

郜元宝：标准是有的，只是各人的看法不同。

孙甘露：是这样的。像我这样慢腾腾地一年拿出四五个中短篇，我自己看来还是正常的，因为至少我没有勉强自己。那些高产作家，如果不是出于勉强，我想也没有什么不正常的。关键是作家应该有自己的时刻表。上次几个朋友一起座谈陈村的写作状况时，我就说过，陈村这时候少写甚至不写小说，并不值得奇怪。也许他的时刻表上这一阵子正发不出车，也许不定什么时候，他又一发而不可收呢。

郜元宝：一个写作者确实要不断掂量自己，要是他不在乎这样的时刻表，或者对自己有没有这个时刻表根本就是一笔糊涂账，只是一味追随社会上流行的阅读需要，或者闻风而动，看到人家新作迭出就眼红，睡不着觉，那就不妙了。

孙甘露：我想一名诚实的写作者，不能只限于读者要什么就给他们什么，他更应该关心“我自己想给以及能给读者什么”。正是这一点决定了他自己的时刻表。

● 我并不想迎合某个局面

郜元宝：你 1987 年以来的一系列作品，被不少评论者归入了“后新时期小说”“先锋小说”“探索（实验）小说”的名下，有些文章还由此总结出像“马原后小说”“语言游戏”“后现代主义”“主体消解”“写作的瞬间快感”等等文化和审美上的特性。所有这些，或许你也注意到了，不妨谈谈自己的意见。我今天不是以一个评论者和研究者的身份，而是纯粹作为一个朋友来和你对谈，我想我们都可以随便一点。

孙甘露：好的。我想，首先，这些提法都有特殊的理论背景，如果没有“新批评”，没有结构主义叙述学，没有罗兰·巴特的文本理论以及其后的解构风潮，所有这些说法也都不可能出现。我觉得中国人比以前更会活学活用了。能够如此快速和灵敏地对欧洲各种理论做出自己的反应，这件事本身是值得高兴的，它至少反映了评论家们广阔的学术视野。

郜元宝：我完全同意你的看法，我想，包括对你的作品产生的一切评论，都是很自然的事，像其他一切同时代的事件一样，它们自然而然地发生了，不管事后会有怎样的反省、反思和理论上的调整，都不能再绕过这些已经发生的事件。这或许就是评论独立的价值所在吧。

孙甘露：至于有关我本人的作品的评论，作为写作者，实在没有必要说些什么。我只想说，所有那些评论，都是有道理的。不过，在取得一定认识成果的同时，理论也不免要付出某种代价，这是意料之中的事。

郜元宝：能否具体一点？

孙甘露：比如说，对于“马原后小说”的提法，我一直弄不懂它的确切内涵。被称作“探索小说”的那些作家，包括我本人，彼此之间其实都有许多明显的区别。我觉得他们的共性被谈得太多，个性相对就被忽略了。

郜元宝：这一点许多搞评论的人也都有同感。文学评论在我们这里作为一种审美批评还是最近几年来的事，在更多的情况下，文学批评一直充当着社会学、思想史和文化批评的角色，事实上，这后一方面本来也是文学评论所能够和应该负担的工作。不过比起审美批评，后一种角色更多的是注意作家作品在意识形态和文化模式上的共性。这几年，批评界经常谈论的一些话题，大多数便是针对作家作品的共性，这就往往给人一种错觉，好像我们的作家不约而同在写作上选择了几种集体性的取向，区别仅仅在于各自的方式。忽视了批评的审美品格，其功利的一面难免被不适当地夸大了。在这一点上，我想来自作家方面的声音是十分难得的。

孙甘露：如果一定要我说，那么，我想强调的是，我的初衷并不是冲着某种局面而来，我并不想迎合某个局面，更不想制造某个局面。我只是写了自己想写和能写的那些东西，后来碰巧也可以说是不巧被纳入了某种局面。纳入就纳入了，我觉得这也很自然。这或许就是你所说的批评本身独立的意义和价值吧。不过这也许本来就不是一个写作者应该去深究的问题。

● 有各种各样写作的快感

郜元宝： 理论史往往喜欢跟我们开一些说不清是善是恶的玩笑。许多理论上的讲法，真是“彼亦一是非，此亦一是非”，好像都说得通，仔细一想，又破绽百出。

孙甘露： 一得一失，一悲一喜，正是造化弄人。

郜元宝： 比如“写作的瞬间快乐”这个提法，时下常常被用来强调先锋派小说家的创作驱力，确实有见人所未见的地方。不过我发现阐释这种现象时，不少文章还是停留在与这一提法有关的现象学、文本理论、精神分析和语言哲学的思想层面，并没有令人信服地触及小说，特别是中国当代小说中含蕴的那种个性化的精神气质。我想这里不能排斥某些评论家借作家作品为材料进行他们自己的思想操练的可能性；或者说，他们以此寻求自己的某种写作快乐。

孙甘露：这里的关键，恐怕是需要对所谓的写作快感做出具体分析。说到底，包括小说在内的一切写作活动都有快乐和不快乐的问题，如果没有快感，没有冲动，没有满足和愉悦，写作岂不成了苦役，还有谁会长时期乐此不疲呢？

郜元宝：有各种各样的写作快感……

孙甘露：是的，正因为快感不同，才有不同的小说。我想被称为先锋派的小说家有他们所体验到的快感，不过他们所体验到的快感，也许更多地建立在他们所认定的某种重要的历史意义或者所承担的某种巨大的社会责任感之上。他们写作时觉得自己是在和芸芸众生乃至整个历史说话，在澄清某个关乎人类命运的社会问题。

郜元宝：这种快感和"超我"的、外在于个体的某种社会意识有更多的联系，是一种道德上的满足。

孙甘露：但是，另一个问题是：批评又何以能断言我的写作只存在瞬间的、纯粹个人性的、和读者社会毫无关联的快感呢？或许这种关联比较晦涩，比较曲折，不那么容易察觉，但是如果因此就否定它的存在，那无论如何是难以成立的。我记得艾略特的《四个四重奏》中有一句诗："我们的无所依附的眷恋有可能被看作是无所眷恋。"移用过来，很能说明我们正在谈论的这个问题。这句诗的上半段很好地写出了现代人的某种普遍性生存处境：他们的内心并非空空荡荡，他们依然心怀眷恋，只是一时找不到恰当的依附物。这是一种痛苦但又充满希望和可能性的状态，如果断言这种状态中的现代人根本就“无所眷恋”，不就等于把他们猛地一把推入完全无望的痛苦和虚无的深渊之中吗？

郜元宝： 这个比喻很有趣。是这样的，先锋派小说家如果确实有某种个人性较强或者说较少明显的外在关联的写作的快乐，这种快乐一定也是“无所依附的眷恋”，它和完全的“无所眷恋”毕竟是有差异的。在我们日常关于现代人及其艺术的谈论中，这种差异被相当粗暴地忽视了。真遗憾，人类好像更善于咀嚼自己的痛苦，谈到快乐，反而往往茫然不知所措了。

孙甘露： 但愿事实上并非如此。

● 我把我的一生看作是一次长假

郜元宝： 我一开始就注意到你的小说在追求某种气度、某种姿态或者说表情，这尤其体现在你几乎是习惯性的那种雍容富贵、讲究到唯美的语言上。有论者指出这是对某种经典，比如说汉大赋的蓄意模仿。陈晓明最近的一篇文章就提到这个问题，我想这是有道理的。赋的作者最讲究辞章之美，即使描写一件异常屑小之物，也务使文章音调铿锵，变化无穷，词汇和句式上更是追求工整匀称、华丽丰赡，不允许半点松懈和疏简。这样做表面上是卖弄藻饰，或如时下流行的说法，“语言过剩”，但是如果单单以这方面指责汉赋，显然是错误的，因为那正是它的美质所在。汉赋在这方面的成就，是节俭瘦硬的文风无法企及的。能否就此谈谈你与包括汉赋在内的整个古典文学传统的联系？

孙甘露：这个一言难尽，你看过我在《收获》1992 年第 6 期上发表的那篇《忆秦娥》了吧？

郜元宝：看过。作为描写一个女人乃至一个城市秘密的艳史，特别是作为追忆渐渐成熟之际的一个少年弥漫性的性狂想的小说，我觉得用这个词牌做标题确实增色不少。《忆秦娥》，真的，这里面回荡着过去时代的艳歌，也牵连着延续至今、绵绵不绝的情欲历史，我们现在闭上眼睛，似乎还能逼真地想象出围绕这个历史的各种隐秘而癫狂的游戏。另外，用这种方式突出性在日常生活中的位置也很恰当，因为这个古色古香的词牌本身语言上的辐射力，有助于把性和整个生命存在各种细微的联系清晰地影现出来。

孙甘露：原计划是想用一组词牌为标题写个系列。手头另一篇《天净沙》也快完稿了，对于那些词牌，我总是有一种特别活跃的联想，也包括汉赋。不过，对于所有古典作品，我都不可能像专家那样浸淫其中，长期研玩。我喜欢并渐渐熟悉某些传统的典籍，完全是在偶然的不经意间完成的，它们对我的影响——如果确实有这种影响的话——

我想也是在我不经意间发生的。

郜元宝：这种读书方法，大致跟我们平时交朋友一样。

孙甘露：的确如此。

郜元宝：在我们和传统之间，缺乏的正是这种像交朋友一样自然而然的亲近，往往是急功近利，把传统当作一个有利可图的宝藏或者甚有害处的陷阱，爱则趋之若鹜，恶则避之唯恐不及，传统似乎是一个外在于我们的对象化了的他者，在这种情况下，任何关于传统的讨论都是有害无益的。

孙甘露：我想你的意思是说人和传统之间也应该与人和天地间一切事物之间一样，不应该只是一种功利的关系，更重要的是一种审美的关系。

郜元宝：是这个意思。我想只有这种关系存在的地方，个体的生存才能融入永恒的时间，和传统打成一片，也只有在这种情况下，所谓人生的价值和诗意才会发生。

孙甘露：就我的个性来说，整个的生命状态，都处于那种随随便便、兴致勃勃、生趣盎然、永远新鲜的审美境界才好。写作的目的，无非就是要把人从日常功利的纠缠中解放出来，达到这种审美境界。如果要通过写作去获得某种功利，比如说，去“继承”或者“摹仿”某种传统，那还不如不写的好。我们的写作难道不是传统的一部分吗？生命在流逝，生活在继续；我们的生命，我们的写作，永远只是人类的生命和人类的写作的一部分。我们应该属于一种伟大的生命和写作的诗性传统。我只想在这样的生命和生活的传统中做一个伴水而坐的诗人。

郜元宝：这好像是《我是少年酒坛子》的结尾？

孙甘露：是的。我的确喜欢这种“伴水而坐”的安谧和超然。

郜元宝：我想这时候，人们最能够超出喧嚣的市声，在神圣的孤独中聆听宇宙寂静的轰鸣，像古人说的那样，“上下同流”，“与天地精神相往来”。我很欣赏《忆秦娥》中的一段独白：“我无法向过去的日子回复，甚至倾心接近也被自己认作是虚妄，而那些已不复存在的场景始终驱动着我，唤起我的追忆，使那些腼腆的、在内心深处无比荣耀的岁月萦回缭绕。这是一种饮酒微醉的感觉……”生命的醇醪就是这样叫我们不饮自醉。我想真正懂得享受人生、理解它的真谛、无限眷爱它的人，不是那种始终清醒的聪明鬼，也不是那种烂醉如泥的糊涂蛋，而只能是那些“饮酒微醉”的善饮者与善醉者。“过去的日子”、“不复存在的场景”和“内心深处无比荣耀的岁月”，其实也就是那些善饮者和善醉者“伴水而坐”时领悟到的生存中最隐秘、最宜人，同时也是最能为生存本身不断奠定基础的那种东西：我们生命存在的意义与传统。不过，在这个匆忙的被物欲充满的时代，每天早上起来，睁眼所见的，到处都是被估好了价的东西，这些东西反过来对企图占有它们的人进行同样冷静的估价，要想在这种情况下，饮酒微醉，伴水而坐，难矣！

孙甘露： 人的世界现在被高度技术化组织得如此完善，偷闲者只能站在生活的边缘了。边缘就边缘吧，也许只有站在边缘才能更有效地深入核心呢。真正能够抓住一个时代精神上的特征从而成功地为这个时代命名的，往往就是那些边缘的作家。1990 年我写了一部长篇叫《呼吸》，拖了很长时间，我希望它早点发表，因为这是我个人比较喜欢的一部作品，那里面的主人公说过，“我把我的一生看作是一次长假”。我个人也倾向于这种观点。我想你肯定理解我的意思。我绝不是说我活得很富足，很安逸，也许我的生活很辛苦甚至糟透了，我指的是人生应该始终像度假那样轻松自在，不被某种现实的功利目的纠缠，也不期待建功立业。你想在度假时人是怎样生活的，那种闲适、闲散、放松、自由，也可以说是审美吧……

郜元宝： 还有在精神上对自己加意地照顾、安抚、享受……

孙甘露： 反正可以用许多方式来形容，总之不是建功立业，那是度假结束以后的事，但我说“我把我的一生看作是一次长假”，我根本就不想建功立业。如果写作成了一种世俗衡量的功业，那么放弃它绝不足惜。

郜元宝：这也许可以看作是因袭传统的生活趣尚吧？

孙甘露：我想应该说成“某种传统”更好一些，传统对于现代人来说真是太缥缈虚幻了，想要把自己归入某种传统，也许还不一定能为这种传统所接受呢。天知道我们还能不能回到传统。

● 我们目前的写作还需要某种变化

郜元宝：作为思想文化上可以谈论的小说家群体，先锋派作家和另外一批作家，像王蒙、刘心武、张洁、谌容、张贤亮、高晓声，乃至徐星、刘索拉、李晓、残雪等一系列社会批判与人生讽刺派，以及部分新写实作者、知青作家和王朔这样的红人，都有所不同。这个不同也许可以从作家们对所处时代各自做出的反应或者说从时代在这些作家的作品中不同的反映看出。

孙甘露：说到时代，我有时真是不知所措。我现在对第一人称叙述渐渐不那么自信了。其实我在写作中一直采取某种较低姿态。不知道你是怎么想的，在我看来，好像只有堂皇的“作家”一词才可以和“时代”并举，至于我自己，也许称为“写作者”更合适一些。我们只是平凡地写作而已，除此之外，能够对自己的时代做些什么呢？最近几年的世态反复提醒人们，写作者一厢情愿采取的某种高姿态有时是那么容易被击得粉碎，露出虚妄的底子来。作家用自己的写作对时代有所进言，我开始有点怀疑这种崇高而乐观的信念了。究竟我们整个的生命存在能够多大程度上浮出历史的表面尚且是个问题，又何必奢谈写作与时代的关系呢。我想现在更重要的是把“我”这本书读好，还有，为读好这本书，首先还要获得合乎我的存在的那种语言。不管怎么说，写作还是应该“有所为”的，我不至于矫揉造作到否定这一点，但这个“有所为”，出发点应该是我们的“所能为”。

郜元宝：以往，我们谈论小说与时代的联系谈得太多了，渐渐形成了这样一种恶习，就是起初就认定作家或如你所说的写作者必定和他们的时代有着某种联系，这个前提预先定好了，然后再用所谓科学实证的方法一步步去证明，同时对作家随时提出规劝。这样做时，很少有人追问一下：首先，我们和时代到底有没有联系？何以有这样那样被认定了的联系？这就好像我们几千年来匍匐于三段论逻辑推理的威仪之下，从来不敢询问那个大前提存在与否。

孙甘露：我想你这种表述是很重要的。我们长期以来的确是在前提已被确定的情况下进行各式各样盲目的三段论推理，这也解释了我们的精神产品何以那么容易一哄而上，缺乏应有的个性和彻底性。不从这个沿袭的老路上挣脱出来，空喊一千遍“时代”，对时代有何益处呢？我想，先锋派小说家也有必要思考一下：出发点是否存在？已经选定的出发点是否可靠？

郜元宝：搞错了出发点，就等于千里马认错了路头，越跑越远离正道。

孙甘露：我毫不怀疑先锋派作家们的热情、探索勇气、才具和已经取得的成就，就像我毫不怀疑我们的上一辈同行一样。我想说的是，整体上看，我们目前的文学就重要性而言，正处于一个十分次要的位置上，或者说，正处于一个低谷的谷底。这两年的成就帮助我们认清了这个现实。不过“谷底”绝非一个贬义的或悲观的讲法，它意味着下降的停止和重新上升的可能。一切都得诉诸时间，三十年，五十年，也许我们中间的某些人或者某人能够拿出真正伟大、真正无愧于时代的作品来，不过意外太多了，谁也无法十拿九稳地预言未来。有一点可以肯定，就是要想真正无愧于时代，我们目前的写作还需要有某种变化。

郜元宝：我看这几年的文学一直处于急剧变化之中。不断变化是文学的生命与希望所在，什么时候不变了，文学上僵化的时代就要降临，自其变者而观之，我们还是有理由保持乐观的。

孙甘露：但愿是这样子的。

1993 年 7 月

孙甘露 × 许晓煜

你不知身在何处

许晓煜：孙甘露，我首先想知道，作为一个上海作家，你对上海这座城市的看法。

孙甘露：应该说是很矛盾的。我对这个世界的看法其实是这座城市带给我的。就是说，我将对这座城市的看法推而广之，变成了对这个世界的看法。这也是不可避免的，任何地方的人都会这样。我不是一个很喜欢游历的人，我主要的时间还是生活在上海。我比较适应上海的日常生活，这是一种习惯。我对这个城市的感觉，好坏参半。

许晓煜：你的样子很合乎一个大都市的人的形象。

孙甘露：表面现象。

许晓煜：你能告诉我不表面的是什么吗？

孙甘露：怎么说呢，我需要这种生活，但是，从这一生来讲，我是很隔膜的，因为上海的这种繁华，确实是一个很浮于表面的东西。当然，你的日常生活可能离不开它，但是，它真的……当然这样说有点简单化，这个城市精神的和物质的东西在某些方面引导你，在某些方面使你有一种拒斥。这是比较矛盾的。

许晓煜：我看到一篇关于你的作品的评论，文章认为你的小说是对都市化生活的反抗，对此你怎么看？

孙甘露：工业化和都市化给人带来影响，它们使人和人的关系变得很冷漠，生活显得很浮躁，人与人的交往很表面化，很模式化和公式化，人们按一般的商业社会的规则交往，很客气，很有距离，你无法从这种环境中挣脱出来，但是这些东西又不是你内心深处想要的。

我看菲茨杰拉德的作品，觉得一个作家在大都市里生活，他面对他生活的一面，也是面对他创作的那一面，有时候这两者交织起来，你很难把它们分开，这些总会影响你的生活和你的写作。“很矛盾”，我还是用这个词。就像很多人对待乡村的态度一样，有些作家以乡村为背景写作，他们既赞美乡村的自然和风土人情给了他养料，但是同时他还觉得，乡村很愚昧，很闭塞，很落后。

但是我觉得决定一个作家的，还是他天性中最隐秘的东西，是他对这个世界的看法和态度。有些东西是由很微妙、很细致的东西形成的，它不是一个概念，而是很感性的东西。比如说，有时候我记得，下雨天，上海某一个街角的景色。雨过天晴之后，那种湿的墙，就是水在收干的时候墙的那种样子，这时候还有落日。这和在乡村看到的完全不同。城市给人的印象是很复杂的，使你难以很简单、指向很明确地把它说清楚。

许晓煜：如果能描述清楚就不会有那些小说了。

孙甘露：是。好像有时候写作主要就是想说一说这个事情，实际上是一种努力，试图要说清楚。不过生活在什么地方不是我特选的，我在上海也是一种抛入。

许晓煜：我听说的上海，不是指真正的上海，上海是某种生活的象征。

孙甘露：我在小说中曾经写过，我说的上海也许并不存在，也许已经消失了，或者从未存在过。就像你说的，它是一种象征，或者说是似乎有、似乎没有的那种东西，因为每个人看到的上海都是不一样的。上海也有各种各样的人群，居住在各种各样的地区，过着各种不同的生活，也是分化得很厉害。

许晓煜：在《今日先锋》这本书上，我看到了你的一篇文章，叫“失去”，里面谈到现代化的工业社会的问题。

孙甘露：编辑把名字改了，本来叫“我所失去的时代”，其实未曾有过的东西不能叫失去，但是我还是倾向于“失去”。我所说的那种“失去”是我渴望的、那种未曾有过的东西，而不是曾经有过的一种东西，我渴望的那种时代其实是不复存在的。

我觉得中国地方很大，中国文学或者说中国艺术，其实很难用一个统一的标准加以描述。所以我曾经开过玩笑，说北京文学在我看来就像一种外国文学。就是说，我不知道他们为什么要写这些东西，为什么会持有这样的看法。当然这是一个玩笑了。

许晓煜：上海作家之间就没有差异吗？

孙甘露：有，也很大。我和他们有一些接触，但不是很密切。我们就是那种很客气的人际交往，但没有更深的、精神上的、关于艺术或者其他问题的交流。在上海，我和陈村的关系比较好，和吴亮比较谈得来。就目前来说，我比较喜欢北京艺术圈那种气氛，比较热烈。当然它也有很多问题，但它是一种生活方式，和上海完全不同。上海是很个人化和商业化的，人与人之间如果有不同的看法，会用比较含蓄的方式处理，而不是激烈地交锋。

许晓煜：再往前说，你喜欢上海二三十年代的新感觉派作家吗？

孙甘露：我读得不多，他们的描述和行文、文风，我觉得比较有隔膜。

许晓煜：看你的小说，好像你对理论很感兴趣。

孙甘露：是，我感兴趣，很多人都有这种倾向。我最近看到韩少功接受记者采访时说，张承志曾经和他讲，小说这种形式局限性很大，他越来越不能忍受小说的虚伪、矫饰。当然很多人在不断地进行实验、变革。张承志觉得似乎有一种更自由的文体，而不是什么散文、小说、诗。当然不是说这个区别不存在了，而是在写作上采取更自由的态度，就是写书。当然你可以说它是小说，也可以说它是别的什么，它是什么我觉得不重要。

许晓煜：最初开始写小说的时候，你觉得那是小说吗？

孙甘露：小说形式本身就是一个约定俗成的东西。如果你有虚构的人物和故事，用散文体写作，用外部的形式标准来衡量，就叫小说，但是我的作品叫不叫小说问题不大。

我最初写作的时候，没有按一般意义上的小说的规范写，比如有鲜明的人物，有典型形象，有起承转合的故事。我从来就没有写过那种东西，而且我脑子里也没有那种概念。我知道那些"规范"，但是它们并不能制约和影响我。

另外，反过来说，我写作不是故意要和这些规则憋着劲，或者要故意和它们对着干，我是很自然、很天性地这样写作。并不是我故意要搞什么实验，我没有这样的想法。当然这和我的阅读有关，比如我喜欢看一些西方作家的作品，看多了，潜移默化地受到一定影响，这种影响是无法排除的。其实影响的形式是很复杂的，并不仅仅包含我所读的小说、诗、哲学著作。可能受各方面的影响，包括你的生活经历，一切吧。

许晓煜：是不是西方的作家那样写了，所以你不怀疑你的作品不是小说？

孙甘露：曾经有人说我的东西不是小说。对我来说，是不是小说无所谓，我并不很在乎。如果他们认为我的东西是小说，就把它收到小说集里去，如果他们认为不是，那么就不收。我曾经看到一篇评论说，这样的作品称不上是好小说，甚至称不上是小说，我觉得这两句话没有什么逻辑关系。

人们对一个东西总会有各种各样的、见仁见智的看法。我没有想过要写什么非常标准的小说，而且我觉得世界上不存在这样的标准。对不对？谁给出这样的标准了？谁能说自己可以给出这样的标准？我想没有人会愚蠢到站出来说这样的话。

许晓煜：1986年，你发表第一篇小说的时候困难吗？

孙甘露：我写作的时间更早一些。最初发表的时候很困难，一些朋友看了很喜欢，帮我推荐。像我原先有一个朋友叫薛海翔，也是一个上海的作家，我最初写的实验性作品是他帮我推荐的。还有《上海文学》以前的一个编辑叫杨晓敏，她也很喜欢。我去过他们的编辑部很多次，和他们交谈过，但是在当时发表还是很困难。也许他们认为这些东西不是小说，也许作品不太成熟，各种原因混合在一起，使我的作品很难发表。还因为我写的不是一种常规的小说，跟他们的阅读习惯不太吻合。

直到1986年，也是一个很偶然的原因吧，当时李陀到上海来，我们上海在搞一个青年创作会，杨晓敏把这些作品推荐给他看。我最初的作品《访问梦境》得以发表，李陀起了很大的作用，可以说起了决定性的作用，我非常感谢他。

从那以后发表作品就简单得多了。当然在很长一段时间里，人们有各种各样不同的看法和争议，但是对我来说，并不是刻意为之，只不过我的写作就是这样，所以我对所谓议论不以为然。对我来说，这种看法不重要，就像我的看法对别人来说也不重要一样。

许晓煜：后来我看到有评论说，你后来的小说更像小说了，他们说的是 1990 年以后。你是有意识的吗？

孙甘露：我想任何一个作家都存在变化，不能说完全无意识，我试图有一些变化，因为一个作家不可能一辈子只用一种方式写作，但是这种变化到底意味着什么，现在还很难说。

许晓煜：你为什么写得少？

孙甘露：因为我比较懒，这是一个原因，我确实不是一个很勤奋的作家。当然有的作家写得多，有的作家写得少，我正好是写得少的作家。写得多又写得好当然更好，有的人写得多，也许他把时间都花在桌前了。我不想对这件事发表评论。

许晓煜：你把时间都花在哪儿了？

孙甘露：我什么都干。这是隐私。

许晓煜：看你的小说更容易让人觉得是信笔写来，但你的作品不多，难道写作不愉快吗？

孙甘露：写作中不同的阶段不一样，写作对不同的人也不一样。王蒙曾经说，写作就应该愉快。他说，如果写作不能给我们带来愉快的话，我们为什么还要写作呢？

当然也有相反的看法，美国作家斯泰伦说，职业作家的写作，特别是长篇的写作，除了开始的创作冲动和构思阶段使你有一种愉快感外，接下来大部分时间，每天都愉快是不可能的，这是自欺欺人。他说，写作就是服苦役。

许晓煜：对你来说呢？在语言上是不是有兴趣？

孙甘露：你写作的时候所面对的东西是一个根本性的问题，我的写作中包含了我对语言、对小说的态度以及我对生活的态度，这些问题是关联在一起的。这是最基本的问题。

我觉得写作的过程混合着愉快，也混合着厌烦。当然写作是你有兴趣才写它，但是写作开始了以后你又想摆脱它，想赶紧写完。当然摆脱也并不是厌烦，而是想完成它，使它成为一种现成的东西。

我想写作有它的特殊性，但也是很平凡的，并不是一件高不可攀的事情。但是，写作的时候作家和世界发生关系的方式更个人化、更内在。它不是一种公共交际的手段，否则我们就不需要虚构，不虚构人物、环境、故事，我们直接对应现实写就行了。虚构本身是有意味的。

写作的基本愿望是什么？如果你看到一个人很漂亮，你很激动，这还不够吗？你为什么还要描述她呢？你描述的和你亲眼看到的肯定是不同的。或者说，你想把这件事情传达给别人，但是你为什么不唱歌呢？你为什么不写一首诗呢？你为什么要写一篇小说呢？为什么把它虚构成一个故事呢？都是有原因的，这是形式方面的冲动。我觉得肯定是这个东西支配你写作，这可能就是小说存在的理由。

我觉得写小说不仅仅为了直接地交换看法，其实我写小说有点顾左右而言他的意思，或者有些东西不能直接说出来，需要一种其他的方式，把这个意思传达出去。

许晓煜：我看你的小说，感觉正好和你刚才说的相反，有许多时候，你直接站出来说话。

孙甘露：但你知道，虚构的作品中所说的话……

许晓煜：也是虚构的？

孙甘露：肯定不是我直接在说，尽管是以“我”这个第一人称在说，但肯定不是我在说话。这是一个混合的声音，有时候是我，有时候不是我，这中间的差异是有意思的地方，否则我可以写一篇论文或者写一篇别的什么，就不需要虚构了。这些话包含了我对这个世界的态度和看法，也可能不完全是。

许晓煜：那你说，人为什么要读小说呢？读者肯定要相信作者吧，你写了很多的判断句，我肯定要相信呀！

孙甘露：对，小说肯定最终会形成一个判断。你读完了一个作品，通过我的叙述，形成了一个印象，或者一个判断，这是你通过读这篇小说获得的。

许晓煜：你的小说像一座迷宫，会把读者搞晕，在写作的时候你考虑过你的读者吗？

孙甘露：写作的时候我当然会想到读者，但是这些读者是隐秘的，我不知道他们是谁。我如何获得这样的一个判断呢？就像我在读别的作家的作品一样，我读巴尔扎克，读雨果，读托尔斯泰，他们肯定不是为我——上海一个叫孙甘露的读者——写作，但并不妨碍我接受他们，对不对？

我觉得任何一个作家都不是为特选的读者写作的，你的读者在哪里，你不知道。艺术作品的影响方式很微妙，没有特选的读者，也不为特定的人写作，但是你的读者是存在的，他们是很隐秘的，很潜在的。你的读者会在遥远的、你所不知道的地方出现，正是这样一种关系使你产生一种激动，使你要为他们写作。

许晓煜：1993 年你出版了长篇小说《呼吸》，有人把你和罗克这个人物等同起来，你认为呢？

孙甘露：罗克这个人物的背景肯定和我比较相似，但故事本身是虚构的。我从不在自己的作品中涉及我的私人生活，这样做并不是有什么其他方面的顾虑，而是我觉得虚构更有意思。如果说这个人物和我有什么关系的话，那就是在精神上有一些联系。

这个社会是由各种各样的人构成的，包括了我笔下所描写的人物。我描写他们，除开文本的、语言的含义之外，至少还包括了这样的一层意思，即试图描述他们和社会其他阶层的关系，看一看他们怎么会形成那么一种关系，他们的精神依据在哪里。但是我主要不是从这个方面考虑的。

选择这些人物，有很多艺术方面的原因、语言实验方面的原因、对这个时代的理解的原因。这些人物并不是特选的，我想我以后还会有其他的……我试图写各种各样的人物。

我觉得写作应该是从你的生命内部产生出来的，你这样写作只和你的生活有关，和你的背景、你的经历、你的阅读有关。我曾经对一个评论家说，每个作家都有他自己的时钟，他按照他自己内心的时钟在走，每个人都有他自己的频率和钟点，他只听从于这个东西，而不是听从一个外在的东西，就是这样。

我觉得作家的责任就是写出好作品，当然了，如果能写出更好的作品就更好了。王尔德曾经说，一个作家只有在一种情况下是不道德的，那就是写得不好。因此我只能尽量完善自己，完善是一个没有止境的过程。

写得多一点当然很好。就我个人而言，我想，写作应该在尽量松弛的状态下进行，我不会因为种种原因而写作，比如说职称啊，社会影响啊。

所谓社会影响，一方面是作品本身的影响，这我们不去讨论了，这是见仁见智的。有一个很简单的办法，就是覆盖率。你只要反复覆盖，你就有影响；你的名字在媒体上反复出现，在报纸杂志上反复出现，你就有影响。这和你写的具体是什么关系不大，人也可以因为这个而写作。这是相互影响的，写得多名气大，你的钱就更多，钱更多你就写得更多，这样反复交织在一起。当然这一切并没有什么不好，我不是在道德上对他们进行判断，这完全是个人的行为。在这样做的情况下，他也可以写出很好的作品，但这是他个人的选择，没有普遍意义。

但同时我们也不得不看到，很多人在进行很无聊的重复，写的东西大同小异，这些作品只对他自己有意义。他可以在作协汇报工作的时候说，他写了多少万字，发表了多少作品，被评为一级作家。但是李陀说过，这些作家是上班的作家，他们从不缺勤，他们的履历很干净，他们是很正常的人。而我是要迟到早退的，但并不是有什么重大的事情要干。

文学和体育不同，它不是一个竞技项目，尽管很多人把它当作一个竞技项目。如果说文学是一个竞技项目的话，我情愿退出。我觉得至少我个人选择写作，是因为从内心和能力上不太善于在社会里和人打交道。写作是一个比较好的生存方式，可以自己面对自己，不用和人交往。

许晓煜：但是一个少产作家靠写作生活，生存有没有问题？

孙甘露：当然我不能靠写作生活。要靠稿费，我想中国作家大部分都得饿死。如果靠写作，在上海这个地方，你就在接受救济这样的水平上。

上海的消费水平是全国最高的，这种状况是畸形的。上海日常的市民生活，围着转的就是衣食住行，其他什么都没有。包括所谓的从事精神性工作的人，可能他们在精神方面的工作只占他们工作的10%，90% 的念头还是……当然一些特殊的天才除外，大部分人我想是这样的。

许晓煜：上海人好像天生就有商业头脑。

孙甘露：一般上海人是这样，但是具体的人是不同的。我和这个城市还是很隔膜的，有些东西是需求，有些东西是你不自觉的、潜移默化的。

人生活在两个不同的世界里，每一个人还有一个潜在的世界，有时候你生活在这个世界里，而他在那个世界里。就像卡夫卡说的，白天的工作和夜晚的写作使他很分裂，他用了一个词是“撕裂”。他白天到一个官僚机构去上班，必须按照那个程式来运作，这和写作的思考方式是不一样的。

许晓煜：有这种分裂的好像不只是作家，随着这个世界的发展，这个问题涉及更多的人。

孙甘露：即使在上海，大部分人在挣扎，少部分人幸运，爬上来了。这是一个商业社会，但是它不是一个充分发育的、健全的商业社会。它的规则还不健全，还有一些混乱，但我觉得作为一个观察对象是蛮有意思的。

上海确实像我们以前所说的，是一个冒险家的乐园。很多世界各地的人，到这里来时抱着种种的梦想，发财啊，改变社会啊，机会啊，金钱啊。大量的资金在这里汇集，机会很多。当然这也产生了许许多多的问题，这也是我感兴趣的，也是我要看到、我要观察的东西。这样的社会肯定给人的生活带来很多、很复杂的影响，比如你的职业、你的生活方式、人们相互之间的关系，包括同事、朋友、异性之间的关系、家庭关系、婚姻关系，比如你对职业的选择、日常生活方式的选择。

这很有意思，就顺便看一看，观察一下，但是我并不是为了观察才生活在这里的。

许晓煜：如果抛开了小说的其他因素，你的小说的语言……

孙甘露：这和我对语言的看法有关。我想，我有时候并不是为了表达什么，其实是为了掩饰什么。西方一些现代哲学家关于语言学的思想——包括索绪尔和法国的一些结构主义者——对我是有影响的。

语言是一个生成的东西，你不断地写作就不断地生成，而且语义和你的语境有关。每个人都在使用这个词，但是它和你在具体的作品里使用这个词的意思是不同的，这个语境正是我感兴趣的，甚至语言的变化或变异，都使我感兴趣。

当然不仅仅是这些方面，语言还有韵律、声音，这纯粹是一种审美感受，不带功利目的的一种感受。而且我觉得它也影响到意义，但它的意义不是语言之外的意义，就像诗一样，不是我们通过阅读诗句来寻找诗的意思，诗句的意思包括它的声音、节奏，这些都包含在诗句之中，而不是在诗句之外。

而且语言还有一个功能，就是它的歧义。很明确的一句话，不同的人看有不同的含义，这也是我觉得有意思的地方。如果语言具有稳定的意义的话，大家的看法应该是一致的。但是为什么会有不同的看法呢？当然与我们的背景不同有关，也与语言触发我们的联想有关。

在我看来，语言很难具体描绘一个东西，很多作家的作品详细描绘一个人的脸，或者描绘其他什么，但是指的并不是那个东西本身。在小说中，语言的一个基本功能就是触发我们的想象。有些人说我的小说好像是在一种能指间滑动，并没有一个固定的、明确的所指。当然我并不倾向于使用这种概念，我并不是完全因为这种原因而写作，但是我们不能漠视现代语言学给我们带来的影响。

像纳博科夫这样的作家，他很讨厌弗洛伊德的学说，但是有一点我们不能否认，“无意识”这样的概念已经进入了我们的生活，我们不能回避。你可以对弗洛伊德的学说有不同的看法，但是这些观点和概念可以帮助我们加深对生活的理解，拓展我们的视野，给我们观察问题、研究问题带来一种新的方式和角度。

许晓煜： 说到语言学，我想到理性对艺术家的创作有帮助，你觉得呢？

孙甘露： 我有这样的看法，这和我的兴趣有关。我对思辨的东西，对理论和学术书籍比较感兴趣。记得小时候，我找到一本康德的书，在当时，我的理解力肯定是达不到的，那些概念令人费解，但我把它当作朗读的练习材料。后来我的智力和理解力都有所发展，我觉得我的动力就是从那里来的。读理论的书使我有一种愉悦感，这是一种研究问题的方式。

当然小说也是一种研究问题的方式，虽然它有娱乐的功能，但是确实有很多严肃的作家，他们试图通过文学作品研究问题。

分析给我带来愉悦感，我觉得这种感觉要压倒文学化叙述的感觉。文学化的叙述一度曾使我有非常愉悦的感觉，现在不是完全没有了，但这种比例在改变，可能以后的作品更抽象，我不知道。

有些人觉得我的作品议论很多，但我不是试图说明什么问题，我以人物的口吻说话的时候，并不是发布我的观点或一个真理，有时候是在发布一个错误的说法，我觉得这种方式很有意思。

许晓煜： 实际上，作家的理性思维很长一段时间是被忽视的。

孙甘露： 王蒙曾说过，作家要学者化。我觉得这个问题有相关性。那时候王蒙是文化部部长、作协副主席，提这样的问题有他的道理。

但我觉得就具体作家而言，这个问题是不存在的。一个很学者化的作家，可以是很优秀的作家，这里的学者化是指有很好的素养。但也有的作家非常感性化和官能化，关于理论他们可能一点概念也没有，但是他们可能写出非常好、很感性的作品。尤其是在写作这个行当里，它是很个人化、很丰富的，不管是什么楷模，再好，如果都那样写的话，肯定完蛋。

许晓煜：如果再回到你的小说，那是单纯语言造成的诗意吗？也许小说中描写的荒诞也是一种诗意。

孙甘露：是，我想一部小说最终落到语言或者从语言出发，都是有原因的，但是我觉得肯定不仅仅是语言。如果仅仅是语言的话，那么语言就包含着、携带着关于这个世界的所有信息了。

许晓煜：在你眼里，这个世界很荒诞吗？

孙甘露：我的看法是比较低调的。可能与我的整个写作有关，比如我比较低产。如果谈到写作的负面，我觉得在内心深处我是个悲观论者，至少我不是很乐观。

有的人说，你对一个地方不适应，可以到另外一个地方去。但是我觉得这并不能解决根本性的问题。乔伊斯有一个概念是“内在的移居”，就是精神移民。今天的社会信息那么发达，所谓“资讯时代”，使你有一种不知身在何处的感觉，因为整个世界对你的影响太复杂了，你又在这儿，又不在这儿。

我觉得，如果说艺术对很多人有什么积极的作用，那就是可以增进人的理解力和想象力，可以使我们富有同情心，使我们更宽容、更敏感，它拓展我们的感受和眼光，使我们对这个世界，对其他的人、其他的事物抱着一种更宽容的态度，更善于倾听和观看。

当你看了一篇小说之后，你说，小说怎么可以这样写？也许你不理解它，你排斥它，但是这个阅读经历使你发现，你的世界被拓展了。如果都写成一样的东西，总是很狭隘。正是因为有了各不相同的东西，我们的感官、我们的知觉被放大和扩展，我们的生存和交际变得更丰富了，适应能力更强了，我们才可以在这个几乎要爆炸的世界上相互依存，艺术能起到这样的作用已经很不容易了。

英国作家康拉德在小说《白水仙号上的黑家伙》的序言中非常好地解释了文学作品的功能，我非常推崇这样的说法：文学作品可以唤起人们的一种潜在的感情、一种悲悯。

当然对文学作品存在着各种不同的看法，我觉得这正是它们赖以存在的基础，它给我们提供了一种展现个性的机会——人们是如此不同，才会有那么多的作家，我们才会要看一看别人的东西。

1999 年 3 月

孙甘露 × 张英

面向未来的先锋文学

张英：二十世纪是中国社会和文化发生急剧变化的世纪，也是一个文化漂泊的世纪。这个世纪引导潮流的先锋文化层出不穷，进入新时期，“文化反思”“文化寻根”“文化转型”等相继成为热点，作为一名先锋小说作家，你对此怎么看？你是否认为眼下存在着某种“世纪末情绪”？

孙甘露：首先要说明，我是在约定俗成的意义上使用“先锋文学”这个概念的，而“先锋文化”则是一个完全不同的范畴。二十世纪许多属于先锋的文化潮流或热点的形成，既有历史的必然，也有人为的因素，在这些潮流或热点中我们能发现特定群体的目的和动机，这是很清楚的。我对所谓“世纪末情绪”不感兴趣，但是在眼下的先锋思潮及先锋文学中，我们看到了软弱、无力、贫乏等种种症候，这也是很清楚的。我同意你“文化漂泊”的说法，文化不可能趋向某种归宿，它永远是开始和终结并置的状态，总是在一种“敞开—关闭”的循环运动之中，是一种过程。

张英：也许这不是一种文化的无意义空转吧。文化本性呈现出动的趋向和可能性。

孙甘露：那当然。否则怎么会有先锋思潮呢？从这个意义上看，如果一种文学现象不是面向未来的，也就不配称为先锋文学。

张英：当前的写作有两种，一种是写作者和评论研究结合得较紧密，在文学刊物提出的口号、打出的旗帜下参与写作，还有一种是写作者和外界隔离，独立写作，这是写作的两种状况。请谈谈你的看法和你自己的写作好吗？

孙甘露：也许不应该这么简单地区分，因为情况比较复杂。现在各种刊物打出各种旗号，也不完全是编辑和批评家的标新立异，这当中有很多因素在相互作用，比如文化发展的客观要求、时代的精神取向等等，甚至也不排除商业上的考虑。当然，你所说的两种写作状态在当今文坛上还是有的，也是合理的存在。就我个人而言，我从来没有想过要为某种潮流、某种旗号、某种社会需要而写作。我觉得写作是从个人内心出发的，是写作者心灵的内在需要。但我不能说我对外在的某种潮流、理论氛围甚至物质环境无动于衷，不受任何影响，这不可能。我只是觉得作为一个写作者，对外界的种种变化应该保持一种敏感，也应该保持一定的距离。我认为完全沉浸与完全封闭隔离的写作都是不可能的。

张英：还有一种写作者，他抱有纯功利的目的，为某种需要而写作。

孙甘露：如果有，那就跟中国当下文化的运作机制有关系，也跟某些不健康的批评有关系。这个问题又当别论。

在中国从事当代文化批评和研究的这支队伍鱼龙混杂，水平也是高低不一。作为一个写作者，还是应该按照自己的愿望去写作。对我而言，写作是一种无法代替的兴趣，一种严格意义上的严肃表达方式，但这并不影响我对各种不可通约的写作保持一种宽容。由于写作者的情况千差万别，每个写作者都有他自己的需要与选择，写作永远是个体行为，应该坚持个人的立场，容忍别人的立场。强求作家们在某种旗帜、某种规范之下写作，那真正是扼杀了写作的生命，是没有必要的。

反过来看，对批评者、研究者而言，他也有理由拥有自己的标准、尺度和立场，但更应该有理由对某种更纯粹、更有价值的艺术追求予以关注，而不必对一些没有多少价值或炒得很热的应时之作争论不休。

张英：目前先锋小说面临的处境相当尴尬，似乎受到了某种制约而呈退缩趋势。现在不少研究者、批评家、编辑积极参与和鼓励，在已问世的作品中发掘先锋性，也推出了许多冠以先锋称号的作品。这种努力的主观愿望可能是好的，但是应该如何估计它可能产生的效果？

孙甘露：我同意你的观察。不仅是先锋，各种力量都试图对当代文学产生影响，但影响会有多大，还不明显。我们确实看到围绕着某一热点的理论文章在一段时间内占领了传媒、报刊，把许多其他的东西都覆盖了，但这种局面很快就会过去。我更注意的是当前文学——特别是先锋文学——正承受着太多、太重的压力，譬如传统文化的压力、五四新文化的压力、主流意识形态的压力、西方现代文化的压力，还有陈思和描述的那种来自民间文化的压力，等等。种种压力在批评界以及传媒报刊上形成话语权力之争，使先锋文学举步维艰。

从一个总体的高度上看，各种力量交会影响着我们当前的文化转型，争论是不可避免的，也是非常必要的。先锋文学应当从这当中找到不同的角度和不同的方法。

张英：现在作家的创作热情、创作冲动与八十年代中期相比已经减弱了很多，在许多作品中我们还看到作家的心灵与作品中的艺术世界仿佛存在着隔膜，这种现象在先锋文学中同样存在。是不是刚才我们谈到的种种强制力导致的呢？

孙甘露：任何一个作家，不管承不承认，都历史性地受到各种社会文化和现实力量的制约，就看你怎么对待。历史的制约是不以人的意志为转移的，但是对写作者而言，除了强烈的历史感，还应该具有超越历史制约的一种自觉，也许这正是先锋精神之所在。

写作者在不同的尺度上操练，批评家和研究者们也在不同的层面上观察着写作。在这个文化转型的时期，由于各种精神性的标准、尺度与判断都处在不稳定当中，于是，由传媒以及市场机制构成的文化制度的影响相当突出。文学作品要想不断地与读者保持接触、发生影响，就会自觉与不自觉地依附这种文化制度。大众传媒及文化市场不仅制约着写作者，还会在一段时期内把真正优秀的作品覆盖起来。

当然，文学创作以及写作者的创作激情本质上是精神性的，从这个角度看，文化制度的影响虽然强大，但也很脆弱，对先锋文学不构成致命威胁。

张英： 先锋文学曾被一片叫好声推向高峰，1988 年以后就开始走下坡路了，是这样吗？

孙甘露： 1988 年以后先锋文学由盛到衰是比较统一的看法，其原因很复杂。我认为中国作家——包括先锋文学写作者——从某种意义上是在回避严峻的现实，许多作家写历史、写现实生活写得非常琐碎，这和我们前面讨论到的尺度及作家的自觉相关。这一代作家正经历着社会经济发展中一场极为深刻的历史性变化，但是我们所认为的市场经济包含着政治经济的成分，这是中国的国情所决定的。

张英： 商业化的空前发展，带来种种潜在的问题，造成了文学与现实的脱节。但先锋文学本来就是在有限的层面上探索，先锋文学的探索性、实验性决定了它不易为大众所接受，同时要求先锋作家要有一种献身精神，还需要有自己的信仰、精神品质与人格力量。我们是否可以认为先锋文学的退缩标志着当代知识分子的精神萎缩、人格力量软化？你认为商业化带来的经济挤压会使作家无法静下心来吗？作家们是否会因此在写作之前首先考虑被接受的可能性？

孙甘露：我不想断言。就我个人而言，写作并不为经济挤压所影响，也不以是否被接受为虑。因为，我当初写作时就面临作品难以发表的问题，社会接受先锋文学作品的确需要一个过程。许多朋友也曾劝我先写一些可以被刊物接受的作品，等站住脚后再进行实验，但我并没有听从这种劝说。我以为不能被接受并不是我个人的损失。如果一种文化不能接受我的作品，那我根本就没有必要进入这种文化，当初我都觉得没有必要改变自己，那么今天就更没有必要了。

张英：从今天许多打着先锋旗号的作品中我们看不到独特个性和创新意识，而这恰好是先锋的生命。我读你的作品，感觉到你的写作还是极富个性，与潮流保持着距离的。

孙甘露：我一直都很反对贴标签的做法，我认为我被纳入先锋之列是有幸，也可以说是不幸，因为我并没有要着意与别的潮流区别开来或标新立异，我的写作是在潮流之外的，但我并不刻意回避某种潮流。写作始终是个人化的，我写作是为了寻找更新鲜、更细微、更有深度的表达方式，至于别人怎样评论我，那是另外一回事。

写作的含义在今天已经变得非常丰富了。

张英：当前文化四分五裂的状况十分明显，现在有人试图把它重新聚合起来，无论是上海学者提出的“重建人文精神”，还是北京学者提出的“后现代主义文化景观”，都代表着这种聚合的企求。还有一批北京青年学者提出运用权力将一种文化思想强行推出来广泛覆盖，再让它生长、发育。这虽然是一种可怕的尝试，但也代表着聚合的企求。先锋文学怎样对待这种文化环境？我们还有理由对先锋文学抱有信心吗？

孙甘露：我对这种企求或努力表示钦佩。就文学而言，任何一种文化内容一旦转化为艺术形式，都携带着这个时代的精神，我们现在要做的就是把这种转化建立起来。

的确，这个时代的潮流和风尚使我们丢失了许多东西，我们无心欣赏真正的艺术，不讲究艺术趣味、品位，它变成一个粗陋的时代了。很多根本没有艺术性可言的东西只要适合进入传媒、进入批量制造，就可以获得爆炸式的效果。但这种状况总会过去，文化的本性是驱动的，它总要前行，也就总有前卫。因此我对文化艺术的前景还是抱有乐观态度的，我们对先锋文化、先锋文学的状况也大可不必悲观。

2001 年 1 月

孙甘露 × 毛尖

爱电影

毛尖：能不能谈谈电影和文学的关系？

孙甘露：这是一个不稳定的概念，可以做深入的互文性研究。从修辞的角度讲，电影是一种二级文学，文学是一种二级电影。不要以为我在贬低什么，“从理论上讲，一切文本都是二级文本”，彼此间的运动是有模式的——“现代的引文通过交互的方式发生作用”。

毛尖：你在文章中一般喜欢从什么角度阐释电影？

孙甘露：一部好影片，可以从多种角度、层面来观赏，而糟糕的电影你怎么看也是白费劲。

毛尖：你喜欢哪些影片、演员和导演？

孙甘露：这是一份很长的名单，而且非常庞杂。当然，不会比这个世界更庞杂。

毛尖：你写影评的初衷是什么？

孙甘露：当时陆灏在《文汇报》开设了一个叫“电影眉批”的栏目，我是在他的敦促下开始写的。想将自己的一点心得和读者分享。就像我的若干朋友，会陪同你观看他喜欢的影片，某个镜头、某个段落甚至整部影片。你一定也有这样的朋友。

毛尖：你谈得比较多的都是欧美的电影，很少有国内的。你是故意避开，还是觉得真没什么好多说的？你认为国产电影的现状如何？有哪些提升途径？

孙甘露：国产的某些影片，喜爱把什么东西都说出来，这样自然你就不好再说什么了。中国电影要靠那些拍电影的人去提升，买票的观众只管发牢骚就是了。

毛尖：目前电影似乎一下子热起来了，盗版DVD是不是起到了很大的推动作用？同时也带动了大量优秀的作者去写影评？从长远来看，这对文学有益还是有害？

孙甘露：严格地说，我们的大部分电影评论，只是DVD评论。当然，这没有什么不好。至于这些DVD是不是盗版，我无法判断。我自己小说的版权我都鞭长莫及。从个人的角度看，写电影评论是观察练习，益处多多。

毛尖：现代受众接收信息的特点是不是导致电影风行的直接原因？

孙甘露：广义地说，影像比文字更易于传播。某对男女在床上忙乎了半天，不听对白，观众也大致知道是怎么回事。冈察洛夫写了五十页小说，奥勃洛莫夫还没有起床。虽然他没干什么见不得人的事，只是在思考。要是没有俄文翻译家，我们这些教育程度有限的人就彻底瞎了。

毛尖：你觉得电影是否已经对文学造成了冲击？怎样调和这一矛盾？文学的出路何在呢？也就是说，作为写作者应该扮演怎样的角色？为电影服务还是指导电影，抑或是各就各位？

孙甘露：电影从各种门类的艺术中汲取营养，其他门类的艺术也是如此。你的问题的通俗解释好像是，电影的影响超过了小说。有意思的是，大量的电影改编自小说。贡布里希就时代风尚和艺术形式之间的关系，曾以风和风车作比，有过精妙的论述。

毛尖：现在越来越多的写作者，要么为电影写作（剧本创作），要么写作电影（影评），究竟怎么评价这一现象，或者说你认为这些现象背后体现了什么？

孙甘露：写作电影应该指的是拍电影，而不是写电影评论。而写电影剧本，那是特殊神经类型的人才干得了的事。至于写影评的人多，一是印刷媒体对各类文字的广泛需求，二是DVD提供了更广泛的话题。从功能的角度看，在某种意义上，DVD就是今日的文学。

2003年4月

孙甘露 × 吕正

轮渡

吕正：如果仅把“轮渡”作为一个词，您会怎样解读和运用它？

孙甘露：如果把语言看作一个差异系统，具体的语言现象要在上下文里观察，才能发现它在“上海”的意义。就像在日常生活里轮渡所意指的那样：它是摇摆的、居于两者之间的，是过程，并且是很不稳定的。诸如此类。

吕正：轮渡在您的很多作品中出现过，在您的作品中它具有怎样的意象并起了什么作用？

孙甘露：它多次被提及，但是都是在非虚构的作品中。所以，它的意义只是它的第一义，即最基本的含义，不涉及它的引申义。但是，事物本身总是意味深长的。

吕正：您对上海的轮渡有哪些印象？

孙甘露：陈旧、拥挤。因江水、人流、机械而产生的刺鼻的气味。焦虑、茫然或者麻木的人群。当然，当乘客不多时，它有一种萧索之美。

吕正：您对轮渡的记忆开始于什么时候，又结束或模糊于什么时候？

孙甘露：我记忆中第一次坐轮渡是在少年时代，在我父亲部队的军车上，在远郊，是那种过汽车的大型轮渡。结束？在我的记忆中它永远都不会结束。

吕正：您对哪条轮渡线有特殊的记忆？或对哪个时期的轮渡有特殊的记忆？

孙甘露：其昌栈轮渡。上世纪七十年代末八十年代初。平凡的经历。如果说它特殊，只是它陪伴了我青少年时期许多寂寞的时光。

吕正：作为一个生活在上海的职业作家，您怎么看待城市里的轮渡，它在上海或在外滩的过去和现在扮演着什么样的角色？

孙甘露：首先它是交通工具。虽然，它会因经济、工艺及时代的变迁而更替，但是，它永远都会在那儿。它令我们对自然保持一点微弱的意识，令我们知道城市并非全然是人工的产物。它减缓了我们抵达某处的速度，令我们因工具而思考。

吕正：上海的轮渡作为城市的一部分，表现出的是草根气息多一点，还是“租界”气息多一点，又或是两者的混合物？如果都不是，您自己的描述是什么？

孙甘露：它当然是我们底层人群出门谋生的交通工具。如果它因为什么人的描述而逐渐地布尔乔亚起来，那是这个时代的文化出了问题。

吕正：如果把轮渡看作承载城市某种情绪或气质的物体，您认为上海轮渡承载的是什么？

孙甘露：生活的艰辛、漫长和无奈。

2004 年 4 月

孙甘露 × 杨扬

文学探索：比缓慢更缓慢的工作

● “上海作家”和“上海的文学写作”是有差异的不同概念

杨扬：关于上海作家的创作，议论很多。但大多是批评家和职能部门的意见，很少见到上海作家自己的文字。您是上海有代表性的作家，倒是想听听您的看法。

孙甘露：“上海作家”这个词，较之一般的文学概念，似乎更近似于地域文化概念，或者说，有时候听上去像是一个行政区划概念。类似这样的概念，多少与得了几次文学奖、每年出产多少部作品、老中青作家队伍状况分析等等政府职能部门的业绩指标有关。当然，在中国别的地方也一样。你如果用这些东西作为判断一地文学写作状况的主要依据，那将会犯常识性的错误。是应该注意，到底谁在说“上海作家”。这就是“文学写作”在当下的处境：当它被主流意识形态和媒体加以描述时，它通常就成了一份类似清单的东西——一份好清单。

杨扬：您将“上海作家”与“上海的文学写作者”做了区分，赋予

“上海作家”一种特殊的含义，在语言上凸显出话语行动者的身份特征，这很有意思。一个概念大家都在用，表面上好像是自然而然、客观公允的，但其中潜在的价值取向，很少有人过问。

孙甘露：我当然不是在玩概念游戏，也不想对今天上海的文学写作草率地批评或者辩护。我们不是上海的行政长官，这事得由别人来做。我只是觉得，当某些东西以文学批评的面貌出现时，应该注意到没有什么样的话语是普遍适用的，任何时代的写作都是有具体的历史内容的。简单的道德诉求，听起来悦耳，但是有很大的遮蔽作用。这倒好像是常识。

杨扬：我明白您的意思。对真正的文学写作者而言，困扰自己的，不是一些外在的因素，诸如文学评奖、政府扶持、稿酬价位和批评家的措辞，而是写作者自己的写作状态和写作能力。当我们提出“上海作家”或是“上海的文学写作者”这样的概念时，需要获得的不是像请示报告那样的东西，请示报告是向社会、政府呼吁某种关爱和重视，而文学写作完全是一种个人行为。

孙甘露：是的，文学写作有自己的周期，最忌讳那种社会公众集体参与的“全民运动”。似乎由一两个人登高一呼，文学便可以有一副繁荣的面容，这是想象的乌托邦。上海的文学写作有自己的传统，这种传统在 1930 年代繁荣过，此后再也没有达到过这样的巅峰状态。但这不意味着上海的文学和文学写作消亡了。

杨扬：假如撇开过分直接的功利目的，从上海的文学写作的要求看，文学在上海一直存在着。只不过存在的方式有所不同。有时很容易感受到，有时却需要细细体会；有时表现为强势，有时却表现为弱势。

孙甘露：文学在这座城市的强弱起伏，不是由哪个人制造出来的，就像一个人的体温，是波动的、与生俱来的。所有那些关于上海文学的悲观的观察，是很感人的。但是文学在上海是存在的，只不过是什么种类的文学，以及这些种类的文学适合于哪些读者阅读的问题。至少对于我自己的写作和阅读来说是这样的。

● 文体探索依然是推进小说创作的动力源泉

杨扬：1980 年代您是以较为特殊的文体书写形式走进当代文学世界的。1990 年代以来，那些先锋派作家的写作好像先后都遇到了某种障碍，一个最直接的现象就是作品少了。

孙甘露：这是我面临的问题。它和一个作家在日常生活中面临的问题交织在一起。面对这些是要付出代价的，没有人可以幸免，即便你从事的是其他的工作，也无法幸免。我是说，如果你把写作仅仅看作是上班，那是另外一回事。

杨扬：理论上是可能的。我们常常讲一个人可以选择某种生活，但对很多写作者来说，这种选择是不成立的。就像一些高调的批评所标榜的标准，其实这些人自己从来就没有做到过。生活和写作一样，有时会以一种惯性运动的方式行进着，不知道什么原因，人置身其中，无力自拔。这大概就是人性的幽暗之处。

孙甘露：人生就像是在黑暗中摸索，谁知道终极目标在哪里？真正能够理智把握人生的人不能说完全没有，但那是少数，至少我在这方面无法做到洞察一切、摆脱一切。谁又能脱离于世俗生活之外？不过话又得说回来，对于都市喧嚣的生活，文学写作者从内心是排斥的。

杨扬：没有物质的生活不行，感觉到自己总被物质生活困扰又是一种人生的烦恼。听说您一直在写一个长篇？

孙甘露：是的。除了一个时期为了生计写一些电视剧本外，我一直断断续续在写一些自己想写的东西。最近一个时期，读了奈保尔、库切的一些作品。在他们那里，小说这种文体的边界已经变得极其模糊，虚构与非虚构、现实与超现实、公众与个体之间的关系已经有了一种新的调整和理解。读了这些作家的作品之后，对文体的理解产生变化是很自然的。

杨扬：就是从文体上考虑，今天的文学写作也遇到了很多问题。

孙甘露：文体是一个很困扰作家写作的问题。人们缺少的可能不是生活经验，而是一种对文体的理解。相似的生活，在不同的文体形式下，折射出的艺术之光是不一样的。一个作家不能照一种方式重复下去，这样的写作没有多少意义。这的确困难。这不仅仅是外部条件和个人才能问题，有时也需要时间和机遇。

杨扬：我看了您新出的作品集《比缓慢更缓慢》，这个标题很有意味。

孙甘露：我是个写作速度很缓慢的写作者。这是我自己的写作方式。对此我也无可奈何。对文体的探索在今天依然有着一种迫切的需要。对我来说，这是最大的困惑。文学写作要找到那种真正能够将文学语言的能量充分释放出来的途径，这对写作是一种考验。

杨扬：读您的《上海的时间玩偶》，我就在想，这是很难归类的一种作品，不像有的作家，作品的边界明确，小说就是小说，散文就是散文。您的这部作品既像散文，又像小说。虚构和非虚构的成分全都杂糅在一起。好像在述说自己的故事，又像是在排遣记忆中某些压抑的成分。但写得很放松，有一种都市风味。现在一些作家一提文体探索，便想到杂糅，但刻意造作的人为痕迹太强，仿佛努力要造出一点什么东西。这种造作的东西，其实在艺术上是很浮浅的。我觉得您写得很放松，就是与那种一脸苦相的造作的文体探索相对照，有一种优雅从容的内涵。

● 身体、欲望与文学的思想

杨扬：都市文学有自己的风格特征。我想不好用什么确切的词语来表述这种都市风格的写作，譬如身体、欲望等等，这些概念和文学景观大概与都市文学的表现比较接近。

孙甘露：我也想不出有什么特别之处，写作时我基本不考虑这些问题。

杨扬：那么，您是如何来看待我说的这些问题的呢？

孙甘露：应该从文学，或者写作的需要来理解。对写作而言，不应该有某种预设很强的东西预先摆在那里，这样的写作好像是将预先设计好的东西均匀地散布到作品的每一个角落，然后构成一个作品，这种方式是我不喜欢的。可以将写作看作是自我搏击，什么时候击倒自己，或什么时候出现意外，谁都无法预料。身体和欲望肯定是写作中无法摆脱的，但我也不知道什么时候以何种方式出现在我的作品中。

杨扬：为什么现在对文学中展现身体和欲望会有那么多的批评意见？

孙甘露：谁在批评？

杨扬：不少，有一些是道德主义的批评，一看到文学作品中出现酒吧、情爱，简单说，就是与人的物质生活相关的文学场景，就觉得是一种堕落。

孙甘露：哦，我知道这些。其实文学可以借助很多东西来表述自己，选择什么，这要看作家的兴趣。身体、欲望写得好，也可以成为一流的作品。最近恰好读了一部通篇谈身体的小说。应上海译文出版社的约请，我在为菲利普·罗斯的新作《垂死的肉身》的中文版写序，罗斯在这部书的卷首引用了埃德纳·奥勃兰恩的话："身体所包含的人生故事和头脑一样多。"

杨扬：文学创作要促成多种想象的空间，形成各种类型的表达。都市生活景观是1990年代以来文学中发展比较快的一种景观，这方面出色的作家作品不多。身体和欲望作为文学景观在当代文学中最集中的展现，大都与都市生活有关。写得好不好，完全是仁者见仁，智者见智。事实上，用身体和欲望这样的概念来表述文学中的某些都市景观，也只是一种过分简单的说法，明确地说，应该是文学中与原先那种宏大的社会政治相对照的个人的生活场景，譬如情爱、金钱等等，这些在社会政治中可以忽略不计或淡出的东西，在个人生活中可能就比较突出。这种文学表达应该说有自己的合理性，1990年代这方面的作品增长比较快，对照之下，那些叙述宏大社会政治的作品增长不如前一类作品。所以，不能以压制某类作品的增长来促成另一类作品的发展，这样的方式只能造就单一的文学格局。我的想法是不要抹杀都市文学这些年的成绩，同时应该加强宏大社会政治类型的文学作品自身的艺术品位和市场竞争力。社会政治类型的作品数量不少，但艺术上普遍比较粗糙，几乎没有成功的。为什么就没有评论去批评这些作家作品呢?

孙甘露: 这正是罗斯涉及的东西。希望我们没有忽略某些很重要的东西。

杨扬: 身体和欲望在都市文学中的出现，是有积极意义的。你看看，当代中国文学中这方面是非常欠缺的。我们的文学作品以往写情爱、性爱，偏重所谓精神层面的表现，其实没有身体的情爱是不真实的，或不全面的。像张洁从《爱，是不能忘记的》到《无字》的精神价值的转换，肉身的作用是一个很重要的因素。原先理想的情爱，在实际生活中遭遇很具体的生活问题时，矛盾就来了。那种精神层面的东西在没有经过生活考验之前，很多都是脆弱的。思想的成熟应该包括对自身欲望和身体的正视。我是觉得 1990 年代对身体和欲望的表述，甚至有时是不无夸张的表述尝试，对推进新世纪的文学写作是有帮助的。像王蒙这样很少写性写私生活的作家在《青狐》中都想尝试一下，像上海的作家叶辛在新作《华都》中一上来便写私情，放在十年以前是无法想象的。

● 影像文本应该引起文学写作的注意

杨扬: 您的随笔集《比缓慢更缓慢》中，记录了不少对国外电影的观感。

孙甘露： 我喜欢看电影。

杨扬： 对您的写作有影响吗？

孙甘露： 有影响，当我看过戈达尔、侯麦、文德斯、塔可夫斯基、安东尼奥尼的电影，说不受影响，那是在吹牛。

杨扬： 我有一种感觉，从文学史角度讲，影像艺术对二十世纪以来小说写作构成强大影响，大概有两次。一次是二十世纪二十年代末到三十年代，一次是九十年代以来。前一次在中国作家中形成了像施蛰存、穆时英、刘呐欧这样的小说写作格式。穆时英、刘呐欧是很自觉地吸收了电影中的蒙太奇手法，也很注意场景空间的转换技巧，这些构成了他们小说写作中非常重要的方面。施蛰存没有专门倡导过电影艺术，但年轻时很爱看外国电影。换句话说，他们看电影时，有很强的文学接受意识，写小说时，又有很自觉的影像意识。二十世纪第二次影像艺术对文学构成影响是九十年代以来。像余华的《在细雨中呼喊》、张欣的《深喉》，直接套用外国电影的片名，一些年轻作家甚至将外国电影的故事框架移植到自己的小说中。

孙甘露： 在某种意义上，电影成了当代文学的一种精神资源。

杨扬： 但 1990 年代作家对电影的接受，在文学意识上还是不及 1930 年代的新感觉派。也就是说，现在的很多作家只是在故事情节和叙事技巧上吸收外国影像艺术的成果，而很少有人从文本与图像关系来考虑文学写作的可能性。

孙甘露： 您可以具体说说。

杨扬： 在一个影像技术越来越高度普及的时代，文学仅靠文字的力量可能是不够了。文学写作如何与影像结合，在写作中如何提高文学的图像可视性，这是文学写作需要考虑的一个问题。所谓跨文体写作，不应该只停留在一些文字文体的表述模式的借鉴上，还应该扩展到影像艺术领域。现在不少作家注意到写作时给自己的文本留有空间，以便改编影视剧，但这种意识还是非常粗浅的，大多是从作品的商业效应来考虑。我说的是应该从文学写作和审美意识上开掘出图像时代有品位的文学写作。以往人们总是认为小说文字的东西比影像艺术深刻、丰富，因为文字借助想象中介，没有定型的东西，影像艺术受画面约束。但现在我们感到，世界一流的影像作品，艺术把握上完全可以与一流的文学作品相媲美。特别是在传播过程中，电视、网络成为强势媒体之后，文字的传播再也不是一种单一的东西，而必须考虑到与各种现有的传播媒介的关系。

孙甘露： 这是高科技时代文学面对现实的一种方式。

杨扬： 对一个作家而言，可以有自己最得心应手的方式，但对一个时代而言，写作是有变化的。否则我们如何来理解文学写作的变动呢？

孙甘露：我是觉得影像改变了人们对世界的态度，影像把现实覆盖了，成为制约人们记忆的东西。譬如你到一个地方去旅游，对这个地方的记忆往往会与某部电影或电视片中的某个场景发生关系，你有时候不是凭自己的直接感受去触摸景观，而是会不知不觉地将自己的感受向影像艺术转述的方向发展。你都搞不清楚，是你在感受世界，还是影像世界覆盖了你想要表述的一切。总之，这不是一个好坏问题，而是文学写作已经遭遇到了的问题。

杨扬：当代文学写作要面向一个广阔的文化世界，除了文字语言世界，还有影像声音世界。记得前几年我曾批评一位作家，他将各种文体堆积在一起，来探讨某种新文体。有人高度赞美说这是一种超文本写作。我很不以为然，原因之一，就是这种文体探索缺乏空间跨度，还是在一种自闭的文字世界中做简单的文字拼图游戏。在新的文化现实面前，文字的表现空间应该有一种适度伸缩的弹性。

孙甘露：我一直在写作，但没有将这些作品拿出来发表，原因之一，是很多问题自己还需要更好地把握。1980 年代的文学，包括像对精神分析理论、叙述学等的接受，理解的背景还是比较清晰的，它们提供了某种可以介入文学和理解文学的视角，但现在触及的问题好像更复杂，“什么是文学”这一类最基本的信念都受到了质疑。譬如，原来我们一直强调小说描写的具体与直接，但现在的一些“小说”文本，如昆德拉、奈保尔这样的作家，他们的作品中有大量的议论，在一些篇章中议论甚至超过了描写，成为一种独立的构成。对此一直存在着争议。接触上述这些作家作品，常常会让你对传统文学观念的合法性产生动摇。

杨扬： 是啊，在一些人眼里，现在文体问题已不是什么问题了，其实并非如此。这仍是一项难度非常高的工作，也是对作家智商的一种考验。

● 文学批评构成了一种阅读

杨扬： 文学批评方面的文章您看吗？

孙甘露： 我是经常看的，也比较关注。

杨扬： 有哪些文章？

孙甘露： 最初当然是别林斯基和勃兰兑斯的，后来是新批评，符号学之后，那就十分广泛了。当代的许多重要作家如艾柯、奈保尔、卡尔维诺、桑塔格等，都有大量重要的研究性著作。至于那些“专职”批评家如巴特、克里斯蒂娃、萨义德、杰姆逊，那已经远远超出了文学的范畴。或者说，在这里，文学只是进入问题的角度，更多的是不同学科间的方法的彼此渗透。那已经是另一个问题了。

杨扬： 有没有自己的看法？

孙甘露：我的看法十分简单，二十世纪以降这些重要的思想资源，和古典作家一样，你是无法忽视的。这是你永远要学习的。

杨扬：现在有的评论家像吹鼓手一样，作家新作一出来，便带上几个评论家开作品发布会和所谓的研讨会，作家喜欢听好话，评论家成了金喇叭，评论杂志更是与书商、出版社联手，成了作家新作的展台和表扬场所，批评性的文字仿佛与批评家没有关系了。

孙甘露：也许各人有各人的难处。我喜欢看看听听，文学批评也构成了我的一种阅读。作家还是需要有一种批评的碰撞，否则思想上会产生麻木感。当然，这只是我个人的看法。

杨扬：文学批评其实要做的事非常多，但现在显得不够开阔，无论形式还是内容，都有一种过分集中的表现。

孙甘露：你说说。

杨扬：文学形式探索上，文学批评现在还是滞后的，没有一种自觉的超前的探索。对文本格式的批评，还是停留在所谓的混合文体的写作格式方面，没有跳开既定的文字空间，从图像时代文学写作发展的可能性方面来思考一些问题。所以，讨论来讨论去，没有智慧可言，以至于造成一种假象，仿佛文学形式探讨已经差不多了，需要转向文学表现内容方面。在文学表现内容上，题材决定论的痕迹还是没有从根本上抹去。以题材决定作品的好坏，影响到一些作家创作。在都市题材方面，好像写市民生活、写私人生活就没有意义，一定要写打工妹、小保姆、发廊女才是贴近时代，才写出了都市生活的另一种复杂性，我想这是认识上的误区。

孙甘露：对作家而言，写作常常受很多先在的经验限制。

杨扬：是的。我记得施蛰存先生曾说，他的创作生命是在创作《阿秀》之后结束的，也就是作为小说家的施蛰存在 1937 年就谢世了。什么原因呢？照施先生自己的说法，当时不少评论家都在主张作家要写一些反映底层生活的作品，而像他这样的作家原先熟悉的是《梅雨之夕》那样的生活，这在一些批评家看来是很不合时宜的。最终经不起自己的老师和批评家的劝，施先生放下自己熟悉的东西，去写小保姆之类的底层经验，最后连写作的冲动都没有了。作家的写作与社会需要之间是有距离的。跟得最紧的写作，未必是最好的写作，我是指作家要写自己熟悉的东西。

孙甘露：这我同意。写作是一件奇怪的事情，作家当然受制于个人的境遇，但是经验有时候以十分特殊的方式引导作家。奥兹曾经说，就作家和他所处的时代的关系来看，卡夫卡是最近似于莎士比亚、但丁、歌德等重要作家的。但是如果你想在卡夫卡的作品中发现当时报纸新闻或者娱乐版所描述的布拉格，那会失望的。正如人们所知，这个原则出自古老的、写作《诗学》和《形而上学》的亚里士多德的传统——艺术是建立在与艺术史的关系之上的，不同于历史和哲学。

杨扬：以前文论中讲“遇”与“不遇”。我想作家还是应该写自己熟悉的东西，这多少总是有生命的。尽管一个时期与那些高声喧哗的东西相比显得低调，但总有真切的心得在其中，总还有出头、相“遇”的机会，否则，即便有了让你表现的机会，但拿出来的货色全都是一些装腔作势的东西，那是没有多少意义的。

2004 年 5 月 12 日下午

孙甘露 × 韩博

文学影响了我们看世界的方式

韩博：据说你已经将主要精力转移到长篇小说的创作，新作即将杀青。与以前的短篇作品相比，你的新作会呈现出哪些变化？

孙甘露：新的长篇叫《少女群像》，已经写了相当的部分了，现在还在整理，我想先找些杂志，通过节选的方式刊登一下，最终还是要结成一本书来出版。它跟我早期那些通常被描述为实验性的、语言极端实验的东西有点不一样，但是跟我上个世纪九十年代写的部分小说还是有点关联的，比如说像《忆秦娥》，像后来写的《天净沙》《镜花缘》。《少女群像》是将现实世界呈现到前面来了。我这个时期的写作，或者说这本书的重点，变成了将现实作为对象来处理，我想看看现实在我的笔下会呈现出一个什么样的形态。我一开始在写作上有一点所谓的实验性的或者说先锋主义的或者说后现代的那种文学上的写法，是一些探索，但是现在我就觉得可能是到了一个复古的时期。这是古典主义的一个返回，但不是纯然的。我想可能是有一点古典主义的因素在里面，但这个古典主义不是在文学的现实主义、浪漫主义、批判现实主义这个意义里面的，也不是在音乐的浪漫派或者古典主义这样一个概念里面的，与那些东西有点关联，但还是广义的，是那种古典的、传统的、看似和现实世界并行的方式。现实世界看起来是以自己本来的面目呈现，但其实不是，它没有这样一个自动呈现的功能。《少女群像》其实也是一种戏仿，它并不是描写现实，而是对现实的表现的一种戏仿，其实本质上还是现代主义的或者说后现代的。其实基本的概念、立场我觉得没法改变，也很难改变，而且我也持有这种立场，坚持这种立场。只不过我觉得那种戏仿、模拟古典主义的面貌、姿态可能会好一点。

韩博：你所说的现实指的是什么？

孙甘露：现实生活。当然也不仅仅指日常起居，还有另外一个意思，就是通常被人们描述的这么一个东西——不是那么内心、不是那么个人的，可能是和别人共享、共同观察的这个对象。我觉得这十几年来，社会的变化、人们生活的变化都很大，我想看看具体的人在这样一个大的变化的时代背景前面究竟是怎样的，我想处理一下个人命运这种东西。

韩博：能谈谈《少女群像》的故事吗？

孙甘露：背景是上个世纪九十年代，处理的现实就是上海，这是人物的主要活动场景。当然书里的人也是在世界各地，四散各处，遭遇、聚合、分离，或者说，生离死别吧。看上去好像是一个传统的故事，当然从叙事上来讲，它的面貌是很复杂的，但是它总的结构呢……我现在不能讲。它是以第一人称叙事的，“我”是一个女性，是我钻在一个女人的身体里面，假冒的这样一个女性。当然这只不过是一个叙事的视角，也是我第一次选择了一个女性的视角。它是一封长信。陈丹青有一次跟我说，你的身体里还住着一位女性，这就是这部小说的缘起。

韩博：就我这个读者而言，最早接触的你的作品其实是诗歌，那是上个世纪八十年代末期，在一本油印的诗歌合集里面。后来读到你的小说之后，就再也没有读到过你的诗，你似乎将诗歌放弃了？

孙甘露：后来我就基本不写诗了。虽然也断断续续有过一点，但我也没发表过。因为我也不满意，也没有整理。后来过了一些年，我把它们找出来再看的时候，觉得那不是很成熟的东西，有的将来整理了可能还可以发表，也是一个记录吧。我想可能在某个时候，我还会把写诗拾起来，因为现在渐渐还是有这种拾的冲动。为什么呢？我觉得这其实也跟这种时代的诗歌发展的变化有关系。其实我对诗歌是很关注的，一直在读，翻译的诗歌也好，中国当代的最活跃的或者说比较偏的也好，其实我大部分都读的。当然我不是研究者，但是作为一个读者，我心里还是清楚的：知道这些变化是从哪里来的，怎么变化的；他们关心的问题，关心问题的方式；以及现代诗的语言，它的修辞、风格，或者说它的一些美学上的理想。我大致都知道，因为我还是读作品的。当然我对诗论也有兴趣，我也看过一些。但有些东西很复杂，我就不知所云了，觉得这个太有挑战性了。

韩博：放弃诗歌写作，是不是因为对小说写作更感兴趣？

孙甘露：我可能小说读得更多一点，就像做功课一样。尽管我写得不多，但读得还是很勤奋的，是个好读者。我对小说还是比较有体会的，它的环节、细节、变化，它的妙处……我可能更有体会一点。我觉得诗歌的写作不完全是工作，而是跟你的生命活动有关，当某一个时期你有诗的热情，想以诗的方式来说话的时候，可能你还会找起来再写。我在想，如果某一天再写的时候，应该也是个蛮有意思的情况。因为你那么多年没写，你已经变成另外一个人了，当然本质上你没有变，但是在某些方面，比如说你的容貌、你的肢体——我说的是文字的面貌、文字的肢体——肯定在改变，应该是蛮有意思的吧。年轻的时候写作，有一点热情，有一点对语言的迷恋，现在热度可能没有改变，但你的态度肯定是有变化的，有可能变得更成熟一点，也有可能变得更幼稚，因为诗意这个东西也不完全跟年龄相关，有些东西是天赋，有些东西是天启，就是一瞬间，就是人说的灵感，这个东西对诗人来说是很重要的。你会忽然就获得这个东西，然后你没有了，失去了，就永远地失去了，这也可能。诗歌的写作和阅读有一点像生命活动，你可能执迷于此，但是它也不是每天都向你显现。它向我显现的时间太少，隔了十多年还没有向我显现。

韩博：你早期的那些短篇小说都很像诗，我指的不仅仅是语言。

孙甘露：那些作品实际上有点像是诗的方式向小说的方式的转变，而且把这些转变都保留着。但其实，我一直是这样的想法：从古典的意义上来说，诗和小说作为文类是有严格的区分的。但是今天，这些元素，在当下的写作当中，虚构的、非虚构的、日记体的、材料的、诗的、散文的、小说的、人物塑造的以及随想式的……各种各样的元素，都在混合使用。尤其在散文体的写作中间，文论，批评，异想天开的东西、人物，报道式的东西，甚至模拟电影的写作，都是非常混合的，界限已经被打破了。因此所谓诗意，也并不仅仅指在小说当中的遣词造句、修辞，那只是一个表象。

韩博：作家开始写作，大多是受到了早年阅读的影响。那些影响了你最初写作的阅读谱系是怎样的？

孙甘露：从阅读来讲，最早还是有两个源头吧。一个是中国的古典文学，就是所谓的“四大名著”之类的东西，但很多都是残篇、片段。这个跟我所处的那个时代有关，那个时代，你不可能是以一个系统的方式来接触古典文化的，而是拿到什么看什么，而那些书本身呈现的方式又是零零碎碎的，因为“文革”时期很难接触到大量的书籍，有的书是家里残存的，也不知道是哪里找出来的，破破烂烂的，有的书也不知道是从哪儿借来的。其中也有明清笔记，也都是残篇，以片段式的方式向我呈现，一个断章。笔记嘛，本来就是片段式的。还有活页文选。另一个源头就是俄罗斯文学，它们实际上给我的是一个文学的启蒙。最早的是一些白皮书，还有《青年近卫军》《钢铁是怎样炼成的》，对于一个中国孩子来说，那些故事有一点像天方夜谭，完全是异域的，人怎么会是那样的？我去年给上海图书馆做过一个讲座，谈《安娜·卡列尼娜》，为此我把那本书仔细地重读了一遍，发现了很多很多我当时根本就没有印象的东西。因为你那时候是个少年，你对事物的理解、关注的焦点跟今天都不一样。现在你是一个成年读者，你有一个经验的成分在里面，也有训练的成分在里面，所以你自然能看到不同的东西。所以早期那些阅读给我的影响其实是一个印象式的，比较奇怪。比如中国古典文学，它对我的影响是碎片式的，而中国古典文学本来就有很多，比如聊斋的故事，都是片段。这些可能对我后来的写作也是有影响的。我接触到的碎片式的东西，比如短故事，开始很突然，后来不知所终，而且那里面的人物也是这样，鬼嘛，当然不知所终，飘然而去就没了。而这些后来在现代主义文学中都成了一种非常奇特的象征，语义发生了转换。这也是很有意思的一个现象。比如说《西游记》，你可以说它是一个神话，也可以说它是一个超现实主义的写作，也可以说是一个天方夜谭式的写作，可以从很多角度来理解。但是当初作为一个少年，它肯定是很直观的，给现实经验的日常世界提供了非常超验的一个东西。那个时候我并不会把它作为一个象征物，肯定也不会用语言分析、符号学的一些方法来看那些东西，那就是相当直观的一个东西。它培养了那一代人的一种想象，建立了一个宇宙观。你会对这个世界的边界有所想象。我现在回想，很多基本的概念就是从那个时候开始建立的。其实《红楼梦》也是这样的一个东西。一个少年读，肯定不会对这个家庭对社会关系究竟意味着什么有所体会。一个梦，或者说一个僧人、一块顽石，这些东西才是对你有巨大影响的东西。因为你不能设想一个十几岁的人像一个红学家那样读《红楼梦》。而俄罗斯文学里有一个影响我写作的很重要的人，或者说使我对文体有所追求的人，就是屠格涅夫，他对大自然的描绘，那种态度，以及那种文风、文体，对我影响很大。《猎人笔记》既可以说是一本散文体的游记，一次丛林经历，一次对大自然的描绘，也可以说是作家内心的一个记录，更多意义上是一个精神活动的记录。第一次，你就发现他对外部世界的描述怎么具有了一种内心的色彩，它讲的是一个很表面很外在的东西，但是渐渐你就会发现，好像说的不仅仅是他说的那些东西……有一些东西被打开了，有一些东西被拉开以后有阴影了，有层次了。后来我又读了托尔斯泰，读陀思妥耶夫斯基、契诃夫、果戈理、高尔基，读他们对俄罗斯社会生活的描绘。我读过《地下室手记》，还读过《被侮辱与被损害的人》，但很多作家最重要的作品却没读过，比如《白痴》，这是因为我当时只能找到什么读什么，并没有一个现成的谱系让我在里面选择。这是一种偶然的方式。我觉得这个方式也挺好，就像人跟这个世界相遇的方式一样。你不能说我选好了在某处降生，然后以什么方式开始我的人生。

韩博：我在一篇小说中读到过你对法国文学的赞美，你是从什么时候开始接触法国文学的？

孙甘露：大部分是在上个世纪八十年代以后。最早读的法国文学其实是《红与黑》，它培养了我对法国文学的热爱。那个时候年纪大了一点，是个青年了，对作品的理解、对文学的认识，就有一点接近一个成年人了。那个时候接触法国文学，它就可能影响你的感情方式，影响你对世界的态度，以及方方面面……

韩博：法国文学对你后来的写作有影响吗？比如说叙述方式。

孙甘露：对后来的写作有影响。但法国文学最初对我的影响并不是叙述方式，也不是世界观，倒是日常层面的东西，是日常生活的。但正像你看到的法国电影、法国小说，它这个日常生活是代表了好多东西的，包括态度、哲学……态度是一个比较突出的方面，还有就是文风，就是那种优雅的……因为这是你的生活中没有的东西，你的生活中没有人这样讲话，没有人这样打招呼，也没有人这样谈论内心的问题，尽管这些问题是无法解决的，但还是要谈论，这是法国文学很大的一个特点。这些可能影响了你日后作为一个人的，不仅仅是写作的，也包括日常生活的状态。你可能会喜欢没事情找人瞎聊天，其实都是谈些无用的东西，但是谈是重要的，不是说谈完了结果怎样。

韩博：你的写作生涯是从什么时候开始的？

孙甘露：其实我在念小学中学的时候就开始写一种作业之外的幻想性的东西，一个公社什么的，这是因为受那个时代的影响，我们也去乡下劳动，而且我父亲的部队在郊区，周围有农村，你就会拿这些东西做素材，想象一个故事，当然都是很短的。现在已经找不到了，但其实是蛮珍贵的。对我自己来说，现在看一看那时候在想什么，以什么方式在写，即便很幼稚的东西，但把它收起来看一下，也是很有意思的。我有一点破坏欲，喜欢损毁一些东西，信件啊，照片啊，包括八十年代初写的一些东西，也被我烧掉过。我把一些东西给《上海文学》的编辑看，她认为不适合发表，当然可能也是不成熟的东西，我一度觉得很绝望，有点质疑这样的写作是有意义的吗，后来就把二十几个短篇全都烧掉了。如果今天能再看的话，可以看到一个人的成长——一个作家是如何开始写作的，他的思想是如何变化的。后来写过两个短故事，八九百字一千字的那种，给浙江的一个杂志，叫《三月》，发表过。那是诗歌写作的同时期，诗歌倒保存着，但短故事毁掉了。大部分都没有保存。因为我本来的态度就觉得这个世界是残缺的，它本来就有缺憾，有漏洞，不是一个完整的图画，是被撕掉一块的。从另一个意义上讲，顺其自然。西方人讲，作品有其自己的命运，它被烧掉了，就是应该被烧掉了，它找不到了，就是应该找不到了。当然你会有一点点缺憾，但我经常说，缺憾正是生活的一部分。比较明确地、有意识地从事写作还是从《上海文学》1986 年 9 月号发表《访问梦境》开始。那年 3 月的时候上海作协组织了一个上海青年作家讲习班，希望每个人都交一篇作品，《访问梦境》就是在那个时候写的。因为那之前我很长时间没写东西，有时候会有一点沮丧，觉得写作没什么意义，这是一种青少年时代的毛病吧，因为你有困惑，你想表达，而你这种表达又觉得是没法跟别人交流的，没有呼应。在那个时代，你会比较敏感，你找不到跟这个世界沟通的方式，在你周围也没有这样的人，你就选择写作，但写作就像隔着一个什么东西招呼一个人一样，你也听不到那边有什么动静，看一看，也看不到什么。

韩博：1992 年，看过你的一个短篇，名字忘记了，但记得里面提到音叉和节拍器，小说中凸显着这些物品的光泽和亮度——你可以对生活层面的细节描述得细致入微，但整体看来，小说却又是一个超乎现实的迷宫。

孙甘露：这篇小说就叫“音叉、沙漏和节拍器”，在《花城》上发表的。这篇小说其实很可以代表我对日常生活的观察，我童年和青少年时期在上海的生活，我的外祖母、我的母亲以及我从小生活的一部分街区带来的一种幻想。小说中那个年代的故事我肯定是不知道的，只不过是道听途说或者从其他间接的二手材料里获得的，但是那个环境在，发生这个故事的环境就在。我其实是从环境来还原……比如这样一座房子，现在是 2004 年，但它 1921 年就造在那里了，你进去以后把时钟倒拨回那个时代，它所有的器物、结构、景观，这些东西没有大的变化。器物上留存了很多东西，这是很高的一个存在，比如把手上被人使用磨出来的那种光亮，它是铁器或者铜器，但是被肉体接触以后，留下的那种因抚摸它触摸它擦拭它而产生的光亮，那种残留的人的痕迹、气息……一幅画、一个帘子，你换帘子的时候发现上面残存了一个钩子，这些都保留了很多很多的记忆……这些都是生发无限想象的东西，与童年的经验有关系：街景、住宅、门开的方式、窗户打开的方式、里边晃动的人影、一盏灯，或者那些进出的人，他们彼此的关系……

韩博：很多小说里没有说的话都放在道具里面了。

孙甘露：对。因为你仔细分析起来很有意思，你并没有说有个女人在1930年用手推开门，你只是说有一个人因为反复开这个门，把把手磨得很亮，你说的是这件事情。这是很有意味的，可能也代表了我写作的某种倾向。

韩博：阅读你的小说，快感更多地来自语言的可能性。你为什么要选择这样一种实验性非常强的语言作为自己的叙述方式呢？

孙甘露：其实是针对当时我读到的那些小说的一个具体的反应。在诗歌写作上，我从直觉上是汇入当时所谓的朦胧诗以后中国诗歌写作的潮流的，我是认同这样一个潮流的。但是小说写作，我觉得我是要与潮流对着干的。我的动力是这样的：当时我读到的大部分小说令我产生了一种困扰，它们跟我以前读到的中国古典文学和俄罗斯文学以及后来的西方其他文学作品都是不一样的。我建立的那个文学的概念、那个世界，跟我从杂志上读到的那些东西，相去甚远。比如说屠格涅夫帮我建立起来的关于世界的模式，它是我的望远镜和显微镜，我是通过这个东西来观察世界的，它既是观察世界的方式，同时也是世界本身……可是我读到的那些东西，作为观察世界的工具都是比较差的工具，描述的现实又是一个无意义的现实，可能是因为工具差吧，所以现实被描绘得模糊不清，不管它是作为正面的、美的力量，还是反面的、悲惨的、悲剧性的力量，都不够。我就觉得好像应该有其他的途径，其他的方式。这个方式既在古典文学或其他国家的文学中看到过，也正好吻合你的天性，好像你有能量要释放出来，你找到了这种方式。另外一个方面，就是你认为文学是能够提供更多可能性的，而不是顺着某种惯例。那时候更多的是想要可能性。

韩博：你的写作就是要提供另外一种可能？

孙甘露：我那么写倒并不是要为中国文学提供另外一种可能，而是为我自己提供一种可能。如果说读到很多令你很兴奋、非常有新鲜感的东西，你可能就不写作了，因为你完全满足了。如果可能性比较少，你会觉得，我有一个想法，好像没人这么做过，你就会做一下。当然这是一个简化的说法。

韩博：邮递员的经历是否曾经帮助你建立了一种观察世界的角度呢？

孙甘露：没有。其实那时候并没有很多时间胡思乱想，因为你要上班谋生嘛，有很多很具体的事情。当然它可能给了你一个从很细部的角度观察这个城市的机会，但这个城市不这样观察我也已经很熟悉了，我一辈子都生活在这儿，从小就在这里长大，住过很多地方，我认识的所有的人、发生的所有的事，都在这个城市里。你要说完全没有影响呢，我觉得——也不是这样，但不是直接的、决定性的。我写过一篇小说，叫作“信使之函”，与信使是有关联的，别人可能会以此来寻找某些联系，但那个小说完全是幻想式的，是语言实验的一个东西，跟具体的城市、具体的职业完全没有关系，它是沉思式的、哲学式的东西。源头是因为信使这个词的美感。我的写作更多地还是从文学中来，它跟现实不一样，是基于文学史的考虑，因为写作不是孤立地冒出来的东西，肯定是基于作者所受的整个的影响而来的东西，这个影响有时候是现实，但就像马拉美所说的，“世界是为了成为一本书而存在的”，就是说你必须首先有一个观察，否则它不会涌现到你面前来。文学培养了你看世界的方式，是文学史，是你前辈的作家培养了你对世界的看法，你再以个人的经历来印证这个东西，而不是说你的个人经历培养了你描述世界的方式。

韩博：就你当下的写作状态而言，有哪些与以往不同的变化？

孙甘露：叙事的态度发生了变化。这是与广义的修辞联系在一起的，遣词造句，文风，文体的意识、追求都有了变化。还有一个就是处理的对象发生了变化。因为以前，可能相对于当时的文坛来说，更风格化一点，个人标记更明显一点，对自己来说是有意思的，带来一种兴奋的感觉，就像年轻人去恋爱一样，这个恋爱可能是苦涩的，可能是无疾而终的，可能是失败的，但当初去恋爱的热情是真实的。青年时代的写作有相当多的年轻人的热情在里面。渐渐地，随着阅读，对文学的态度产生了变化，趋向于更准确、更精确。当你要表达一些不太稳定的东西的时候，你也不用一种相应的不太稳定的方式来表达，而是用一种相反的，或者说，你的修辞方式变得丰富了，不再像一开始那么极端。但也很难说你这是一个退步还是进步，因为文学的方向并不是单一向度的，在文学史里，并不是新写的就比老的好，没有这样一回事。

韩博：你如何评价自朦胧诗以来的现代汉语写作？

孙甘露：其实汉语的写作，我觉得，上个世纪八十年代和九十年代的努力都没有白费。诗人和小说家共同的努力使这个语言的写作发生了改变。有些人可能重要一点，但我觉得更重要的是，很多人，包括六十年代、七十年代、八十年代出生的人，所有这几代人共同的努力。我觉得这个文学活动可以从北岛他们算起，这是中国新文学的写作，从朦胧诗开始，到知青文学、所谓的先锋派文学、一度的新写实主义文学——当然这些命名都可以再商榷——甚至包括那种商业化的写作、电视文化的写作，都是不同方面。当然最重要的还是诗歌写作，这种努力真是非常艰苦，因为诗不能给你的个人境遇、个人生活带来一个很明显的改变，其实是一个纯然精神的活动，所以说这是非常困难的，因为人是要吃饭的。我觉得这真是很了不起的努力。你已经看到了，汉语写作的面貌被改变了，跟三十年代、五十年代相比，你再去看，胡适、鲁迅这些人写的东西，他们写作的汉语是一个什么样的汉语，今天的汉语是一个什么样的汉语。而且中国文化经历了“文革”，如此重要的一个剧烈变化的时期，但从七十年代朦胧诗的写作开始，三十年，现代汉语被改变了，很了不起。它不仅对写作，而且对几代人也产生了影响，比如态度。毫无疑问，这几十年中国诗歌的写作也受到翻译诗的影响，这并不是一个丢人的事情，这是个好事情。这种影响是一个互动的关系，它也是在以一种受影响的方式来表达与世界对话的关系……俄罗斯人有谚语，说：“脸对脸，看不见脸。”就是说你跟时代贴得太近了，你很难正确地评估它。这是一个事实，但是我觉得你可能看这张脸看不太清，但这张脸很大你总能看见吧，大脸还是小脸，方脸还是圆脸，这个你总是知道的——现代汉语的面貌被改变了，并且产生了很大的影响，影响了那些单个的人……

2004 年 11 月

孙甘露 × 林怡真

单身的理由

孙甘露：单身并不是今天才有的问题，古已有之。性别资源、经济方面和地区间的差异等等原因，都会给两性之间的交往与婚配带来问题。随着社会的变化，每个时代都有新的内容。五六十年代，中国和外面世界少有交流，和其他民族、国家通婚的概率几乎为零。目前最根本的原因是社会生活波动太大，每个年龄层面的人都面临着波动。就说上海在历史上何曾有过如此大范围买房子的状况？改善居住环境，看似是提高生活质量，其实它还给你原来的生活带来了巨大的变动，包括你的习惯等。像外国人设置街道很仔细的，宽八米，高七米，人走在街道中间跟周围事物就会有亲近感，你会愿意在那里走。我们对文化的研究还没有到那么细微的地步。其实人面临的问题已经到了。至于单身，我想有很大一部分人是不愿意单身的，因为从本能来讲，从“上帝造物”的角度来讲，人普遍存在对异性的需要，对两性关系的需要。当然单身并不是没有两性关系，但从人类历史来看，比如母系社会以及现在保留下来的部分少数民族的原始部落，两性关系有各种各样的形式。单身状态不是一种静止的状态，你可能在某个点上被描述成单身状态，但那肯定是波动的，包括人的心理——你看上去是一个人，但是心理上强烈希望是两个人的，反过来也一样，就像婚姻里看上去是两个人的，可是心理上很想摆脱，希望是一个人。所以要看从一个什么角度、一个什么意义上来描述这个事。

林怡真：从社会学和性心理的角度来分析，人类摆脱不了动物的本性。个人能力越强，需要的资源也越多。其实对人来说，性也是一种资源，从性心理的角度来说，王老五单身是一种无奈，那钻石王老五就是一种选择，不管是被动还是主动，如果他拥有更大的能力，那他占有的社会资源就更多。所以，对于众多已经拥有很多社会资源的单身男性或女性来说，他们需要更多的资源，他们不需要被一种资源固定。婚姻带给人的是一种稳定感、归宿感，但它带来更多的是限制你享用别的性资源。很多人觉得，我在追求到了那种稳定、那种归宿、那种认同后，又不能享有其他的性资源，那这两者当中，宁可做钻石王老五。刚才你谈到的波动，其实是一种不稳定，现在人类面临着更多的选择，像以前是没得选择。作为一种生育共同体、经济共同体，还面临着社会上的一种压力，婚姻被四面墙重重地围住，男大当婚，女大当嫁，到了年龄不结婚就很奇怪。一旦结婚就不能离婚，为什么？结婚生孩子，两人就住八平方米的房子，怎么离婚？生育共同体接下来就是经济共同体，绑在一起，好也好不好也好，我看到就像我父母辈或比他们更年轻的夫妻，已经形同陌路却还住在一起。还有很多歌星已经结婚了，但不愿意公布，他就愿意用一种单身的形式去获得更多别人对他的崇拜、幻想、憧憬，甚至利用单身的状态去塑造市场。另外，单身是社会发展的一种标志。家庭越来越小，再分离就变成单身了。

孙甘露：在很多事情上我愿意用演化而不是进化来形容，很多事情并不是比以前好了，比如房子，以前可能是为了房子而不离婚，后来就有了为房子而结婚，实际上是一样的。从马克思哲学的角度来看，家庭、私有制的起源是与财产联系在一起的，如果没有这点东西就无所谓家庭。还有一个就是我们描述的现象——前几年大量的女孩子为了出国嫁给老外。你不能说毫无感情，但是也不能描述成纯感情的东西。其实从古到今也没有纯感情的东西，婚姻历来就是一种对资源的利用，有的时候以感情的面目来利用，有的时候完全是作为资源来利用。运用得恰当，就很美满——如果你运用的方式和所处时代的风俗相吻合，大家就都接受这种方式；如果你越出了你所处的文化经济的标准，大家就会觉得你有其他所求。这也是婚姻面临的问题，它总是被文化、地区、语言描述成某种样子，而你逃脱不了。婚姻也可以说是各种意义上的牢笼，经济的、语言的、风俗的等等。

林怡真：前几天我问几个向我们做心理咨询的高级白领，你们群体中有很多人不愿意结婚或是离婚了，但是也有情人，就是不愿意步入婚姻，主要是因为什么？有一位回答说，同样可以享用性资源，为什么要冒着自己的资源被别人分掉一半的风险呢？因为离婚就意味着要分割财产。我拥有很多的资源，我要享受婚姻的好处，如果同时要冒那么大的风险，那我宁愿不享受好处。男人找一个情人和他去找妓女没有什么本质区别。只是，对于女人来说，宁愿男人去嫖娼也不愿意他去找个情人，因为在女人看来，一个是感情的出轨，一个是身体的需要。但是很多男人认为是一样的，没有区别，嫖娼付出的代价更多，不安全不卫生，而找情人付出的代价少，比较安全比较稳定，同样能享受。

孙甘露：其实婚姻关系就是一层面纱。婚姻和嫖娼的区别在于，一个是分次付钱，一个是一次性的。结婚等于签了一个长期合同，其实就是一种经济关系。家庭包含抚养后代，这是人的本能，是你性行为最初所包含的意义。前段时间有本书叫“精子战争”，是以科学面目出现的，当然不是百分之百的科学，里面也有很多骇人听闻的对身体生物属性的描述，但非常有意思。所有这些也反映了今天的人对婚姻、对两性关系、对后代、对独自生活的基本态度的改变。

林怡真：这和女的生理结构一样，男女在性交时，女的完全是被动的，男的在射精的时候，一次四亿个精子，相当于一个欧洲的人口。以前计划生育时说，生男生女都由男的决定，但其实肯定是女的决定的，四亿个精子也不是说都是 X 都是 Y，卵子带有很多的营养细胞，接受 X 还是 Y 完全取决于它的环境。然后男人射完精后就走了，女人要抚养，所以女人在抚养过程中要找一个能够和她共同抚养后代的异性，这个异性是不是孩子的真正父亲没有意义。事实上跟鸟类一样，我们用双宿双飞来表示爱情，其实动物学家做了标记后发现，很多双宿双飞的爸爸并不是孩子的父亲。对于女人来说，跟男人不同，她要找一个人能跟自己共同把孩子抚养大，所以女人找情人和找丈夫的标准是不一样的，情人就要浪漫、多情、温柔，丈夫就是做体力活的，要老实、憨厚，能够抚养家庭。而男人呢，从男人的角度来讲，男人就要保证这个孩子是自己的，他不愿意为别人抚养孩子。所以男人就要在一个月内把你牢牢看住，这一个月就叫“蜜月”，保证这个种是他的。男人有他的策略，男人也挺苦的。大家都有苦衷，这就是婚姻的本质。

孙甘露：其实从生物学的角度来讲，把人作为动物系列里的一员来看，人是一种滥交的动物，其实很多研究证明了这点。从人的行为研究角度来讲也是这样的。

林怡真：单身问题还是一个“投入的成本能够得到怎样的回报”的问题，有一句话是前联合国秘书长说的，“跟一个人维系亲密关系的难度要远远大于领导一个团队”。因为一对一的亲密关系更能体现一个人的人格特性，领导团队的时候完全可以角色化，可以去扮演，戴面具；一对一的时候要赤裸相见，什么东西都要暴露出来。现在人就觉得这种维系成本太高，不值得，难度太大，而且投入这么多东西才回报了一点点的归宿感。还有一种投入就是，其实婚姻生活所做的所有投入都是无人喝彩的，出一本书你有稿费，还有社会名望，很多人认识你，但是婚姻中投入的所有东西是没有鲜花和掌声的，而从你得到的回报来看你就会觉得不值，这也是很多婚姻不能维系的原因。

孙甘露：在人际关系中，从中性的角度来说，是需要利他主义的，包括朋友之间的关系，否则根本维持不了，婚姻同样如此。以前大家都是一样，拿三十六元的工资，没有财产或钱的概念。但这一二十年，忽然这个世界一下子变得不同了，你必须面对两性关系的挑战。一个女人有很好的工作，有很好的社交圈子，为什么还要依附在一个男人身上，没道理的，除非他能给你更多。这也包括性的观念的改变。以前觉得从一而终是比较重要的，而现在自己的享受才是最重要的，至于看法根本就是次要的东西，那么观念就改变了。而且还包含了任何东西都可以被金钱折算这么一个问题。婚姻关系也是这样，没有买不下来的东西，只要有价钱在。一个女人比较忠贞比较贤淑，能够抵抗诱惑。有人说不是的，是你没给她足够的诱惑，你给了她，她一定会出轨。当然这并不是对人性的一种失望，而是对生物人本能的一种看法。因为这是一个金钱的世界。不过，世界还是有它运行的另外一种规则，所以人才要讨论这个问题，才会谈论感情，否则就全是钱了。还有一点就是感受的好坏，理论上可以滥交，可以和任何人发生性关系，但也还是有选择的，有时是非经济利益的选择，这种选择不代表着她必须跟你结婚——如果不需要婚姻她也可以获得，那她为什么要结婚呢？

林怡真：单身可能在中国会越来越多，和独生子女政策有关，孩子是父母的“宗教”。以前生七八个，在孩子心中，自己永远不是家里的核心，因为父母生了那么多，他们要把自己的精力平均分配给几个孩子，保证他们能够长大，不要夭折。如果有哪一个孩子得到太多，其他的孩子就会合起来攻击他，相反，你在获得父母足够多好处的同时，也要顾及周围兄弟姐妹的感受。这里存在一种合作竞争的模式。另外，多子女家庭的好处还在于，在同辈男女群体当中成长，会更加了解对婚姻的期望。一个人走入社会后，他所有的人际关系的模型都是在家庭里面打造好的，后面再用的东西只不过是变形、衍化了一下，他的信息库已经储存好了，提出来就可以用。现在是一个孩子，是家里的核心，他没有和同辈相处的任何经验，更没有和同辈异性相处的经验，最悲惨的是他没有看到他父母的相亲相爱。有一项测试，让一百个孩子讲出他们父母相亲相爱的一个举动，没有孩子能够回答得出。他没有这样的信息，所以在以后他不会和他的配偶相处。以前的父母都因为经济压力、社会压力在一起，相互忍让着，孩子也看着的。现在都没有了，现在的家庭出来的孩子，个性都太强，所以单身会越来越多。独生子女家庭是一个很大的社会问题，会造成以后他们自己家庭的解体，这是从心理学的角度来说的。

孙甘露：因为文化会形成一个模式，人都会依赖一个熟悉的东西。这都是和人的心理有关的，人为什么要这么忧虑，会把单身作为一个问题来讨论，其实是因为我们的传统、我们的模式是依赖于这个东西的，认为婚姻应该是白头偕老的，现在这样大家就不适应了，但其实就是自然的东西，发生了你就必须面对它，那当然不适应，要付出代价。但是付出代价不是我们应该忧虑的事情。

2005 年 2 月

孙甘露 × 查建英

所有人都在同一个舞台上

● 回顾历史，距离很重要

孙甘露：我们可以不必按照时间顺序什么的来谈，零散地……

查建英：我还是按照你的问题走比较好，因为这段时间有点说疲了。年轻记者问的问题大多趋同，最后变成老是把说过的话再说一遍。其实，在我的计划中，你本来是我的一个谈话对象。

孙甘露：我记得你跟我说过一次。

查建英：我跟你说过不止一次。最初的计划，可能是我在北京不太能动的现实情况下，就只跟能在北京见到的人对谈。可实际上在书里出现的，像甘阳、李陀，也不是住在北京，他们正好到北京来。我想你总归隔一阵子来北京一次吧。而且我的路子是，找一些比较熟的朋友，一半以上都是这种，这样才有一种谈话的气氛，而不是变成一个采访。

孙甘露：上次我来北京时，在刘索拉家见阿城，他见面第一句话就是："怎么了，你是来跟查建英做谈话的吗？"

查建英：我这顶帽子被扣死了。可能那时我跟阿城那场已经谈完了，至少大部分已经谈完了，还没有全部谈完，因为这事情搞得很散漫嘛，我也是这种宁可晚也比没有好的人。

孙甘露：谈"八十年代"这个话题的话，你觉得现在这个时机有点晚吗？

查建英：晚？不晚。

孙甘露：你刚才说，宁可晚总比没有好。

查建英：对，我那是从人的角度来讲的。如果我觉得这些人至少在我心目中最有某种八十年代的气质，那么无论如何我也要把他等到，而不是随便找个替代的。不是说这里面有绝对的角度，而是从我的选取角度，从我的谈话形式。

但这个话题是不是晚？我觉得还不算晚。其实，历史记忆回顾的距离是特别重要的，如果离得太近的话，就像一张照片的景一半在里面，没有完全出来，它的景象肯定是不太一样的。就像看电影，第一次看侯孝贤的电影的时候，我印象特别深刻的是，这个导演有一种一些大陆导演没有的对表现对象的冷静、客观，可是他又有对其中人物的那种感同身受。后来我发现，这跟他一直带着距离的中景拍摄有关系。

实际上，这个距离很重要，离得太远了就模糊了，变成一个带有很强想象成分的、美化了的东西，就跟朦胧诗似的；离得太近，或者完全没有距离，这个画面就跟一个人被拍了一张特写一样，很夸张。现在这个距离，可能有点中景的感觉，不长不短，十五年到二十年之间，在场的人从年龄到阅历，从时间到地理——因为书里的这些人有一半都出国很长时间了，没出国的，其实也是因为这十多年走来走去的人太多了——都已经有了足够的距离。这个时间点，我倒觉得差不多，不算太晚，但也不能说太早。

孙甘露：你说的照片是个恰当的比喻，如果时间长，就是一张中景的照片，时间上的中景，再长的话，就是一张时间上的全景照片，再要从照片中辨别细部的东西，就有点费劲儿。但如果太近的话，正如你说的，就是一个特写，虽然非常清晰、细致，但是缺乏与其他时间长度上的事物的对比。

查建英：对，容易变形。

孙甘露：是一个局部的东西。

查建英：在某一个局部夸张。本来这个事情有高有低，最后却只撑起一个架子，你感觉整件事情就剩那一个架子，没有抓住那些严密的东西。

孙甘露：而且中景可以显示跟周围的人、事物、思潮的关系，你可以从中看出这些关系。所以，从时间上来说，确实是个恰当的点，读者对这本书的反应也说明了这一点。

另外，这些人自身的成长、思想的变化，以及跟八十年代的关系，他们不同的伸展方向——有的人离开中国到国外去定居，有的人工作方向稍微发生变化，比如刘索拉，写作、音乐、演出，方式变得很多——都影响了八十年代的定义，这些人可能是八十年代带来的一个后果，但这些处在不同生活方向上的人，在更长的时间段里也在不断地更新对八十年代的认识。太近的话，这个意义是看不出来的。

查建英：对，就好像一件事情正在发生，还没有完全结束，或者它的余响还没有听到，你就画上句号了，那个时候你听到的其实是一个不完整的东西。所以我觉得，一定的时间可以让这个事情更加丰满，有一些余音，不会戛然而止。

我们的概念中，用年代划分，1980—1989 年为八十年代，因为 1990 年代以后中国社会生活的转变是巨大的，而且极高速，这些人的生活在那个时候确实有个转折点的感觉，但如果我们就把时间截止在那儿，从质感的角度会有不从容的感觉，觉得没有完全结束。所以隔了一段时间来谈，而且，这些人的生命历程、旅程的足迹，也开始出现了不同的曲线、不同的方向。

八十年代太集中了，基本上所有的人都在一个舞台上，很拥挤。现在的人总说那个时代人才辈出，实在是因为太集中，大家互相影响，看同样的书，听同样的歌，个人气质的凸显基本上是在一个大的共同背景之上的个性不同。后来，随着舞台的扩大和整个表演形式的多样化，个性的差别越来越展开了。比如刘索拉出国以后，她的变化很大，从她出国的经历来反观八十年代，这个味道就和她当时对八十年代的感觉有很大的不同。

●“安身立命”的八十年代

孙甘露：我想到另外一个问题，不光书里的这些人，其实很多我们观察到的艺术家、作家、批评家，他们的创作都是时断时续的，刘索拉是个例子，你我也是一个例子。比如陈丹青，他的画似乎也是时断时续的。当然，对公众来讲，眼下他的影响更多来自他的批评文章，他在文化方面的观察、研究。阿城也是，前几天在看王德威写的书，他说为什么阿城写得少，是不是跟他的基本态度有关。见到王朔时，他则说，这事有什么可说的，不必说。阿城也有一点这个意思，他的说法是，人家在“安身”，你就不要谈“立命”的事了。

查建英：但我觉得，就我们昨天晚上的谈话，阿城、王朔、刘索拉，包括你我，都是八十年代人，八十年代这个话题，不是就八十年代来谈中国的时代。

从“安身立命”这种古人的生活观来讲的话，按理说，八十年代应该是连“安身”都谈不上的时候，那时我们就提前地大谈“立命”了，而且大家都在谈。为什么？这需要细分，而且这是回顾带来的，当时我们不觉得“安身”是个问题。因为大家都在吃公家饭，国有体制基本上还是一个主要的生活方式，不太会有人能够有个体的生活方式，因为个体户是少数，或者刚开始。再加上我的书关注的是文化，在这个场域的人，不太能感受到“安身”的危机，大家都还比较稳定，而且没有什么机会，就是说没有特别多的东西刺激你的欲望。有了基本的“安身”的条件，就好像“安身”的问题已经解决了，至少不是一个紧迫的问题。所以大家谈的都是“立命”的问题，都在追求精神的东西，追求知识、创造、哲学等形而上的东西。

为什么现在大家对“立命”的东西又有一种态度，就像回顾八十年代又成为一个话题了，可能经过九十年代后，已经有十五六年了，整个社会强烈意识到“安身”的问题。因为经济的、市场的东西进来了，大家突然都知道以前我们是多么清贫，从物质角度来讲，活得多么不像一个人。现在机会突然都来了，大众的精力都转到“安身”那方面去了，做文化的人，好像一下子就感觉到“安身”的问题。当然，八十年代到九十年代的转折，使得“立命”的问题在很多方面被悬置了，所以很长时间里谈“立命”不是主流，变成一个支流，有点被边缘化了。

孙甘露：这仅是阿城的许多看法中的一个，从阿城的写作来看，其实“安身”是他一贯的想法。

查建英：对，对他来说，“安身”是非常重要的，先要“安身”，才能“立命”。我也有这种感觉。所以我觉得，阿城是八十年代这批作家里的一个个案，他自己也这么讲，“我不能代表大多数人”，因为他的知识结构形成期远在这批八十年代人之前。八十年代时，大多数文化人都还处在启蒙期，恶补很多知识，但是阿城小时候就因为家庭的变故，做了边缘人，淘旧书。所以我觉得他对中国人这种“安身立命”、生命的意义、“人之为人”的母题，比较早地有了自觉的意识。这就是他的小说，比如“三王”(《棋王》《孩子王》《树王》)，一出来就给大家“这个人是从哪里杀出来的”感觉的原因，而且他的路数在当时很特别，跟中国古典文学、哲学的文脉有联系。但是，当时大多数人还没有这么强烈的意识。

●《纽约客》的影响

孙甘露：回到刚才的那个问题，这些人方式上的转变，比如陈丹青的一部分精力从绘画转移到写作上来，刘索拉的一部分精力从写作转移到音乐上来，换一个角度看，也许正是某种必然。包括李陀，一开始他是一个小说家——当然他一直对理论有很强烈的兴趣——渐渐地变成了一个纯粹的批评家，一个文化研究者。那么这个转变除了方式上的，是不是还包含了很多其他的东西在里面?

查建英：对，我觉得有。这个问题可能不是那么容易回答。这种转变确实发生在很多人身上。以阿城作为个案，他的变化反而不是很明显。那个时候，他就是在做各种各样的事情，跨了好几界，摄影、美术、小说，他都在做，到现在他也是策划各种各样的事情，也还在写作。可能是因为他比较早熟，从生活观到文学观都比较早熟。他是一个个案，他是比较清醒的、脚踏实地的，不论是写小说，还是其他，即使写小说他也意识到这不是一个安身之道。

但是很多人，在八十年代受那个时代风潮的影响，不太恰当地讲，都有某种程度的头重脚轻的感觉，都在讲“立命”、形而上的问题，写小说就写小说，做到极致，画画就去画，没有想到它会给你带来什么。比如李陀，早期的小说都是挺文化的，后来的文学批评都是有那种识别性的。现在想起来，这些都有某种青年文学、青年创作的特质。

孙甘露：是一种青年文化的感觉。

查建英：对，青年文学、青年文化。这些人现在回头看自己当时的作品，抛开感情不谈——不悔少作，青春期的东西自有它自己的味道或纯洁——从一个客观、成熟的角度来讲，都会感觉那其实是青春文学、青年作品。而它的局限就在于，自己当时并不能看到这一点，当时被很多人捧着，都觉得这就是一个很大的文学上的突破。

实际上，回头看“安身立命”问题，从长远角度讲，有点提前“立命”了。因为当时大家还没有真正独立地去“安身”，都在社会主义大家庭里面，温饱问题爹妈都给解决着呢，自己可以去跳个舞、开个晚会、发疯什么的，天南地北地谈哲学，有点大学生的感觉。

可是，我也觉得恰恰到了九十年代，经过十几年，大家一下子都现实了，“安身”成了一个不言自明的生活前提之后，对有这样身世的一大群人，而且这批人显然是城市里的优秀人物，当时都在疯狂地追求形而上的、“立命”的问题，是非常羡慕和怀念的。

所以，回头看会有一种矛盾的心理，既有一点怀旧，也有一点“嗨，那都是青春期的玩意儿”的感觉。所以我在书的前言里也说，八十年代是中国一段短暂、脆弱、浪漫的时期，就像一个小孩，不管她说的话多么幼稚，你总觉得她有一种特别真诚、宝贵、灵气的东西，这其实是你从成年人的角度去看的，但是小孩子自己是会长大的，她是会看到那种幼稚的。

就像你刚才说的那些人，都做了其他的事情，不同程度上跟九十年代以后中国文学、艺术逐渐有职业感，分工开始明确有关，就像陈丹青自嘲说“捞过界”了。其实在八十年代，什么“捞过界”，谁都可以说的，谁都可以谈。大家都在谈萨特、尼采，那些画家都在谈美学、哲学，整夜整夜地谈，他们不觉得这个跟自己的专业没有关系。陈丹青是在做着一个杂家，但他还是有着自嘲。刘索拉更是有意思，她觉得她写小说不是一个职业的小说家，从她的专业来讲，她应该把音乐做好。专业意识，这是八十年代很多人转型背后的一个动力。

在和陈平原谈话的时候，我就是想谈八十年代的学者好像文化明星似的，都是公众人物。谈文学主体性这样的讲座，本来应该是大学里的一门课，可当时会有一万多人去听这个讲座，而且对此津津乐道。在一个分工非常明确、特别专业的社会里面，这绝对是反常的现象。你是不是也觉得有这些东西在这个转变里面？

孙甘露：这种转变可能跟九十年代的社会、经济、文化的转变有关。因为很多原先做文学研究的人，都转做文化研究了。

查建英：像李陀。

孙甘露：对，李陀也是蛮典型的一个人。在某种意义上可能是基于对创作的失望，当然也不是唯一的原因。从创作角度来讲，八十年代其实有很多形式上的、观念性的东西。但还有一些观念性的东西直接影响到具体的写作，包括电影。比如李陀、张暖忻做的电影《沙鸥》，对电影观念的转变产生影响。但是后来，九十年代研究的转变跟一些基本观念的转变也有关系，一方面学院化、体制化，分工更细；另外研究本身有变化，比如说到了九十年代，中国文学创作，小说、诗歌，或者其他门类，其形式冲动被减弱了。这似乎一直没有好好被讨论过，它跟时代的关系究竟是怎样的？因为，小说的形式冲动不仅仅是试验更多的方法而已，它一定是与时代精神密切相关的。这是我一直想问你的，你是怎么看的？

查建英：这个问题在李陀的那一篇对话中有一定的讨论，但没有充分展开。李陀是八十年代讨论形式感、形式问题的主将之一，而且是跨了小说和电影两界。他对形式意味也有一种反省，在回顾的时候，他要理清为什么在当时形式变得那么重要？它的文本之外的含义是什么？我的印象是，他说这跟八十年代以前很长的一段时间，文学、电影等文艺创作是一种意识形态工具有关，根本不谈形式，只要内容好了，形式自然是老百姓喜闻乐见的。这其实是一种非常简单化的形式，等于是没有形式，而且内容都是意识形态方面的。八十年代，谈美学也好，谈形式也好，它的对应物就是谈的对象，不讲形式，或者只有一种形式，比如现实主义和浪漫主义相结合。这就是一个历史大背景。

后来为什么这个形式冲动就弱化了，这一部分我记得不太清楚，可能李陀自己也没有梳理出一个系统的看法。我的个人看法是，因为我去美国比较早，曾经有一段时间对各种各样的形式方面的尝试特别感兴趣，觉得新鲜，觉得新奇、愉悦，比如法国现代主义小说、台湾地区的新小说、卡夫卡、乔伊斯等等，对此特别迷恋。但这是阶段性的，过了一段时间后，好像文学最基本的、最经得起时间考验的，还是对人性表现的敏感、深度。再加上，到了美国以后学的东西，包括重新读了一遍俄国文学名著的英文译本，加重了原有的俄国文学情结，而且我在纽约读书时的老师夏志清也是从人文主义角度看文学作品的，我本人有点从对形式的特别关注中又回到了重读经典，总觉得现代主义那种对形式的关注到一定时候就走不下去了。

到了中国，一些有点游戏态度的人，觉得到了一定时候有点厌倦了，这种厌倦态度会感染读者，读者也有点厌倦，这是一个因素。还有一个因素是，到了九十年代以后，社会生活的变化使得文学已经不处在中心位置了，有点边缘化。这个时候，大众文化、商业、媒体的东西都进来了以后，八十年代人们愿意尝试各种新奇东西的劲头已经过了，人们需要看故事，看实际能带来什么，跟作者一起进行探索、历险的冲动开始减弱。再加上，人到了一定时候，传统的东西会泛上来。

我觉得八十年代的那些形式的探索，极大地受到了翻译文学的启发和撞击。我们会看到很多卡夫卡、马尔克斯的中国传人。可是这种东西到了九十年代，就像我的书中阿城说的，有点另开一桌。中餐西做的味道，有一批固定的人好这一口，但是还有一批人开始回去找他更习惯的、更容易能够做得好的一道菜，那还是跟中国传统有关的阅读。

孙甘露：这跟你个人的写作似乎也契合，因为你出去较早，到了八十年代中后期开始发表作品，基本属于个案，不太容易被归类，可是你那时的写作跟国内的实验性写作相比，透着一种内敛，至少从直观角度讲是一种写实主义写作，这跟你的教育背景、阅读变化有关。像阿城、陈丹青，他们的创作量减少、艺术门类转变，其实你后来小说创作也停下来了，除了日常的原因，你觉得有没有一个形式冲动的问题：用小说这种形式来写作的冲动减弱了，原因是什么？

查建英：有我刚才说的那些原因。我很早就出去了，只有八十年代中后期写的那些小说，注重形式，比如《红蚂蚁》，大家都说写的什么啊，看不懂，跳来跳去的，又加上意识流，花里胡哨的。但很快就过去了，我又回到了写实主义笔法。另外，《丛林下的冰河》虽然有点混杂，一个小说里套了另一个小说，但还是有个明确的故事线索的。从我的阅读经验来说，那些形式实验已经不算太新鲜了。

还有一个非常个人的因素，九十年代以后我开始用英文写作，等于是在用第二语言。虽然我二十一岁就去了美国，而且读的是英文系，经过十多年应该可以试试写小说了，但是我对小说的理解是，它是非常注重语言的形式感的，用第二语言我没有把握这么去写小说。

同时，我发现《纽约客》的非小说长文，非常有作家性，这就是六十年代以后美国新新闻主义的尝试，吸引了一大批作家，比如诺曼·梅勒、卡波特等，他们以写小说出名，后来一大部分他们的经典作品都是非小说类的，作家风格和意识很强，但是完全是非虚构的。最著名的就是卡波特的《冷血》，那么长的一部，像小说一样，但完全是个真实的案件。《纽约客》经典的作家，他们的栏目就是非小说类，统称"Non-fiction"，然后专写人物的叫作"Profile"。我觉得我也受到了这本杂志的影响。这种文体很经典，但是跟中国的报告文学又不一样，和中国的小说更不一样。这种东西非常易于记录变化中的生活形态和人物。它实际上就是一种描述。我总觉得小说不是纪实的，距离应该更长一点，才能把神儿拎出来。美国的这种文学有中国小说没有的东西，它其实不是主观的，它有一种明确的距离，作者既在里面，又在外面，这对我这样一个用第二语言写老家的故事的人来说，很难把握，但又很有挑战性。

孙甘露：小说的写作包含了一种回忆性。

查建英：对，就像刚才说的，要有距离。

孙甘露：但是所谓的新新闻小说，就是非虚构类作家的小说，更多的是一种感受体验的东西，当然并不是没有幻想的成分，也不是说小说类的东西就没有深入体验，但是它也是观察性的东西，与你贴得很近，很纪实，有一种体验性。

查建英： 好像你又身在其中。

孙甘露： 所以说，这使得这些创作有小说的因素，或者说使得这些作家发生变化。我想，肯定也是很多作家在寻求转变的过程中催生了这样一种文体。

查建英： 新新闻主义兴起在1960年代，在美国社会，这个时代是一个从个人生活到社会运动都激烈变化的时代。有时候，我愿意把中国的八十年代和美国的六十年代作比较，虽然不能完全对等，但有某种相似性。为什么这个时候出现了新新闻主义写作并且吸引了大批美国作家，背后肯定有先前所说的原因，现实中发生的事情很多比小说更加令人不可思议，而且这些只够你描述和纪实的感受，很快就过去了。这个时候那些读起来像小说的新新闻写作就应运而生了。我可能对九十年代的中国有类似的感受。

孙甘露： 可能是因为你在美国，当你回过头来再写的时候，中国已经是一个回忆的对象了。尽管你的很多内容都是写的美国生活，但是这些故事都是中国生活的一种延续。

查建英： 你是讲我八十年代中后期那些小说吗？对，那时是用中国的眼光看美国。到了九十年代，我实际上又倒过来了，我是用了一个西化的眼睛、语言和态度来看中国。这里面就有些微妙了，包括当时我的 *China Pop* 出来以后，美国报刊的评论就说它的特殊性在于，由在美国那么多年的一个中国人来写，有种既陌生又熟悉的感觉，就是 Insider and Outsider 的感觉。不知道为什么，这个距离用这种非小说文体来写比较恰当。因为，在美国传统上，这种非虚构小说不同于有很强的主观性的中国报告文学，它比较冷，有一定的距离，但那种作家性和风格、方式又注定了它必须有细节，有对人物的自己的感受，这好像跟我自己当时那种复杂的身份对上了。

说到这个，我想起了另外一个因素。当时我已经开始回头看自己在八十年代的小说，感觉有点像青年文学，甚至觉得这种文体弄得不好就是有点自恋、造作。虽然小说是在写别人，但跟自己的关系太近了，因为这完全是自己主观营造出来的一个世界。而非虚构文类，除了美国性，必须要有客观性，要冷静、理性，绝对不可以过度抒情、情绪化或者动辄大发议论。描述的人物不是我，全部是旁观式的，虽然我的东西写出来跟外国记者写中国味道和视角都不一样，因为我还是局内人，写了很多我熟悉的人，但永远是我在写他们，用我的笔法，但我永远不是当事人。这种距离，这个文体的训练，可能有得有失，但当时对我来说，也是一种摆脱、超越，有助于我走向成熟。

● 每个年代的人都有一种特质

孙甘露：我想到另一个相关的问题，既跟你的《八十年代访谈录》有关，又跟这本书的体例有关，就是它的访谈形式。有意思的是，也非常微妙的是，这本书出来以后，它的影响有一点超乎人们的预料。在访谈录出来以后，引发了更多的关于这本访谈录的访谈，包括我今天受托为《上海壹周》周报所做的访谈，在回答了那么多的问题以后，你对访谈这种形式是怎么看的？

查建英：以前说的非虚构小说，并非一个访谈录，文章还是我写的一个故事或者人物传记。这个访谈录，其实是根据我以前做的那些非小说的材料准备阶段的工作写成的。在一篇文章动笔之前我对很多人进行访谈，这已经变成职业训练了。我发现，做一个比较好的听者，怎么才能找到你的谈话对象的兴奋点，然后让他在最能发挥、最能表现自己的方面彻底放松，展开谈，这也不是一个简单的问题。

这本书最开始是为《乐》杂志策划的一个人物系列，并没有说要以访谈录的形式出现。我本来想把他们——原本是五个人——的谈话综合一下，摘引其中一些段落，串写成一篇封面文章，做成八十年代的人物故事，然后再加上我对八十年代人物的感想。但是最后，我发现这些谈话本身就非常精彩，太值得全文引用了，结果就成了访谈录。

书出来以后，很多年轻记者，就觉得我的访谈怎么如此平等，有些篇更像对话。还有就是篇幅，我的访谈最长的有五万多字，最短的也有一万多字。我觉得这也是一种特殊的访谈，或者可以叫作“深度访谈”吧。虽然不能说长度肯定能带来深度，但是篇幅也很重要，要有一定篇幅才能造成一种真正谈话和交流的气氛。尤其是这些人中有七八个跟我认识很多年，太熟了，有点像老朋友见面坐下来谈话，但它由此也有了开放性、灵活性，既放松，彼此信任，又都知道需要认真对待。不是按照一定的结构，每个人问同样的几个问题，出一份问卷挨个儿打钩往下走，而是根据当时谈话的气场、每个人的个性来随时调整。其实我预先设想的是给他们当好“话托”，然后有时候给他们刺激一下，让他们每个人都谈得兴致勃勃，但李陀预先就警告我：“到时候你可得多说啊，这是对谈，咱们得讨论！”

孙甘露：我觉得写这本书在某种意义上跟写一部小说差不多。因为你跟这些人物共同生活在同一个时代，彼此之间有很长时间的交往，而且很多人就是朋友，你对他们的了解——当然也包括他们对你的了解——就像你写一部作品时对主人公的了解，你了解他们的成长背景、特殊的个人经历、癖好……我觉得这本书既是应运而生的，是在恰当的时机对八十年代的回顾，同时也是这代人共同经历的一个必然结果。

查建英：其实这是一种展现共同经历的特殊方式。比如他们当时会彻夜地疯狂讨论，我这本书本身某种程度上又再现了那种气氛那个场景，比如阿城、甘阳，全部都是谈了一夜，屋里烟气缭绕，桌上杯盏狼藉，最后变成了聊天。没有经历过那一代人的生活方式的人会感觉这样真的不太职业化，但你会喜欢那种漫步似的访谈，大家尽量把话说得准确、含蓄，然后尽量完整保留当时谈话的那个气氛、腔调，正像你说的，某种程度上这可能是一种小说家对人的个性的兴趣的结果。

这本书刚出来陈丹青那篇以后，一个日本的作者跟我说，她看过 *China Pop* 的日文版，说好看极了，感觉就像一本小说，因为里面有很多人物和故事。其实那就有点类似现在的这本，只不过不是谈话录。现在我回想起来，当年 *China Pop* 的书评中，很多人说这里面有很多闲笔，可能是我写小说的嗜好，不由自主地泄露出来了。

孙甘露： 或者说这本访谈的观察是客观的，但是在感情上是纯主观的。

查建英： 这也是个有意思的结论。

孙甘露： 你的训练、职业操守、对八十年代的理解，或者说对写作的理解、你的写作经历、你的态度等等，使你保持一种客观性。

查建英： 我需要理性，不要变得太主观、夸张。

孙甘露： 但是（笑），八十年代对你来说，对所有访谈对象来说，它是一种感情。

查建英：（笑）还是给你看出来了。是一种潜意识里面的感情，但需要节制，否则容易发酸。通过这本书，我就明显发现其实我内心就有一种八十年代情结，有很深厚的感情。

孙甘露：而且这些访谈对象也是。你看他们的访谈也可以看出他们的态度，不管他们的性格和工作领域如何不同。

查建英：也不管他们是不是在大肆抨击八十年代。

孙甘露：对，也不管他们是正面的还是反面的，但是这份感情都差不多。这就是一个特殊的时代所保留的东西。如果有一天你做一本《九十年代访谈录》，我想那风格跟《八十年代访谈录》会完全不同。

查建英：会不同。其实跟对九十年代的感情比，我跟八十年代的关系是不一样的。

孙甘露：因为，面对九十年代各种变化的时候，那些活跃的人物，他们的体验也不同。这些对象不同了，方式肯定是要修改的。

查建英：这很妙。我还真没有那么想过。

孙甘露：这是可以挑起你写作欲望的东西。

查建英：这说得太对了。写这本访谈之前，我本来是在写英文的 *China Pop* 的续集，又是给美国人从文化侧面写中国的当下，已经写了一半了。去《乐》杂志的缘起，是洪晃说我很久没有回来住了，她建议我可以把《乐》作为素材基地，淘淘故事，和他们杂志的那些小孩满城跑跑，有什么有趣的人物故事就顺便给他们写一篇。实际上，那些人物我也写了一些，但没有一种很深的感情在里面，所以写过就算了。但是到了八十年代这个题目就走不动了，把它弄成一本书了，而且英文书也搁置了下来——英文书里我要面对的就是九十年代以至当下的人物，我就觉得有兴趣但没有深厚的感情。

孙甘露：我觉得这本书有你天然的立场、角度。现在你看九十年代，可能就是延续了八十年代的一个东西，如果你写九十年代，肯定是获得了一个新的立场，但是跟《八十年代访谈录》是完全不同的。

查建英：甚至我会怀疑我有没有那个热情和把握，我会认为由我去写不太合适。因为我显然带了八十年代人的眼光，就像这本书里的每个八十年代人都谈到九十年代、现在了，无论他们是褒是贬，都不是二元的。

孙甘露：就访谈的可能性来讲，可能它是具有唯一性的。因为，访问者和被访问者都是那个年代过来的人，他们是那个年代文化上的地标性人物，八十年代是他们共同的经历和记忆。但是就七十年代、九十年代访谈来说，这个想法是激动人心的，未必不能找出一个好的角度。当然，可能你没有这个兴趣，或者你没有恰当的机缘、时间去做这样的一本书。但是，可能会有另外一个查建英，一个九十年代的查建英，可以做《九十年代访谈录》这样的书。但是，刚刚所说的，一种延续的观察也是一种做法。

查建英：对，两种不同的做法。你的观察蛮厉害，你能发现、能感觉到。这个时代、这批人、这本书真的能调动我的热情，而对那本英文书显然没有那么大的热情。

●“安身”与“立命”的世代注解

孙甘露：我觉得，八十年代不是一个孤立的年代概念，尤其是对当代中国来讲，它是一个时间上的地标。它使现在的人重新看到了七十年代、六十年代，也对九十年代产生了影响，不管是对个人的工作还是它在精神上的影响。从当代中国来讲，很多事物都是要以八十年代作参照、比较的。

查建英：在八十年代，很多东西都是对七十年代那代人、那些大事件的反映。就像田壮壮拍电影，好像纯是一种电影语言和形式的实验，其实他心底是在对他青少年时代一直到“文革”的经历做一个反映。其实，阿城“安身立命”的说法很有意思，可以拿过来说事。

孙甘露：它里面装了很多东西。

查建英：他脚踏实地，就好像他老爱讲，你要知道这是个什么时代，大家都在做什么、关注什么。他有可能超越，关注形而上的东西，但是他又不会像我和刘索拉有时讨论精神问题时那样绝望，觉得中国人怎么就这么实在，实在得都让人觉得虚无，每天都是吃饭，然后就是钱，挣更多的钱，觉得挺无聊的。或许是我站着说话不腰疼，因为这些我已经有了，也过了一段时间小康生活，物质东西的吸引力没有精神的那么大。但是，阿城总会给你平衡一下，提醒你不能头重脚轻，飞上天去了。

孙甘露：我觉得阿城的话可能包含两层意思，像孔子说的，他们忙活一年了，就应该有一个月的时间乐呵一下。其实，“让他们乐呵”是一个“安身”的问题，是对这些人生存状况的理解，但是“说”让他们乐呵，就是一个“立命”的问题，是一个态度。

查建英：就是说，“安身”本身是“安身”，但是“让他们安身”也就是对“安身”有了其他方面的理解，就是“立命”。

孙甘露：说明在日常生活之外还需要一些精神性追求，这其实也是八十年代隐含的一个意义。因为在此之前，这个精神是被压抑住的，八十年代是一个强烈的反应，哪怕“安身”没有解决，先要获得精神上巨大的释放。

查建英：以前那种精神禁锢太强了。那其实不是人的精神，而是一种意志，一种统一的精神，没有个体的。八十年代对此产生强烈的反弹，要求有个性。

在以前的采访中也说过，跟现在相比，八十年代的集体意识还是挺强的，而且八十年代被符号化的，一个是精神追求，一个是八十年代人特别有使命感。其实使命感不是一个特别个人化的东西，很多时候是一个阶层的意识，比如说士大夫的荣誉感，这似乎是一种群体意识，但这种群体方式呼吁的是个性的凸显。这里面有点悖论，但不可避免。现在，消费文化下，个人空间好像大多了，你看多少人在开博客，每个人都在表达自己的声音，可还是有深层的精神饥渴和深层的禁忌，精神不能充分舒展，感觉没有得到充分满足，甚至有时候会像饮鸩一样越饮越渴，一方面狂躁，一方面空虚。

孙甘露：八十年代有一种时代精神，一种共同的认同，一种共同的诉求，任何时代都需要它的时代精神，这是一个方向、一个特征。

查建英：那现在的时代精神是什么呢？

孙甘露：就像你刚才说的，个人的空间好像是大了，发表个人声音的渠道也多了，但是你仔细想想这些东西还是比较同类的。

查建英：有一种趋同。而且消费娱乐文化很容易带有一种反智主义倾向——我就“快餐”了，就不费那个心了，乐呵就行了，结果“表情”都差不多。

孙甘露：他们的内容是趋同的，但是诉求是离散的。我觉得，恰当的应该是他们的内容是离散的、五花八门的，但是诉求还是应该有一个向度的，这个向度不是谁提出来的，而是被逐渐观察到的。

查建英：八十年代，好像有很多激烈的争鸣、讨论，但是大家有个共同的、不言自明的大的追求。这种意识形成的共识、默契，是那个时代的特征。现在，自说自话，好像声音很多，但没有同声相求，气场很不一样，有时候又感觉很雷同，包括你说为什么会对九十年代创作产生失望，李陀也曾这么讲，确实连在书店里看的那些九十年代小说，都是个人在城市里的生活，咖啡馆歌厅网吧，总有大同小异、雷同的感觉。

孙甘露：有意思的是，八十年代也是众说纷纭的、各种思想潮流碰撞、交锋的时代，但是人有一种同道感，喜欢扎堆，可是现在这个时代，人似乎不需要这种伙伴了。

查建英：这跟什么有关系呢？可又有一些孤独的呻吟，好像七十年代以后出生的都是一些孤独的年轻人，所以像郭敬明的小说里总是出现孤独的美少年形象，还有安妮宝贝，没有细看，但感觉都是在表达一种孤独和疏离的情感，很阴柔很纤细的，一片云彩一首歌一次失恋，包括流行的几米漫画，也是在表现城市里孤独的漫游者。

孙甘露：他们体验到的东西一定是很重要的，只是在九十年代以前的中国，从某种意义上来说，很多都市体验来自一个并不是充分城市化的地方，很多大城市也如此。当然我们不是说西方意义上的城市，这本身也没有标准可言。

查建英：就像对你的小说，大家都有很惊异的感觉，其实你那时是在中国最城市化的地方，而中国大部分还是乡土中国的感觉。上海是一个小孤岛，刚开始有几家酒吧了。

● 盛水的容器需要换一下了

孙甘露：小说的形式，就像本来你是拿碗来盛水的，现在倒了很多年了，你想找一个别的东西来盛，现成的有罐、瓶，但都不是你要的，这些东西还不如以前的碗呢，但是新的东西还没有找到。或者在某种意义上，就像王朔昨天说的另外一件事，现在就是在找的状态，可能那个容器就在，但是你就是看不见，假如你离开了还会忘记了要找什么，回来还得再找一会儿才能找到。就像每个人都有一个时间上的、视野上的盲点，这或许就是形式上的盲点。

查建英：就像前面说的非虚构小说，现在我也没有当年那么大的新鲜感了，不光是因为对里面的人物缺少深厚的感情，也确实是觉得这个容器需要换一下了。正好以前也没有做过访谈录，确实挺新鲜的，就有了这本《八十年代访谈录》。如果让我做第二本、第三本，恐怕又要厌倦了。所以，我特别惊叹那些不停重复、保持生产量的人。我好像不是这类人。

孙甘露：就是说，做一件事一定要有一种强烈的形式上的冲动，这是一点。还有一个，挪用阿城的说法，这既是“安身”的事，也是“立命”的事。写出来的东西，这是“立命”的，但也是可以“安身”的。

每个年代的人都有一种特质，有一种改不了的东西，或者说臭味相投，就像见了阿城，握手后，他就会说，今天通宵？这些人碰到一起，侃着侃着最后就彻夜不眠，当然现在岁月不饶人了……

查建英：（笑）也就是等你从上海到北京来了，大家说：“得，甘露这家伙又来了，咱们又得熬上一夜了。”

2006年5月25日，北京芳草地

孙甘露 × 郑体武

以文学的名义

● 俄罗斯文学的现状

郑体武： 我是研究俄罗斯文学的。俄罗斯这个民族，经常给我带来一些惊喜。比如荒诞派作品，早就存在了，只不过处于地下状态。据说马尔克斯非常欣赏布尔加科夫，拿着《大师与玛格丽特》说，这才是真正的魔幻现实主义。

中国学者也曾试图发掘这样的东西，但成果有限。

孙甘露： 中国几乎没有多少地下作品，我觉得应该有一百部，木心、张爱玲应该有一百个，这才是一个大国，一个有李白、杜甫这样的文学大家的国家应该具有的。

这是综合因素的结果，不单是压抑的问题。

郑体武： 这涉及两个民族的价值、理想等许多因素。李泽厚讲中国人是“乐感文化”，也是原因。

比如说同样写乡村，有两种写法。俄国人写乡村时，你会感觉到背后存在着一个城市的背景，写“此在”时，总能隐隐约约有一个

“彼在”在晃悠。

孙甘露：或者说，俄罗斯作家写乡村，有精神性的关照，而中国关于乡村的描绘，更多是一种对乡土民俗、日常生活的描写。

郑体武：在俄罗斯作家心目中，农村是俄罗斯文化的最后一块净土。目前俄罗斯乡村正以相当快的速度在消亡，很多俄罗斯作家认为，俄罗斯民族文化之根正在走向消亡。这样，当他们写农村的时候，就会有一个文化关照，有俄罗斯文化之魂。

孙甘露：俄罗斯文学作品中的乡村，既是家乡，也是精神上的故乡，是内心的寄托、梦想，而不仅仅是社会生活的场景。

郑体武：中国作品中的农村总是苦大仇深的。

孙甘露：是苦难的、沉重的。当然近来也有变化，比如刘庆邦写矿工生活，艺术性非常高。但从广义上说，中国文学中的乡村，和俄罗斯的农村在气质上是不一样的，并不能反映整个时代的思考，也没有上升到母亲、家乡、存在这些根本性的东西。

郑体武：从俄罗斯文学中的乡村中，可以归纳出两个传统，主流以关切和尊重的态度来看待乡村，带着挽歌的意味，写贵族之家的破落、传统生产方式的消失；还有一种是写乡村的愚昧、落后、肮脏、男欢女爱、强烈的原始性欲，这样的作家也有不少。

在目前全球化的大背景下，还是有作家认为，俄罗斯的出路在乡村。

现在俄罗斯作家比苏联时期境遇差，严肃的读者少了，文学期刊的印数下降了，但文坛十分热闹，文学奖项空前地多，文学活动空前地多，作家抛头露面的机会空前地多。可能这也是后现代的特点，众声喧哗，自说自话。

● 谁在创造张爱玲？

孙甘露：“解禁”是比较有意思的一个现象，比如张爱玲。她的作品被“解禁”之后，从之前被“压抑”的状态中，一下子被强调出来。

这还是一个契机的问题。如果张爱玲一直在文学史上存在的话，今天读者对她的反应会不一样。她是一个新出现的老作家，又是海外返销进来的，这些因素都影响了读者的阅读期待。

另外，张爱玲在1990年代初出现，其实也迎合了时代的需求。1990年代人们对世俗生活有强烈的追求，所以人们反向去追求1930年代的旧上海，和张爱玲互相推动。是文学，更重要的是生活方式，寄托了当下人们的旧上海之梦。其实，张爱玲的眼睛是很悲凉的，并未描写一个温柔富贵的海上繁华梦。但很奇怪，她写的是什么不重要，她本身变成了一个代码，一个温柔富贵、代表旧上海之梦的被消费的符号。

郑体武：这是一个很普遍的现象，很有趣。歌德有两句诗："爱在深夜里创造了你，你也在创造。"当我们在阅读、阐释张爱玲的时候，仿佛张爱玲在创造我们，实际我们也在创造张爱玲。

孙甘露：通常都如此，我们读自己想读的东西。

郑体武："六经注我！我注六经！"张爱玲作品我读得很晚。老早就听你讲过她，有一天午休的时候，翻看一下，先看了一个短篇《霸王别姬》，心想，嘿，这个张爱玲，非等闲之辈，以前看低了。女性作家一般比较感性、琐碎，不做形而上的思考，但张爱玲不琐碎，也不十分感性，她非常冷静，语言干净、纯熟，很有表现力。今天的作家很少有这样的语言能力。我觉得作家是这样，看气象看得出来。你不要看他写作的时候，要看他坐在那里，看气韵，感受气场。我写过一篇短文《真假诗人之辩》，真正的诗人，不写诗的时候也是诗人，假诗人，诗写得再多，也如勃洛克所说的，那叫"诗歌短工"。有人说，我的这个要求太高了，人和文应该分开。但我接触的作家，尤其是俄国作家中，很多都有一种精神在，通过他的眼神、情绪，能够感受到他活在文学中。

比如，俄罗斯作家利丘金，几乎家徒四壁，但看他的眼神，几乎可以感受到他所关怀的东西是什么：不是琐碎的事物，他的精神早已超越日常的琐碎生活之上。

孙甘露：利丘金，他就像个农民一样。

郑体武：他就是个农民。

孙甘露：但是非常沉静，他跟别人讨论的可能不是文学问题，而是很具体的日常生活，比如，这幅画是妻子画的，蘑菇是自己从山上采的，却可以感觉到他的气质。像我以前见过的法国的米歇尔·布托，老先生坐在那里气定神闲，真是洗尽铅华。我见到他就想，哎呀，我要看一下他写的东西，就是这种魅力。

● 从八十年代到九十年代

郑体武：俄罗斯文学对几代作家影响都特别大，但不是在当代。自1980年代以来，影响中国文学的主要是拉美文学，随之而来的是一股东欧旋风，包括米兰·昆德拉，这也契合了当今中国文坛和思想界的需要。

小时候读很多俄国文学，当然我们这一代人是生长在精神文化饥渴的年代，只有这些作品可以读，不像现在的青年，自主选择的余地很大，但他们也有受媒体、舆论引导的成分。所以中国迫切需要真正精神上的独立和自立。

所以，俄罗斯文学，比如“白银时代”，在中国已经不可能有当初的影响了，最重要的原因是时机。如果他们在上个世纪八十年代被引进，影响也许会更大一些。但是九十年代，文学已经跌入低谷。还有，“白银时代”作家的特点是，精神很丰富，文化底蕴很深厚，都需要读者坐在书斋里仔细咂摸，都不是快餐，不是随便读读就能消化的。在九十年代这样一个商业社会，有几个人能静下心来去读它们？

孙甘露：上个世纪八九十年代之交的确是中国文化的转折点。不是对具体作品、行为和个人的影响，而是影响了一代人的内心，影响了文化的方向和风气。在威尼斯电影节的时候，有人请阿城谈中国电影，他说了一句话，情势强过人。有时候外部的局面会影响到你。

我觉得八十年代有非常好的气氛，各个领域都有热情，是一个有理想的年代，文学是跟一个时代、人的梦想、国家的复苏、文化的前景联系在一起的。

我是 1989 年进入作协的。很有意思的是，在这之前，我做了一些业余的个人创作，但仍然感到自己在一个集体里面，这不是一个具体的集体，不是单位，不是小圈子，就是一种氛围。

郑体武：八十年代，可以说是一个浪漫主义时代。进入九十年代之后，中国文化从浪漫主义进入后现代，当然我说的浪漫主义和后现代，主要是指精神特征。

“万岁！我只他妈的喊了一声 / 胡子就长出来”，这是北岛写的。北岛居然能写出这样的诗，七八十年代之交，北岛是一个标准的浪漫主义诗人，突然冒出这么一句。

孙甘露：九十年代确实走向了实用主义，文学界出现所谓“新写实”

的概念，八十年代那种在文体上的实验、探索消退了。

且不论文学成就，我觉得这种潮流也迎合了当时社会对现世生活的关注。没有路了，所有人都回头了，转向建设当下生活，买房子买汽车出国留学。现世的东西第一次被呈现出来。

虽然是现世的东西，但也包括理想色彩，因为，此前中国人的世俗生活是被贬低的，拎一筐鸡蛋去市场上卖掉都要惹麻烦，忽然之间，房子汽车不仅仅是房子汽车，它还包含了生活理想，总算可以有另一种生活。这其中的关系是很复杂的，但我觉得有这个倾向。

● 拉美文学：轻灵、肉感

孙甘露： 我突然有一个想法：刚才我们讲到八十年代拉美对中国文学产生的影响，我觉得，那个特殊时代的中国人，不需要现实主义的东西，而需要魔幻的、浪漫主义的东西。

郑体武： 其实拉美文学，在气质上跟中国文学很相像，法国文学也如此。我读拉美诗歌有这种强烈的感觉。倒是苏联 / 俄罗斯人在精神气质上和中国人离得非常远。这当然和语言的决定因素有关——俄语和汉语离得是非常之远的。

孙甘露： 就此推论，法国文学或者法国人气质的形成、法国文艺的倾向性，是否跟法语属于拉丁语系有关，因为拉美国家的语言也是拉丁语系。

郑体武：都比较浪漫、热烈、肉感。中国文化是很有肉感的，宗教感不强，所以德国文化和俄国文化离我们比较远。

孙甘露：俄国文学，从翻译来看，是比较内省、沉思、凝重的，而拉美文学，是比较声色的，这和中国文化有相通之处。

郑体武：我一开始听说《百年孤独》的时候，心想非得五十万字以上不可。不然谁有这个气魄叫“百年孤独”？你看《战争与和平》，没一百万字下不来。没想到《百年孤独》很薄一本，我就觉得拉美文学还是跟中国文学、法国文学一样，崇尚轻灵。

在俄国，如果写培根式、蒙田式的散文，别人会瞧不起你。一定要写大部头，写巨著、长篇。契诃夫在文坛一直得不到承认，为什么？人家说他就是一个写短篇小说的。

诗人也是。我曾经问过我俄罗斯大学的老师，论抒情诗，普希金和勃洛克谁高？他说，还是普希金高。我问为什么？他说普希金写了很多长诗，大型作品，勃洛克就三首长诗，一首还没写完。他说，没有大呼吸、深呼吸作品，得深呼吸啊！所以俄国人评论一个诗人的高下，长诗是个重要指标，不像咱们中国单练抒情短诗。

孙甘露：先秦散文、汉赋、唐诗、宋词，都用了片段式的思考方式。当然，中国当代作品也会受俄国影响，比如托尔斯泰的作品，这么一大摞，就像建筑的体量一样，规模就会给人强烈的印象。这个蛮微妙的。

●“面对面，彼此看不见”

郑体武：按照托尔斯泰的路子写，非得写这么长不可。到了二十世纪发生了变化，米兰·昆德拉的作品写得还是很轻灵的。但是米兰·昆德拉对我们的影响，主要还是在思想上。从艺术上来讲，米兰·昆德拉尽管自己写了一本《小说的艺术》，但他学习的还是托尔斯泰、陀思妥耶夫斯基的艺术手法。尽管我没有找到昆德拉这方面的自述，但他小说里托尔斯泰的印记很明显。尤其是《不能承受的生命之轻》。在创作上，米兰·昆德拉的创新成分不是很强。

孙甘露：你说得对。米兰·昆德拉对我而言，更多是文化上的影响。因为他来自捷克，他写的一方面是政治，一方面是爱情，这两个其实是同一个问题。在那里，性的问题就是政治问题，不完全是道德问题。另外，昆德拉的作品还包含了一个主题，我们这边还没有正面地谈过，就是所谓文学的都会问题。这样的人物之间的关系，这样的男女之间的关系，只有在大都会里面才会有，在一个乡村国家里，不是没有这种关系，是没有以这种方式发生过。有人说，中国没有真正意义上的城市。但中国倒是有真正意义上的乡村，这毫无疑问。

这一点在昆德拉作品的接受过程中被忽略了。譬如说，去年去世的索尔·贝娄，也许其作品在圈子里评价蛮高，却不流行。什么原因？可能是因为他的那种都会经验，对大部分读者来说是蛮陌生的。一个人为什么要这样，整天在家里到处给人写信？你想，生活在那么大的一个都会，在芝加哥或者纽约，人那么多，为什么人是那么内向、孤僻？这也是一个现代性问题。所以他在中国不流行也是必然的。后来再介绍进来的，奈保尔、库切、艾柯，都是非常棒的作家，从文学意义上来讲，是远远超出米兰·昆德拉的，但所有这些人都不流行，人们不关注这些东西。

郑体武：米兰·昆德拉的写作也是商业写作，包括《不能承受的生命之轻》，商业写作的色彩很浓。我想补充一点，中国这样热议昆德拉，我琢磨了一下，初步原因可能是，米兰·昆德拉的经验和中国人的经验相仿，但这两者却不是俄国人的经验。

孙甘露：我觉得昆德拉的进入跟电影也有关系。好莱坞适时地把他好莱坞化了，拍了《布拉格之恋》，你要知道，电影对当代生活的影响，远远超出文字，再说电影还用了那么好的演员。

郑体武：还有，当时中国文学处于文学先锋实验时期，追求多元化，各种流派、各种新的写作方法都处于探索阶段。读者接触到《不能承受的生命之轻》《生活在别处》这样的书名，马上就想看看。

孙甘露：语言和文学作品对时代的影响，是非常微妙的。刚才你说到了那些书名，其他的还包括《为了告别的聚会》，都非常契合当时那个时代。我跟捷克作家讨论过昆德拉。昆德拉后来去了法国，用法语写作。有人说他的法语很糟糕，有人说他的法语非常好。他自己说，希望写得容易翻译一点。这就带来一个问题，文学写作就是以微妙、不稳定、奇异来取胜的，这是艺术魅力的一部分。但他去了法国以后，篇幅越来越小，涉及的东西也越来越轻，按卡尔维诺的说法，是“轻逸”的。当然“轻逸”不完全是体量的问题。他等于从一个传统到了另一个传统。

郑体武：可能他写作的时候脑子里已经有一个读者，就是西方读者。

孙甘露：这个问题在很多作家身上出现过。要理解一个作家、一个时代，尤其是当代，确实很困难。就像我跟你到俄国去，听俄国人说的一句谚语：“脸对脸，看不见脸。”

郑体武：“面对面，彼此看不见。保持距离，方能见出高大。”这是叶赛宁的一句诗。

● 所谓文学，就是陌生化

郑体武：我在翻译诗歌的时候，不可能每首都满意，有妙手偶得的时候，但不是很多。

孙甘露：这没办法。就像阿波里奈尔有一首诗，像谣曲一样，声音模拟河水波动。

郑体武：对，这首诗歌的排列也模仿了波涛。

孙甘露：但不是用意象模仿，是用法文的音韵来模仿的，翻译成中文就没有了。

郑体武：在俄语中也有类似情况。像《十二个》里面，妓女卡其卡和大兵瓦列卡两人勾勾搭搭，打情骂俏，在三套马车上，一边跑，一边说话。叙事的节奏和诗歌音韵的节奏高度吻合。念的时候，你就感觉人在前仰后合。男的调戏"脸蛋圆圆的卡其卡呀"，你感觉他在揪她的脸蛋，逗她玩。我翻了这首诗，但不很满意。

还有古米廖夫的一首诗，我能背下这首诗有二十多年了，一直没有翻。不是不能翻，而是如果翻译会丢掉很多东西，所以我不翻。这首诗描绘一位船长在发生临时暴乱的时候，指挥若定。诗里说，他从腰间拔出手枪，但我总觉得直接用拔出手枪，没有体现那种动感，应该是"哗啦啦从腰间抽出驳壳枪"。接下来，因为过去的船长穿着船长服，镶有金饰，他一举起枪来，金穗迎风飘摆的英姿，我翻译不出来。那时候埃及一个港口城市盛产水手服、船长服，那个地名和物品名连到一起，再加上一个形容词，"玫瑰色的"，就能构成"哗啦啦"的感觉，那我要是翻译成"埃及布拉班产的那个船长服"，就没那个意思了，所以我索性不翻。

孙甘露：对，诗歌的节奏、韵律，声音的部分，色彩的部分，还有语义带来的联想，都要翻译出来，太困难了。所以弗罗斯特说，诗歌是翻译中失去的东西。这也是老生常谈。

郑体武：这不是说诗歌是不可翻译的。有时翻译却也很容易，随便对上就是诗，不用太多加工。勃洛克的诗《关于死》，是一首白诗，不讲究押韵，和散文诗差不多，但是分行。最后一段直接翻译出来就是一首很好的诗："心啊，你做我的向导吧 / 面带微笑去追踪死亡 / 你自己也会疲倦，也会无法忍受 / 我所过的如此愉快的生活的 / 别人也会无法承受同我心中一样的爱与恨的 / 我愿，我愿永远注视着别人的眼睛 / 痛饮美酒，狂饮美人 / 让愤怒的愿望充实夜晚 / 当白昼的炎热扰乱希望和憧憬 / 我愿在这世界上听那呼啸的风。"我未做大的加工，非常喜欢这一段。

有些更朴素的诗句也很难翻，比如普希金的《致凯恩》，不算华丽，但非常难翻。中国现有不下二十个版本，我都不满意。这首诗原文句式没问题，但套到汉语句式中就非常松散，容易造成"在……中""在……中"的繁复。但如果大规模改动，就相当于改写。

孙甘露：诗歌的可译不可译是一个问题。有人认为通过翻译来接触诗歌是不可行的，但我觉得，这是一个现实，上帝创造世界，创造那么多语言，很多交流都是建立在误解之上的，这是一个宿命。我们不能期待有一天所有人可以读所有的语言，这是不现实的，我们所能做的，是通过译文建立的文化去了解世界，这是命定的，不可能跨越。

郑体武：我赞成翻译是可行的。这是事实，不用去论述。至于一些地方的表达，是技术性的问题，应该在翻译技术领域里讨论。很多不搞翻译、不懂外文的人瞎评论。翻译有很多种，严复的翻译、林纾的翻译、傅雷的翻译，那是一种翻译，还有别样的翻译。而且翻译的标准随着时代的变化在变化。二十世纪初，刚译介普希金《上尉的女儿》的时候，叫《上尉的女儿》就很困难，为什么？因为中国人不懂什么叫上尉，而且“上尉的女儿”又不太符合中国的表述方式，所以就叫《花心蝶梦录》《俄国情史》。今天的人肯定更喜欢《上尉的女儿》，在形态上更接近原文。

孙甘露：翻译跟其他文化交流一样，是一个历史性问题，时间地点都是非常重要的，不是孤立的。

翻译，或者是一个国家文学的引入，就像你对女人表达一样，必须在恰当的时间、恰当的地点进行。

郑体武：说得好，恰当的时间、地点，双方的状态都很重要。来者要把生命里最美丽的瞬间、最动人的潜质展示出来；接受的一方，要以饱满的激情来迎接这一瞬间。所以，俄国有不少好诗人进入中国的时机不对，生不逢时。比如，知道曼德尔施塔姆的人远远超过勃洛克，但我认为相比之下，前者的成就还是差一点。

孙甘露：文学事实上提供的是陌生化的经验。是你熟悉的生活，但是用新鲜的方式加以呈现，令你惊诧。写的永远都是吃喝拉撒，但好的文学作品还是会让你惊异。古往今来都一样。

郑体武：是的，所谓文学，就是陌生化。

孙甘露：田壮壮曾经说过，他的电影是拍给未来的人看的。这句话其实在文学上包含了真理。作家、艺术家是有传统的，我们对未来的展望，是基于对源头的继承。我们怎么会知道李白杜甫？因为现在是有可能被未来记取的。你基于历史的认同，所以可以对未来进行展望。个人可能会被遗忘，但文学是一定会存在的。

寄望未来，不是对当下的失望，也不是对自我估计过高，这就是文学的命运。

2006 年 6 月，郭玉洁整理

孙甘露 × 小饭

最浪漫的年代

小饭：阅读、练习写作、发表作品……八十年代的作家都是这样过来的吗？

孙甘露：许多人认为写作是不需要训练的，或者说没什么标准，再通俗地说，反正“你”不是标准。这事没法谈。

小饭：我对八十年代各种文学期刊的笔会活动充满遐想。想听听孙老师当年参加笔会活动的一些经历和好玩儿的事情。

孙甘露：好奇和憧憬，没错。当一个人年轻的时候，这两样东西你都不缺。认识那些你仰慕的作家，当然使你心生遐想。大家在一起不断地谈论文学，是那个年代最令人满足的事情，也是我关注的焦点。至于经历，那些所谓好玩的事情，实际上可能是被放大了的。

小饭：八十年代的写作者当然都是手写之后，誊抄在文稿纸上，再交付杂志社的。誊抄保存，您有什么经验？

孙甘露： 一开始我有洁癖，写错一个字也会换一张纸重写。后来是错一行，依此类推，最后就是满页涂改了。一开始觉得不涂不改是一种能力，后来觉得改来改去是一种能力。说起来都不是什么好玩的事情。

小饭： 你们刚开始写作的时候有畅销书作家的概念吗？

孙甘露： 那时候觉得传之久远才是成功。那时候畅销大概是指有很多人在谈论。畅销当然不错，那是钱的概念，不是文学的概念。虽然有时候看上去好像是一件事。

小饭： 那时候文学青年的文学偶像都有谁？巴金、鲁迅还是国外的大作家？据我所知，那时候外国文学的译本已经铺天盖地。

孙甘露： 你说得不错，所有那些史传的伟大作家，无论古今，不分中外。

小饭： 那时候您最爱读的书是什么？您早年的阅读对自己的文风产生了怎样的影响？有什么推荐作品？

孙甘露： 我最早接触的是俄国文学，第一本让我印象深刻的作品是屠格涅夫的《猎人笔记》，他对大自然的细密感受、散文体的游记形式都启发了我的创作。后来阅读面开始宽广，按照个人的趣味，逐渐建立起自己的阅读谱系。我想推荐你读一下马尔科姆·考利的《流放者归来》、莫里斯·迪克斯坦的《伊甸园之门》、安东尼·伯吉斯的《现代小说佳作 99 种》、西利尔·康诺利的《现代主义代表作 100 种》。它们的优美精妙甚至使我想抄一遍。

小饭：都说当年文学能改变一个年轻人的命运，甚至在一些人看来是唯一的途径，抱有这种心态的人能写出好作品吗？

孙甘露：每个时代都一样，但是渴望成名和渴望因写出好作品而成名还是有点区别的。当然，接着有人就会质疑什么是好作品。

小饭：荣誉感在八十年代意味着什么？

孙甘露：对我来说，意味着你投身于那些你所景仰的作家所从事的工作。

小饭：对于文坛上崭露头角的新生代作家，孙老师有什么看法？觉得他们好在哪里，或者有什么不足之处？

孙甘露：其实我对这批新生代作家的了解，基本是通过网络和媒体宣传，感觉他们的发展至今已变得相当多元。他们在媒体的大力宣传下人气都很兴旺，拥有自己的粉丝军团，这对一个作家的成长必然会产生影响。也读过一些人的作品，感觉有些人是认真地在写作，比如小饭、张悦然。

2006 年 8 月

孙甘露 × 郭小寒

关于《上海流水》

郭小寒： 在小说《天净沙》中，您写到“对上海这座城市是冷漠的，但这是情人的冷漠”，作为典型的上海作家，怎样形容您同这个城市之间的关系？您写作的语言也是偏阴性的，是否与这个城市的特质有关？

孙甘露： 上海是我的出生地、居住地。对我来说，它是一所老房子，而非“新天地”。写作者的语言当然取决于它的生成环境，但是“上海”的语言是如此庞杂，所以要说特质，庞杂才是它的特质。所谓“阴性”，大概包含了“现代性”和“都会性”。这三者都依语境而定。如同人们惯常说的，语言是个差异系统，或者，语言简直是个偏见系统。当然，这些看法是“文学性”的，和语言学家的语义树型之类没什么关联。

郭小寒： 您的流水里记叙的文字和事情看似简单，却有很多细微的张力。而自从博客出现后，这种流水的文字越来越多，您觉得自己与他们有何不同？你是否承认陈村所说，这是个“多汁的时代”？您怎么看这个“多汁的时代”？

孙甘露：承朋友们的美意，在《上海流水》的背封上，他们写下一些恭维的话，我个人听着受用，别人未必这么看。在这一点上，我的看法无关紧要。至于越来越多的“流水”，要和他们相同是很难的，我缺乏这方面的天赋。

郭小寒：很多书评都说《上海流水》有强烈的“八十年代气息”，我的阅读体验是，当您遇到新问题的时候总有一种怀旧和反思，自从出了《八十年代访谈录》后，“八十年代”这个词被热烈地讨论，您怎么看待您这代人共有和您自己特有的八十年代情结？

孙甘露：你总结得好，八十年代是一种代际情结，个人置身并融入其中，时代的问题就是个人的问题，反之亦然。

郭小寒：您和小饭、张悦然这些“80后”作家也有接触，您觉得你们这代人和他们这代人最大的不同是什么？

孙甘露：这两位虽然风格不同，但都是有抱负的作家。而他们写作的基本理念，和我们并没有大的差异。好作家可以从时代中脱身而出，并且可以在前辈作家中找到同类，否则，文学的历史是无法想象的。

郭小寒：我个人的阅读感觉是，《上海流水》的大部分内容都很温和散淡，它的实验性表现在哪里？

孙甘露：表面上是温和散淡的，内心深处是激烈尖锐的。我的“实验性”，简略地说，就是不在叙事作品中按某些教条讲故事。

郭小寒：您是以写小说而著名的，但这本新书中，最见长的是散文部分，散文和小说您对哪种文体情结更深一些？在写作过程中您最看中的是什么？是语言吗？

孙甘露：我在本书中讨论了这个问题。就我的写作而言，非虚构写作正在强烈地渗透到虚构写作中去。至于语言问题，当然无法和具体的作品割裂开来孤立地讨论。

郭小寒：您的作品，给我印象最深的就是语言上的美感，这种细腻的诗意的语言境界是怎样练就的？

孙甘露：感谢你的鼓励。汉语是如此辽阔美丽，我们所做的微乎其微，只是尽力感受而已。

郭小寒：在您的诗作系列中，大部分是八十年代的诗歌，最近的诗歌只有两首，而且风格与八十年代的感觉完全不同。您怎么看待自己的诗作和作诗中的变化？这种变化在奇特类型的文学创作中是不是也有体现？造成这种转化的内在和外在的原因是什么？

孙甘露：写作的变化随学习而来，小时候简略地学习唐诗宋词，后来研究译文对汉语的运用，年长一些回过头来重新体会汉语诗歌的典籍，这是个无比愉悦的过程。我还有一部分诗歌作品需要修改整理，慢慢会发表出来。

郭小寒：您平时的写作状况是怎样的，每天都要写吗？都写些什么内容？写多长时间？

孙甘露：一直在写，但不是每天都写。

郭小寒：正如很多媒体评论所说，先锋派作家已经沉寂。很多与您同时代的作家，都已无法写出有当年那种震撼力的作品，而您自《像电影那样恋爱》后也没有长篇问世，这是为什么？您作为先锋派其中的一员，怎么看待先锋派的现状和未来？

孙甘露：在此我要向读者致歉，《像电影那样恋爱》和《呼吸》是同一本小说，《呼吸》版权到期后，换了一家出版社重印时，应新出版方的要求换了一个书名，我在那一版的后记中特别说明了这一点。这种事情不会再发生了。至于现状和未来，个人只是尽力写作而已。未来交给未来去判断吧。

郭小寒：您反复提到了电影，看电影是您生活中的一部分吗？喜欢哪些导演的作品？家里有多少典藏？有没有想过专门出电影评论的著作？

孙甘露：喜欢看电影，但是没有多少收藏，好些影片都送给朋友了，他们比我更爱电影。我写过一些有关电影的随笔，慢慢攒着吧，也许哪天能出一本关于电影的书。

郭小寒：还有什么其他业余爱好吗？平时的生活状态是怎样的？

孙甘露：除了听音乐，好像没有什么其他爱好了。

郭小寒：在这本书的记叙中，您和好多作家都是特别好的朋友，能不能讲一些影响您的人和事？和这些人交往，您抱有怎样的心态？

孙甘露：我有幸认识一些杰出的作家，至于他们给我的影响，主要还是来自他们的作品。要说心态，我想是欣赏和倾慕吧。

2006年10月

孙甘露 × 陈村

特殊年代的阅读

陈村：关于读外国文学，侬帮我想一想，瞎说好了，阿拉可以七讲八讲的。我从最开始的辰光瞎讲，小辰光看《卓雅与舒拉的故事》，看《钢铁是怎样炼成的》。那辰光阿拉阿姐在看这种书，有种怪里怪气的东西……

孙甘露：侬讲上海闲话要紧吗？伊翻得出来吗？

陈村：就是讲我看这种书。好像当时接触外国文学是一件奢侈的事情，是很不容易的。我现在想起来，是“文化大革命”，把阶层打乱掉了。老早呢，大家都是分层的，工人阶级，资产阶级，大家都不搭界。“文化大革命”以后呢，大家都无所谓了。存下来的那点书也在瞎流通。在这个背景下头，就开始读巴尔扎克、罗曼·罗兰。我当初还读到过一点点卡夫卡那种，那时候看不懂，觉得蛮好笑的，这个人干啥呢。开始刚刚读到一点海涅、普希金，这时候开始我就觉得有点比照了。比方说巴尔扎克，我对他写的那种事情不是都懂，有一点，就是他的人道主义的想法，和当初的十八、十九世纪欧洲的这种思潮，跟我当时的思想背景差别太大。不过我倒是蛮欢喜，不是蛮欢喜是老欢喜。像当时《约翰·克利斯朵夫》里那种个人主义的“人要将自己做好”，跟当时“个人是不重要的”的社会背景之间的冲突是无法调解的。尽管在西方的评论家看来，罗曼·罗兰的作品是不彻底的作品，但对当时社会中的我来讲冲击是很大的。

孙甘露： 我记得老早看的、在印象里最深的书，也是瞎七搭八地借来的。印象最深的是《红与黑》，当然，当时读的时候肯定是完全不知所云。觉得是一个蛮艳情的故事，说一个市长夫人跟了——从当时的记忆来看——完全就是家庭教师的一个人。就是说这个关系是让你很动心的那种，“哪能‘介奇怪额’那种”。因为当时还很小，你觉得这个世界是有秩序的地方，至少在那个年代，看到的所有的关系，就是说家庭关系或者说男女的关系都是正常的，要么夫妻、姐妹，要么亲属，或者说同学朋友，就是说比较有规则。这个呢，就是说关系是逾越常规的，你一看，“哎哟”。当时印象最深的是这个。我现在想起来，可能这个东西对人的影响实际上是蛮致命的。以后看到的所有的东西，你都会去从这样的一个角度去想，就是说你来理解这个世界上其他事情和关系的时候，你会从一种“反常规”的或者说“反社会的”角度……

陈村： 社会隐蔽起来不让你察觉的，好像觉得美好的东西……

孙甘露： 对，然后你就一直会有一种感觉：在你一向看到的社会秩序下面，一定是有一种你不知道的东西的。这个东西是和你所接触到的东西对抗的。当时这种感觉是蛮致命的。然后呢，你觉得在倾向上总会去关心这种东西，不仅是从描写的内容。

陈村：刚才讲《红与黑》。我当时很奇怪的一点是，很多书后来我才知道是什么书，因为当时看的都是没有封皮的书。有一天他们几个人在弄堂里面打牌，“文革”的时候，我们弄堂里面有一个人比我大几岁。我呢在旁边捣乱，他说：“啊呀不要捣乱，给你本书看看。”那么好。“但是你不能拿走啊，只能在这里看。”那么我就在这里看，那时候我看书很快。哦哟，什么书呢？妈的，我后来才知道是莫泊桑的《一生》。我当时已经有点愤慨。当时的愤慨是很奇怪的，我现在想想非常奇怪。就是说这个翻译的人——我现在忘记是谁翻译的——竟然说莫泊桑因为不听他老师的教诲还要去写这样的东西，然后就把他的有些段落给卡了，不给你翻，好像黄色兮兮的那些东西都没翻。当时可能更感兴趣的是莫泊桑的男主人公在新婚之夜先把保姆给做了。这新娘后来才知道丈夫跟保姆是有关系的，老早就有关系，到最后还怀孕什么的。他跟上层社会的他老婆之间就产生了问题。就是这样的故事。当时年轻嘛，就“哦哟，这种是我们闻所未闻的事情，把人家弄到床上啊”什么什么的。草草看完。当时书的来源是不正常的，书的来源是很偶然的。

孙甘露：就是说书获得的方式也是很隐秘的，不是说我可以在书店里买来、图书馆里借到，它是在私底下流传的，然后给你的人借的时候有点神秘兮兮的。

陈村：而且还是因为你个人的某些原因，比方说你是比较守信的人，到时候会还给我的，然后借给你。当时有一个他妈的郁闷事情。当时我认识一个小朋友，还认识一伙人，他也认识这些人的。我呢因为什么事情生病，我的朋友们就跟他讲，你帮帮忙找一些书给陈村，哦，不是陈村，那个时候不叫陈村，给那个小杨看一下，他生病在家很没劲的。这个小朋友家里是有书的，他家里好像是够不上抄家。那么他就借给我一些书，两三本两三本地换。我第一次看的莎士比亚就是他借给我的。我对面的一个邻居是高中生，他非常喜欢看书，那时候的人都喜欢看书，我借来以后，他就说你借到的那些书也借给我看看。那也很好。但是有一天他跟我讲，对不起，昨天有一张书页撕坏了。我一看，撕坏掉大概一半。没办法啊撕坏掉了，我不能讲别人撕的，说好我不能再借给人家的，那些书当时都犯禁。我就说我撕坏了，抱歉。他说没关系没关系，但从此以后他再也不借给我书了。他是一个很爱惜书的人。好了，书断掉了。一点办法没有。能借到书是非常大的面子。

孙甘露：我的那些同学，他们就是住在学校附近的，就是我们小学后门的那一组人。主要的书都是从那堆人那里来的。当然也不是那些同学的，就是同学的家人或者比他们年长一点的人的书，他们趁着大人去上班等等被扔在家里面的时候，就弄出来看看。也都是那种时间很紧迫的赶紧要拿回去，说好几时几刻要还的那种。后来还看了——觉得少年时代接触的东西会对你有影响——《雪莱传》，还有一本雪莱的诗集，再有一本就是海涅的诗集。海涅的那本我还记得，好像叫

《歌谣集》，雪莱的这本名字记不太清了，叫《雪莱诗选》还是什么，有《西风集》《阿童尼》，我记不太清了。从今天讲起来呢，那些内容或者说它反映的东西，或者说历史背景或者说诗的背景，都没有的，你就是从画像上看到一个像女人一样的男人，这个我觉得可能对一个人的成长进程都有影响。那是女性化的一个男人的那种浪漫。

陈村：他的浪漫离你很遥远。

孙甘露：对啊，或者说那个时候他难得而且遥远，更能激起人的兴趣。而且跟你的环境是如此格格不入。那个时候它是一种纯粹是想象的东西，因为你当时对英国的了解不像现在这样，通过电视、杂志、照片、网络，或者说来往的人，有的地方甚至是你自己去过的。那个概念是完全不同的。那个时候完全真的就是一个另外的世界。但是我又在想另外一个问题，那天正好跟谁说起，也很有意思。可能，我现在想原因——我现在还很难分析，但是我从来没有把西方文学，后来的包括东方文学或者说日本文学，或者是和我们地理位置相近的比方说苏联文学，以及后来所谓的拉美文学，看作异质的。可能我从小就是从读那种东西开始的，甚至早于我读所谓中国的传统的民间的文学。所以它对我来说是……

陈村：初恋！

孙甘露：好像就是初恋。就是你和世界获得关系的一种方式，然后你认为这就是你的一部分，并不是一种异质的、来自其他文化的东西。这个我觉得可能与你接触的时间和方式有关系。比方说人家觉得为什么你的写作是这样的，或者说从各个方面来讨论或者怎么样，我个人觉得是和这个方面有关系的。

陈村：就像性一样。性的进入……

孙甘露：我觉得可能最初的方式决定了你后来的方式。这个东西可能是这样的。

陈村：最初的这个东西可能让人念念不忘。

孙甘露：当然你现在可能从其他的方面，比如说你了解得多了或者说占有的材料多了，然后你会从不同的角度来看这种东西。但是当你在心里想起来的时候，就是《红与黑》，然后雪莱、海涅。这个我觉得它实际是真的像你说的一样，就像初恋一样。它是第一时间出现的东西，而且这个对你来说是不加判断的，它就是像一个标志一样。

陈村：就像第一个人，代表着……

孙甘露：对，或者它界定了你以后接触这个东西的方式。当然这种东西是从回忆的角度来讲的，后来随着阅读你的增加可能……

陈村：后来的东西说到增加的什么呢，理性的东西比较多。就是说我应该读什么，我觉得这些读读也是不错的。

孙甘露：但是我觉得我接触外国文学的这种方式，最初的时候它不是系统性的，不是有条理的，或者说是基于某种对某一国文学的看法的，不是的。

陈村：根本哪国都不知道。

孙甘露：就是，法国和美国在我看来是一个国家，或者说不同时代的作家其实也是同一时代的。

陈村：都是异域的。

孙甘露：对，就是异域的，或者说遥远的地方的，然后描述的生活和经验呢又是你完全没有接触过的，完全是一种想象的东西。它携带的那些，比如研究者揭示出来的含义，或者当时对社会的作用，或者对文化产生的影响，这些我觉得完全就是第二位的。但是我又在想，这种接触方式可能正是文学发生作用的应该的方式。

陈村：本来我们一个正常的人要接触文学的话应该先是口头文学。口头文学是你的上辈人告诉你的，他也不跟你说比如三国的时候是什么样子的，水浒那时候是什么样子的。他不可能给你讲很多背景。他就告诉你一个故事，水浒里面有一个叫鲁智深的人三拳就把一个坏人打死。酷啊！然后你就记住这样一个故事，还有倒拔杨柳，很好玩。你大概记住的就是这些。至于当时阶级矛盾激化有些人揭竿而起，这个是以后的事。

孙甘露：后来也渐渐接触到一些比方说“白皮书”之类的。有些会是那种第一流的作品，有些是当时苏联的一些东西。还有一些，比如那个叫《摘译》的杂志，还有些单行本的东西。还有的我觉得可能是五十年代出版的苏联文学的一些作品，包括写那些大的企业、集体农庄什么的，社会主义新生活的那种作品。当然也有一些像你刚才讲的《卓雅与舒拉的故事》，保尔·柯察金的故事，还有《青年近卫军》。这些东西当时还是可以接触到的。

陈村：《青年近卫军》这种东西天知道。记得最牢的就是德国的当兵的要那些俄国姑娘把衣服脱了体检。当时很惊诧的就是脱了以后对她们还不感兴趣，查查她们的牙口，然后弯弯腰，看看屁股，好了。就是你视为珍贵的流着眼泪的很屈辱的事情，别人他妈不当事情，我当时看了会感到震惊。因为对我来说，是刺激的情节。但是这么刺激的情节德国鬼子居然……

孙甘露：这个我觉得可能是这个年代这一代人，接触外国文学的比较特殊的经验。就是说它没有一个延续性。不像也许更早的时候那些学者接触的。

陈村：他们有权挑选。今天也是。

孙甘露：然后呢涉及的面也广，你可以比较。那个时候获得的书、获得的东西就像你获得的感情一样。它不是说你挑选了以后的，就是说你经历的就是它，它是一个唯一的东西。这个我觉得是一个蛮有意思的介入方式。

陈村：当时我看到了你说的那个"白皮书"，也看到了一些《摘译》。还喜欢两本书。日本的五个电影剧本，我很喜欢其中的《约会》。还有呢，喜欢当初被批判的苏联的五个剧本，其中一个反正就是讲那个庞贝火山的，有一个苏联人，就他知道火山要爆发了，人家不相信他，他就没办法，没办法拯救庞贝人。哦，还有一本书其实对我影响蛮大的，就是《美国小说两篇》。一篇叫《海鸥乔纳森·利文斯顿》，还有一篇就是《爱情故事》。《爱情故事》让我在当时那么沉闷的语境里面——今天想起来就是——居然看到了一个这样轻巧的故事。它讲的是一个比较重的东西，因为父与子之间的关系是比较重的事情。但是用一个比较通俗的方式表述：一个姑娘活了二十五岁就死了，你能说出她什么呢？要么说她美丽伶俐，说她爱莫扎特，爱巴赫，还爱我。它这样开始。因为那时我们没有读过什么他妈的通俗作品，觉得作品居然还能这么写！

孙甘露：对。那个就当时来看是相当浪漫相当迷人的。它不是一个简单的通俗作品。

陈村：什么叫通俗？吃够了才知道通俗啊。你今天吃都没吃……你看这些东西对你来说就是深刻的东西。

孙甘露：对，我最近还看到一个翻译的东西，关于你说的《爱情故事》的，有一个翻译问题在里面。

陈村：想起来了，苏联的那个电影叫《礼节性的访问》。

孙甘露：对。我看到这个，《爱情故事》里面不是有一句很著名的台词吗，小孩跟他父亲说："爱就是永远不说对不起。"当时的说法叫"对不起"。但是我最近看到一个关于翻译的讨论，有的人说"You are sorry"这种说法，其实应该翻译成"爱就是永远不说后悔"，而不是说"不说对不起"。他说这个句子的准确翻译是"后悔"。

陈村：我感觉"不说对不起"更好。

孙甘露：我现在当然也知道因为英文上下文关系。

陈村：很多小说，比如《约会》，就是它的文本里面的东西，当时我们几个——我跟蒋小松、黄石和其他几个人——有时候会讨论一下。当时我们不讲日常事情，好像很俗的，吃顿饭啊什么的不谈，只讨论一些怪头怪脑的事情。印象最深刻的我今天回忆起来，是对话的弹性。比如说，我问，甘露啊你饭吃过没有？哦，我吃过了，或者，哦，我没吃过。这个就是一对一顶死的对话。它不是的。他跟你讲的是，甘露啊，饭吃过没有？你回答我是，是人总得吃饭什么的。就是你突然发现还有另外一种回答方式。剧本里面一再出现这样的错开，在这样的错开中看到行文的方式。在一个很狭小的空间，在一辆列车上，一个黑社会的逃犯跟一个因为什么杀人的杀人犯，产生绝望的所谓没有希望的爱情。那书的前面都有一大段批判的文章。那个剧本的爱情演绎得那么动人。这个是坏人啊，坏人是不被描述的，在我们当时的观念里面不被描述的人，他们描述得那么好，真是。我觉得我们处于分裂状态。我们当时一边老老实实的，一边觉得自己已经看见了。就像一个儿童，你不要跟我说纯洁，跟我说小孩子你要什么什么的，小鸡鸡什么什么的。就是我已经看到你们大人在干活了，看到更吸引我的大人。在那个时候，你会觉得有矛盾和冲突的。我觉得哎呀我看到了人们描写人性的另一方面，我更认同的那个方面。

孙甘露：对，其实你的日常的经验是没有这一块的，在那个年代。但是呢当你的阅读接触到这些东西以后，你又发现它其实是迎合了你内心的一个……

陈村：唤醒。

孙甘露：对，唤醒。其实是很真实的那一面。就是说你完全可以呼应那个东西。如果它提供的是一个虚假的东西，你会觉得是对不起来的。

陈村：我当初就感觉《钢铁是怎样炼成的》里面那个叫冬妮亚的女孩……哎呀，当然我并没有反对保尔，批判他。但是你遗憾，哎呀冬妮亚多可爱啊！就是希望保尔跟人家要好么，不要这样啊。待在监狱里面，还有个姑娘说，明天我在监狱外面就要被人强奸了，今天晚上我给你啊什么的。然后保尔无动于衷，我不要我不要。就是说当时你心里会一颤抖。哎呀，一个姑娘跟你这么说的时候你还能那么回答吗？就是说你无论如何都要表示出，尽管不跟她做任何事情，但是我肯定是要安慰你的，我肯定是要抱一抱你的，肯定是要拍拍你头的，或者跟你一起流泪也可以。怎么会变成这个样子？革命者的这种样子到样板戏中更绝对了。在读"文革"作品的时候，那些作品中没有这些。好作品对人性的描述是会遵照着某种自然的方式，而不是某些我们的观念我们的理念的那种教条。有些我觉得很好，即便是革命文学，就像那个《童年》《在人间》《我的大学》，我觉得这些很好，你读它的时候没什么遗憾的东西。哦，有这样一个人，他的外祖母外祖父，冲一壶茶放几片茶叶也要吵闹。

孙甘露：这个，你说到高尔基我突然想起来了，少年时代读的东西有的时候真的是"贻害无穷"。当时那本书给我唤起来的感觉是什么呢，你就觉得人在少年的时候经历悲惨的生活是一件蛮浪漫的事情。因为文艺作品，我当时并不把它从一种报告文学的角度来看，也不是从理解社会状况的角度来看。因为你还很小嘛，无力从这个角度来思考。

陈村：可是我当时的想法可能是自作多情的。我看了后觉得，哦，人生是要受苦的受创伤的，连贝多芬也是。

孙甘露：对啊。我的印象是什么呢，它给你一个感觉就是你觉得底层的生活、悲惨的生活好像是有魅力的。因为你当时隐约会有一点幻想，就是你要写作啊，写一个故事啊，有一种表达的愿望吧。然后你觉得如果要成为一个作家的话，这个好像更是一个必备的条件一样。

陈村：拿着锅盖读书，倒映的光。

孙甘露：但是也迎合了当时另外一种阅读，就是像《半夜鸡叫》《高玉宝的故事》，我要读书嘛，一个农民的孩子，处在社会的最底层，然后是参加革命。或者这样讲，我觉得受压迫是一件很有魅力的事情。

陈村：受压迫是值得的。

孙甘露：好像是这样的，就是说从文学的角度来讲。从今天来看它可能就是形成了一种紧张关系。它的这种反抗这种被压抑，它描述的就变成了一种有美感的东西。但是就当时的一个小孩子的认识来讲，完全不是这一层的。

陈村：这一层其实离我们也很遥远，我们也不可能去吃这个苦也吃不了这个苦。

孙甘露：或者说，这种阅读被浪漫化了。

陈村：后来读书就读乱七八糟的。我当时读的有本书蛮好的。当时是内部出版的，爱伦堡的《人·岁月·生活》。我当时读不大懂，但是我很有兴趣地看。看的时候我想，所谓的艺术家是这么生活的。感触很深。他们举重若轻的。在他笔下的那些人，有些我知道的，那些大人物的生活怎么还可以这样？我们从来没有经验来接触到这层人的实际生活。你读它的时候发现，哦，他们在谈论什么事情，在看什么事情，在做什么事情和他们彼此的相处。

孙甘露：《人·岁月·生活》我其实是在蛮晚才读到的。是在“文化大革命”之后解禁，外国文学开始大量出版的时候，但是我没有去排过队，没有参加过这样的行列。后来也是。当然最早读到的是“文革”以前的五十年代初出的节选的那种。

陈村：爱伦堡的《解冻》我也读过，但是我读《解冻》没有感觉，因为已经解冻了，远不如我读《人·岁月·生活》，就对我个人的冲击来说。后来我也翻过《人·岁月·生活》，就没有当年那个冲动，就像我还买过《约翰·克利斯朵夫》当年的版本，从旧书的小商贩小老板那里买过。我去读它。我当年抄写过《约翰·克利斯朵夫》。当然我觉得重读它很亲切，觉得看到一个老朋友。但没有那种感动或者激动，那种激动怎么说呢，当时一看，哎哟，像被人家他妈当头一棒的感觉。有些人居然这么生活、思考。当时我还把那个第一册改过一个电影剧本。尽管当时是懵懂的、不理解的，为什么两个男人——其实在恋爱前是像预演一样——就是两个男孩他们很要好。改剧本时就是不理解，哎呀，那两个男孩你就不知道怎么处置它，又不是爱情又不是什么。这剧本……

孙甘露：其实如果现在找出来看一看应该是蛮有意思的。我当时读——当然是比较晚的——《人·岁月·生活》，它给我的感觉是一种回忆录式的，是一段回顾，沉思以前的生活。这个我觉得也是有一种启示作用，就是让你觉得你是在思考。这个我觉得是它最初给我的概念。一个文学作品是一个回忆录式的。但是当时觉得小说、回忆录都是一种作品。没什么分别的，包括诗歌都是一类东西。

陈村：对，有看的已经很好了。

孙甘露：对，你并不会去分别它因一个体裁的关系才会有什么妙处，不会去分别小说或者诗歌的妙处，还没到这个程度。只不过是给你一种思考，就是你在沉思你过往的生活。这个呢也是有启示性的。就我个人来说，你的写作或者后来会写一些什么，就是你在反观你写作的东西，因为是一个作家写的嘛，那它跟他的生活有关跟他的思考有关，同时他也不断反思他的写作，这个是什么文艺思潮啊作家关系啊艺术家的关系啊什么的。这个我觉得对我来讲也是有启示的。

陈村：还有一种东西呢，就像《约翰·克利斯朵夫》这样的著作，它是好，但是你会认同其中的一部分，不认同另外的那一部分。我不大认同第二册里面讲的很多德法关系啊等等，但是里面有一个其实可以独立成章的人，叫安多纳德。说约翰·克利斯朵夫认识她弟弟，然后知道他有个姐姐叫安多纳德。像这些东西，是一种很温柔的爱。他们一辈子也跟柴可夫斯基和梅克夫人一样，马车交会一下，他们呢就是火车交会一下，对面列车有一个目光就是这个姑娘，但他们是永远错开的。那么这些东西也是很致命的。对你所谓的爱情观的影响，是很致命的，你会觉得虚空中的那些东西是那么值得珍视，好像会有一种返照到你的日常生活中那一部分的感觉，而不仅仅是你读了小说就到此为止。

孙甘露：就是这些作品中的某些细节、某些瞬间，它影响你的程度要远远大于后来你分析这个作品的时候所归纳出来的东西。

陈村：大于那些理论家来教导你的东西。

孙甘露：它就是这样发生作用的。当然其实后来要这么接触作品是越来越困难了。

陈村：你已经过了那个时间了。

孙甘露：对。过了那个时间了，也不可能以这种方式接触了。

2006 年 12 月 18 日晚上，陈村寓所

孙甘露 × 徐静蕾

导演，演员，控制欲……

孙甘露：好像电影和剧本不一样。

徐静蕾：不一样。因为它太多字了（四万多字）。后面整个从戏里面的导演说亲戚开始，全都没用。我觉得就是拍了，最后也会因为总长度的原因给剪掉。即使是这样，第一次拍完成片的时候总长还是有两个半小时，很艰难地剪到现在的一小时四十五分钟。

孙甘露：你是把剧本全都拍了，然后从里面把内容抽出来吗？

徐静蕾：前面基本都拍了，但中间有一个整段剪掉了，特别可惜。因为那一段和梦想那一段节奏有点相近。说的话和表达的意思并不重复，但节奏上很重复。电影的节奏很重要，尤其是这个电影，稍微把握不好，就会让观众觉得疲劳。但也挺难拿下去的，因为里面有一些调度，走来走去的，后来找了半天找到一个可以合到一起的点，后期又在声音上做了好多连接才合上的。

孙甘露：我看了剧本，说的事还挺严密的。你把它拿掉一块，当然出于电影的考虑，节奏、调度，包括审查，但可能影响到对内容的理解。

徐静蕾：肯定是啊，我也很担心，所以往下拿任何东西都要想很长时间。好在王朔一开始就跟我说，随便删减，你按你想的随便弄，所以压力稍稍小一点。我觉得光从电影上来说，拿掉也问题不大，因为一旦它影响了整个电影的节奏，我势必要删除，每次拍电影的时候都会碰到这样的问题，每次都会很痛苦，但是，还是不能因小失大。不过我想这些东西我将来会放在某个网站上，不会浪费。

孙甘露：完整拍，我估计得三四个小时。

徐静蕾：四个小时，完整拍。这部戏不像我以前的两部电影，以前我可以整场拍戏，可以整场剪掉，而这部戏，每句话都有内在的关系，如果拿掉一句，下面这句话为什么这么说，就变得很奇怪了。所以除了上面说的那一大段，我基本都是一句一句剪的，稍微水点的全都拿掉。这跟其他戏在剪接上不太一样。

孙甘露：这戏拍起来是不是特困难？

徐静蕾：拍起来是困难。比如寻找机位的问题。因为就这么一个房间，机位很少，而且方式也很少，通常就只有正反打、摇移什么的，而且，我又不太愿意在这部戏里用一些很特别的角度，我觉得没必要。很特别的角度在电影里会给观众带来一些比较强烈的感受——为什么要这么弄，是不是有其他的意思。而当我又没有其他的意思时，我就不要用令人产生歧义的角度。

但是还是需要寻找一些变化。比如光影，电影中的红光，剧本里其实是没有的。拍摄当中我一直在想，既然是一个晚上一个环境，镜头的角度又不能太特别，就要让光影有一些变化。所以后来的设计是，一开始是台灯的侧光，中间是红色的光，后来是房间的顶光，到最后是大逆光。这要从剧本里找一些契机，找完之后还得自己把自己圆回来。比如，为了光影变化的原因用了红光，显然比较“小资”，正好后面有一段戏中女演员和导演言语上起了点冲突，有一个适合的机会，就让女演员乘机讽刺了导演一下：“还有这个灯，就充分地暴露了你的趣味。”这样给圆回来了。反正挺费劲，主要是不能损失原著，尤其他的东西不是很水的东西，每句话都有内在的意思，所以比较难。

还有当然是台词量非常大。通常我演戏是不需要太多时间背台词的，只要翻着看看就能背下来，但这部戏的台词我必须得背。晚上回到家里，在现场，都得背台词，还要想机位。很多时候觉得比较紧张。

孙甘露：剧本看着有的是水词，好像没什么意思。但过会儿它又绕回来。当然电影不能百分百按剧本拍。看完电影之后，其实还是值得把剧本再看一遍。

徐静蕾：我第一次读他这个剧本，看着都晕。尤其像我这种平时不太看书的人（笑），而且他的好多话确实太口语了，必须要说出来，反复地读，才能读出它的意思来。第一眼看我有点蒙，就对他说，你自己拍这戏得了，我给你当副导演。当然，他拒绝了，他说他不想干导演这种具体工作（笑）。

这部电影虽然没有炫目的情节，但是其实信息量很大，最后出来也确实有这样的问题：没有给观众喘气的时候。我听说观众笑得最多的地方是“光和光怎么打招呼，你知道吗？”这句话。我就想为什么这个地方反应最大？这肯定不是全剧最搞笑的，得出的结论是：我在那中间停顿了比较长的时间。“光和光怎么打招呼，你知道吗？”两个人你看看我，我看看你，停了一会儿才说：“在最黑的地方见。”给了大家一个想的空间。也许是这样吧。做声音后期的人，说他们每次做的时候，都在不同的地方笑和有反应。这就说明，第一次看的时候，信息量太大，他们根本没反应过来说的是什么意思就过了。

他的东西，能删的我已经逐字逐句地去删了。我将来可能会做一个电影完整版本的剧本，对照起来就很清楚，哪句拿掉了。剩下的我真的不好再拿，再拿可能会简短一点，但是不完整了。

孙甘露：我是先看剧本，后看电影。在我看来，王朔说的不单是梦想和现实，这是个隐喻，当然也可以从比较白的方面来理解。我觉得他这种说话的方式，是花了那么多年找到的对当下现实很准确的一种描述。

徐静蕾：是的。你可以简化成名字“梦想照进现实”，理解为梦想与现实的差距，多数人都会从这个角度去理解。这也是我为什么舍不得拿掉很多东西。他也说找到一个新的语境。对我来说，它把很多我明白但我可能说不出来，也很难用几句话表达出来的东西说出来了。我觉得好的东西应该就是这样的吧。

孙甘露：他反映了当下中国人说话的一个真实的处境，人与人的关系。现在，人与人说话，如果都特别真诚，说着说着，与现实的关系就有点远了。剧中看似延续了王朔以前那种调侃的风格，但其实已经不一样了，发展了。

徐静蕾：我觉得这就是真诚的对话。什么叫真诚？难道说深奥、文绉绉的说法就叫真诚？我不这么觉得。

孙甘露：它是以完全相反的方式说话，但其实反映的是真诚的东西。我觉得，它妙就妙在以相反的方式说社会的这种变化，与当下中国的现实特别吻合，反映了人的一种新状况。

徐静蕾：它是抛开了被教育出来的那种语境的对话。

孙甘露：我看了两遍，我觉得对南方人来说，可能理解起来会有困难。我父母是北方人，理解起来还可以。有些言词必须用北方话来念，才有那种味道。

徐静蕾：别说是南方人，前面说了，其实我第一遍看的时候也晕，对我来说也不是那么容易。我还是土生土长的北方人。之前我们排练了四天，就是对词，我都拍下来了。这种全部对白在一个场景的形式没有人会不担心，我很担心观众会不会看不进去。所以我剪了一遍对词的过程，看一下节奏，觉得还好。一开始，觉得开始的说喝酒那段太长，到后期的时候剪下去比较多。后面还好。当然会有不同的人的理解问题，但那是不可避免的，任何电影都不可能拥有所有观众。

孙甘露：韩童生对剧本的反映怎么样？

徐静蕾：他很喜欢，他说他看的时候，很多地方看哭了。他觉得很多地方挺狠的。他的主业是一个话剧演员，这种电影，有点类似话剧，戏眼也主要都在男演员身上，肯定给演员很好的发挥空间。因为，说实话，我都是配角，如果按相声的说法，他是逗哏，我是捧哏。最重要的话都是他说的，我是一个陪衬，让他的话更有力量。

其实从表演方式上说，我们俩很不一样。他是典型的话剧演员，而基本上，我是一个比较“水”的演员，也有一种说法叫“生活化”（笑）。

话剧演员在舞台上，要照顾最后一排的观众，所以容易比较夸张，但是电影就完全不同了，给你个特写，眉毛一扬都看得非常清楚，所以表演很不一样。在现场我比较多提醒韩老师注意的是，表演要收，不能太外在，有十分的时候也只要演出八分就足够了。

孙甘露：我在看剧本时，想象王朔平时说话的腔调，这可以帮助理解节奏声音。

徐静蕾：韩童生是个很好很专业的演员，他很容易根据导演的要求调整自己的表演，也会找形体上的一些东西帮助自己完成人物，比如他会突然拿个大顶，那是剧本里没有的东西，是他自己想的。

孙甘露：我在想，搞个话剧也不错。

徐静蕾：其实想过这事。因为这次上映时间特别赶。我是没那精力了。这种话剧，如果我演的话，最起码排练一个星期。因为不像拍电影，台词我可以今天背两页，明天背两页，话剧得从头到尾背下来。现在也有人找来，想做话剧。

孙甘露：如果做话剧的话，台词部分有意思的东西更完整，观众更能理解。

徐静蕾：对，一方面话剧更活，和观众距离更近；另一方面，话剧观众和电影观众是两回事，话剧观众是做好了看这样一个东西的准备，而电影观众看惯了常规的那种类型电影，尽管我已经说了这不是一个那样的电影，不喜欢你就不要来看，但还是有部分观众来看了，没有得到通常在电影里能得到的东西，就觉得枯燥，这是没办法的。

孙甘露：你以前那部《一个陌生女人的来信》，叙事上比较传统。

徐静蕾：那个对我来说其实很简单，虽然是茨威格写的，但我很容易把它转换到我的角度讲一个故事，把我的东西加进去。首先它是个名著，比较讨巧，就是一个爱情故事，很感人，而且光影可以做得很漂亮。

但《梦想照进现实》不同，编剧的主导性很大，是我无法逾越的，尽管我加了一些东西，却不可能把它变成我的东西。而且，这个电影基本没什么大的情节起伏，我的能力和理解也有限，只能在有限的空间里、在不影响编剧表达的情况下寻找一些细微的变化，这个变化可能只有很专业的观众才看得出来。做画面和声音剪辑时，我一秒钟一秒钟在改，但大多数人是不会注意到的，所以也可以说这都是为自己做的，一秒钟不做好我会很难过。可能电影对于大多数观众来说就是娱乐消遣，有时我自己也是如此，累的时候也喜欢看美国大片，不用动脑子，热闹一下，睡觉去了。从这点上，我可以理解，也认同。每个人在不同的时候想的事情是不一样的。但是自己做片子的时候就不一样了，我喜欢做一件动脑子的事情，这是我选择做导演的原因。也许这件事情这个题材正好适合更多的观众，也许不是。

应该说前两部电影与这个相比，简单很多。算一次尝试和自我挑战吧。

孙甘露：王朔写了一个比较没有情节的故事。

徐静蕾：基本没情节，就是他不“演”了。

孙甘露：他以前写的还是比较复杂的，比如《玩的就是心跳》，结构比较复杂，有些意思可以通过情节推动提示给观众。而这次，话都是摞着的。

徐静蕾：是，前面一直在说，我压力很大，因为它拍出来更像个编剧的东西，不是导演的东西。我觉得它很好，很怕放在我手上该说的话没说出来，所以我比较紧张，而且这次又是做低成本的尝试，周期不能长，时间很紧，只拍了十六天。《一个陌生女人的来信》我拍了四个半月。

后期也特别赶，到现在完整的胶片我都不敢看，看了我会疯的。因为一些技术问题。比如混录的时候，老觉得有一个高频打我的脑子，可大家都说没有，说是因为我累了，但我至今仍对此表示怀疑。

再比如，我特别讨厌混响，尤其在它只是起到美化声音的作用的时候，但是混录师特别热情地推荐说这个特好。我很难一下子否决他的意见，只能婉转地、不停地游说。这也是人家的工作，经过前两次导演工作的“培训”，最大的教训是：不要过度打击其他工作人员的积极性。可是到了晚上，离结尾工作还有几个小时的时候，我实在忍不住了，就说，这个特傻，给我去了吧。

拍一部电影的过程当中，最累的就是沟通的问题，因为大家都是参与创作的人，要让大家都保持一个很好的创作状态，尽管我是导演，但导演毕竟不是每一个步骤的具体执行者，很多环节要依赖摄影、美术、录音、演员等等各个部门来完成。这次因为时间短，尤其在后期，一天要干三天的工作，有很多环节没有足够的时间做到让自己满意。所以，不忍心看完整版，只看过一次对白双片，我就已经疯了，出去自己待了会儿。不过其实每次拍完一部电影，我都不敢马上看，要隔段时间才能看，否则我会特别沮丧，看到的都是种种不满意，只是这次更多一些。

孙甘露：这部电影太特殊了。

徐静蕾：这样的电影，中国没有过。国外其实也基本没有，起码我没看到过。我看过一两部，有的是爱情故事，场景也在不断的变化中，还有伍迪·艾伦拍过那种不停在那里说的电影，但还是有场景变化，有情节。

孙甘露：这个确实是挑战，事情没有变化，到最后还是没结果。这个戏没有发展变化。

徐静蕾：是的，而且我也想不出其他更好的表现形式，这是我的能力问题，我拍这部电影的时候很不自信，可能让王朔自己来导会拍得好些。

孙甘露：让他导不如让他演。

徐静蕾：也有人说让王朔演，和韩童生演，肯定不一样。但是我觉得他演也不是特对。因为他这个人，一说话，说高兴了，显得很油腔滑调（笑），尽管他说的事情本身并不油腔滑调。当然了，这只是我个人的看法。也许他演的话，会有另外的效果。

不过他演我做导演的话，我就更晕了。他肯定在现场要有很多的改变，他说的话改变了，我得做相应的改变，灯光呀、镜头呀怎么改，而且他那么主观的一个人，离远点他还会说，你随便拍，到了现场可就不一样了，肯定打起来（笑），那还不如他自导自演，我可以帮他做事务性的工作。

孙甘露：王朔打算做小众电影。他原来那个《我是你爸爸》，你看过吗？

徐静蕾：我不太喜欢，我觉得有一些哗众取宠的东西在里面。疯人院啊，火车啊，脸谱化的，那不是我的趣味。

孙甘露：你倾向于比较简单比较沉着的叙事。

徐静蕾：这是我很典型的趣味。这次在上海电影节做评委，看了十七部电影，最好的电影，是内容和技巧结合得比较好的。《四分钟》一开始很静止，特别像艺术片，挺闷的，在你没感觉的时候，镜头开始摇了，让你那口气呼吸得特别舒服。不是为了简单的描述和技巧的炫耀，导演的节奏控制很好。

好的电影，节奏是最重要的。事没新鲜事，技巧也没什么新鲜的。就是你怎么把这些东西搭配在一起，让演员用不同的表现方法表现同样的东西。

比如有些电影里，两人分别了数年，处理方式是一见面抱头痛哭。感觉这是小时候看的小人书的处理方式，现在还有人这样处理，过于简单了吧。人的感情是很复杂的，你别说七年，一年不见都会有尴尬、生疏等等很复杂的心情，怎么可能一下就抱头痛哭呢？

孙甘露：去年有部电影《漫长的婚约》，未婚夫上了战场，受伤失忆，女主角是个瘸子，找未婚夫找了很多年，最后找到时，未婚夫坐在树下做木工，她走到他面前看着他，他回头看她一眼，完全不认识，女的非常激动，坐下来看他做事。

徐静蕾：嗯。可能那样处理比较好，至少没那么简单。我没看过那部电影。我觉得，不好的电影都存在过于概念化和脸谱化的问题，当然，还有简单的炫耀技巧，形式大于内容。

孙甘露：听说这部电影想过不上映？

徐静蕾：嗯。王朔原来跟我说，可以不用在电影院线上映，但不做成胶片只做成 DVD 的话，挺浪费的，因为我已经用胶片拍了，还做了相应的很多关于胶片制作的工作，不上映有点不甘心。

孙甘露：大银幕看，感觉还是不一样的。

徐静蕾：是的。我自己第一次感觉不一样，是看《一个陌生女人的来信》。我第一遍看大银幕，是在日本做胶片后期，我突然觉得怎么用了那么多旁白，最起码三分之二是废话。这是个经验问题，大银幕和小银幕是很不一样的，在剪接台上看不出来，因为没觉得画面会有很大的冲击力。当然，也是因为不自信，在小银幕上看老怕表达得不够，所以后来看大银幕了就有废话很多的感觉。

话说回来，下一次到小银幕的时候，可能还是觉得不够，想用辅助手段。

音乐跟旁白是一样的。一开始没有做音乐，用美国大片或者喜欢的欧洲音乐来做替代，都特煽情感人，把自己忽悠了。在做《一个陌生女人的来信》时，经历过一个这样的过程，用了很多煽情的音乐，有一天突然觉得不对劲，太滥情了，这其实是我看别人电影的时候最讨厌的。第二天，我就把所有音乐拿掉重新剪辑。旁白，我剪片子的时候觉得很好，还挺美的，一看大银幕立刻傻了，特别糟心，但声底已经做进去了，不能再改了。

当我看不喜欢的电影的时候，会觉得导演很傻，也会觉得导演把观众当傻子了。但当我自己做出把别人当傻子的事情后，自然也就会特别郁闷。但到那时候，已经来不及了。

拍电影有时候是挺糟心的一件事情，永远都觉得“啊，怎么是这样”，老是看自己拍的东西不顺眼。

孙甘露：你的电影都是自导自演，肯定会牵涉精力。如果再有机会，光导还是自导自演？

徐静蕾：我一上来一直自己导自己演，不觉得有什么。我可能下面会拍一个大学生的戏，可能就不演了。说白了，我对演戏没有太大的兴趣，除非是自己觉得很值得演的角色，而且演员这个职业太被动，运气的东西多些。但它毕竟是我的职业，是最靠得住的，能给自己一个很好的经济条件，有了好的经济条件才能让自己做自己喜欢的事情。以我现在的心态拍电影做导演，基本上是赔本赚吆喝的事儿。

前几天我拍了一个广告，我演得比较少，只做导演，我觉得太轻松了，想的事特别简单，如果我要演的话，我就要调整自己的情绪，要保持好的状态。

有一类导演只管讲戏，连镜头都不管的，因为旁边有很多技术人员，否则还要摄影师干吗。这个分人吧，我觉得这是工作习惯。当导演可以当得非常轻松，因为有美术有摄影师，他们都是专业的、有经验的，演员也是你觉得合适才找他的。要想省事是很容易的。我这么说，人家说你怎么这么牛呀。事实就是这么一个情况。当然，做得好是不容易的。无论什么事情做好都不容易。

孙甘露：十二年前，你排那个话剧，我和王朔去看，觉得你当时的状态，不是全心投入在演，好像在看、在观察。

徐静蕾：斯坦尼斯拉夫斯基曾经说过，演员在舞台上表演，有一个自我在表演，有一个自我在实行适当的舞台监督。他是体验派的，他都在说有一个自我在舞台监督。当年毕业写论文时，大家有个感觉，控制是表演中的最高境界，要能收放自如。

我不是一个非常投入的演员，确实是这样。我本身是比较理性的人，所以我很容易从理性转换到非理性的状态，随时转换。做导演和演员，一天要在理性和非理性中转换很多次。演员再怎么样，都不可能完全理性。很多导演，在监视器里看自己拍的东西，现场就会哭出来。我觉得这样其实很不好，沸点特别低，拍出来的东西肯定特傻。导演感动成那样，观众很可能无动于衷。导演我觉得应该相对保持理性，毕竟很多东西是后期处理时放上去的。

孙甘露：有可能的话，你还是更倾向于做导演？

徐静蕾：如果完全可以抛弃饭碗，我肯定去做导演。当然，如果我做演员更合适，或者省去和别人沟通的麻烦，还有好的角色，我也愿意。我并不是排斥当演员。只是，那没多大意思。

孙甘露：你进入专业受教育时，是不是有个抵触的过程？

徐静蕾：我觉得小时候，每个女孩子都有打扮得漂亮的时候，会对跳舞唱歌有点憧憬，但我属于刚有一丁点，直接被我爸爸喝止的那种，不太去想那些。后来我去考画画，没考上。后来就很像假的那样，在门口碰上一个导演，然后问我是不是表演系的，后来我就去考了。

上学时，念课文我都特紧张。哪有每天站在讲台当着全班同学念课文的？确实挺恐怖的。可是因为虚荣心啊，我能考上表演系，放弃肯定不甘心。连我爸那种从小对搞文艺特别痛恨的人，都觉得你怎么能考上表演系，真棒。现在不读书了，我还是挺热爱表演艺术的（笑）。

孙甘露：拍电影有很多偶然性的因素，排除这些，你想要的电影，将来想拍的，是什么样的电影？

徐静蕾：我没有，我觉得那是所有的电影，所有类型的电影。我还没有什么电影使命，我觉得什么都有意思，就看你怎么表现。因为你找了不同的演员和摄影师，电影就完全不一样，就像变魔术一样，二度三度创作的机会特别多，变数很多，很好玩的一件事。

很多人都说，为什么一般一个导演拍的第一部电影都是自己的故事。我倒是觉得，自己的故事是最没法拍的，我觉得我不能面对，至少此时此刻。

孙甘露：年轻时觉得不好掌握，老了也许好一点。可是又想，老了都忘了，还说什么呢？

徐静蕾：我只是觉得很残忍，自己拍自己。我觉得写日记更好。忘了很可惜，毕竟一生可能就那么多事。拍电影的话，每天好几十个人面对我赤裸裸的心情，作为我来说，很难用这种形式表现我自己。我想，可能是把自己的事看得很重，跳出来可能又不一样了。

孙甘露：后来再演过舞台剧吗？

徐静蕾：没有。后来也有人找我演，但我觉得角色没什么意思。我不能为了演而演。

孙甘露：你还是一个喜欢控制的人。

徐静蕾：我绝对是一个控制欲很强的人。你现在很难衡量我演戏好还是导演好。当演员的时候，好不好都跟你没什么关系，可能是编剧好故事好角色讨巧，让人死得不明不白，火得不明不白。我演《将爱情进行到底》，我演了七集，就看我在那火了，我都糊涂。当导演呢，很容易看清楚自己是三十分五十分九十分，责任特别清楚。

这是演员和导演特别大的区别。

孙甘露：你还是想导戏？

徐静蕾：如果让我一定选个职业，以目前我能做的，还是做导演比较好。导演，从第一分钟开始就有事情想，完了就回家睡觉了。

当演员的时候，大部分时间都在等，在片场看会儿书打会儿游戏，马上就得进入那个状态。演员真是特别辛苦的职业。我觉得一个人都能当演员了，肯定什么苦都能吃了。刚开始拍戏的时候，住最破的宾馆，地板长毛了，在大马路上吃饭。当然，也有人喜欢演戏，那也挺不错。但问题是，我不是这样的。

孙甘露：你在香港拍的是什么戏？

徐静蕾：《伤城》，一个复仇的故事，基本上是男人戏，我在里面算比较主要的，“双生双旦”。男演员是梁朝伟、金城武，女演员是舒淇、徐静蕾，跟花瓶差不多。就是典型的香港商业片。不过，作为演员来说，演这种戏最舒服了，住最好的酒店，搭戏的都是全亚洲最有名的演员，导演也不是太累的导演，因为刘伟强自己扛摄像机，所以每天的拍摄时间也不会太长，否则他就抽筋了，所以也不是太累。

孙甘露：香港拍戏的方式和内地有什么不同?

徐静蕾：其实差不多，只有一些细微的差别，比如他们的片场每个人都有耳麦。不像我们没钱，在片场拿一大喇叭喊。现场有三台机器，也省一半的力气。我这次是两台机器。我觉得挺好的，可以学学。

虽然拍了三部电影，我将来一定要试试完全不一样的电影，要点技巧。拍出来很容易挺傻的，但就是好玩嘛。这次我拍广告，用了很多最好的机器，甚至有跟拍的设备，一般拍电影没钱用这些设备。

原刊于《收获》2006 年第 5 期

孙甘露 × 王朔

我内心有无限的黑暗和光亮

王朔：我自己其实光靠写作也没挣到能活一辈子的钱。1991 年以后我也没写什么大东西，也是不愿意重复自己，自己抄自己没劲，觉得要写就写一个跟以前不一样的小说，但又不清楚是什么。大概有十几年一直在写，写出来的都不是那意思，也不知道自己要什么。

孙甘露：有同感。

王朔：（笑）时间长了，总有经济压力，总是要挣点小钱维持基本需要，社会多势利呀，我又那么虚荣。又不想太劳心，所以没事去做电视剧、电影策划、编剧什么的，主要从这行业挣钱度日。这一行整体水平确实不高，钱挣着不累。

本来挺浅一池子水，前两年开始往外冒所谓国产商业大片，所谓美元上了千万的，亚洲一线红人到齐的，吊起来打的，宣传忠孝节义的。遭到疯狂宣传，争挂票房红旗，好像中国人忽然会拍电影了，忽然爱看电影了。

其实就我在这行里做看客的感受，以为这种商业大片对本地电影市场是一种严重杀伤。因为这样的片子，一部就差不多把全年国产电影的放映空间占满了。全国目前票房不到十个亿，其中包括二十部外国大片的票房，据中影公司的人讲，每年国产片票房百分之九十五就那两三部片子拿。不是说它卖钱有罪，问题是卖到上亿就一定意味着它对影院实行了垄断性放映，至少要在最佳档期放三个月。通过行政手段分配档期保证长时间独家放映，比起过去下文件集体买票是一进步。但是，这种梦幻组合造成的市场疯狂——用某小报的兴奋口气说："老百姓又看电影了！"——能如预想那样带动整个行业的繁荣么？

中国电影目前年产大概维持在二百部左右，大部分电影根本排不上档期。而且档期要拿钱砸的，要忽悠，拷贝费差不多一部一万，全国影院同时上映至少有二百部……小电影三五百万拍的，拷贝费、宣传费都付不起。一部电影要在全国"煽"得大小城市每只耳朵都听见，基本宣发费用，去年问一个兄弟还说五百万够了，转过年就听说要一千万、两千万。

大片的成功只是一次性成功，这成功甚至都没人敢说一定延续到其本人的下一部。如果说这几年这几部一巴掌数过来还有富余手指头的大片，对电影市场确实产生了影响，那就是在新一轮进场的影视投资公司、国外基金经理什么的新投资人心中打了一针鸡血：投就投大的，全球分账，进主流院线。一千万美元以下的，上房不带剑的，叫人瞧不出咱们从前心里其实挺狠的，不叫电影。

那也符合我们的思维习惯，我们特别喜欢找一条正确的道路、唯一的道路，就跟开车堵车似的，其实本来也没走在坑里，就是见不得别人快，旁边多过去一车头，立刻觉得排错队了，掰出去并进来，就瞧他那儿忙着跟马路上编筐呢。这就造成一个结果：全国一年只放几部电影。还不如样板戏呢，那还八个呢。特别逗，好像天阴太阳忽然出来了，大家一起指着一帮古代人喊："这是电影。"

孙甘露：我十年也去不了几次电影院，我一朋友王佳彦原先在上海影城，有一回指着我开玩笑："中国电影就是叫你这样人害的，不上电影院。"

王朔：其实，原来我觉得电影从业人员还是很坚持青年时代的态度的：既反映别人，也反映自己；既反映主旋律，又反映边缘。还有个百花齐放的基本态度在这儿。基本上我接触的投资者态度都是无所谓，你拍什么都行只要能通过，别让我太糟心。没有谁一口咬定必须什么是电影，什么不是电影。电影成功的标准还有口碑、获奖。

孙甘露：具体作品在暗示某种标准。

王朔：这几部片子起了示范作用——只有类型片才是电影，只有高票房才算成功，哪怕满地拣骂呢。

其实算笔账也未必挣钱吧。因为它投入大，国内就这么大盘子，国外全叫没准儿。当然投入也有水分，票房也有水分，特别是新浪上登得特别轰动的"鼓掌多少分钟"什么的。

我觉得《英雄》应该是挣着钱了，其他的国外卖没卖咱就不知道了，就算都挣着钱了。这至少已经造成了全市场投资意向全部转向古装武侠。每个投资者都在聊古装武侠、全亚洲明星阵容。

孙甘露：它甚至幻想这是为中国人的精神世界提供了漂移的可能性或者存在空间，就像武侠或所谓玄幻作品中那些飞来飞去的人。

王朔：要说中国电影媚外，从来没这么媚过。过去说这些人拍电影是为了电影节，但电影节也要求你多样化。譬如说你拍到第四部，还是你们村，就该换伊朗他们村韩国他们村了。还是有一股从没人明说但人人感觉得到的压力逼着所有人都在寻求变化，哪儿没人去过奔哪儿。这原来在我看来是天经地义的，就是一个所谓创作，你要保持原创性，你就不能重复。现在武侠这类东西正好反过来，可以说非常模式化。

孙甘露：对，很多东西一模式化就死了，而有意思的是，武侠是靠这个活着的，特滋润。

王朔：它，比如说《英雄》——这个"政治严重不正确"——我觉得它就是为了打破传统武侠的那种狭隘。它的这个努力是正当的。结果，你不服从它这个模式不行。就像通俗小说似的，你不服从它这个模式，你就是错，观众就会不认，而你又是专冲他们去的。当然，那到后来，创作的多样化就被彻底取消了。

你看市场多元选择，但大家就追求利益最大化。哪个利益最大化，好么，我们所有模式都按这个来。其实这造成一个特别可笑的结果：谁都知道什么赚钱，谁都拍不成。

孙甘露：金钱是一种超级模式嘛。

王朔：譬如说，你必须有三千万美元的投资，你必须有这几个演员，就华语圈这几个演员加上点日韩。你凑不齐，演员也不能分身一年拍二百部电影，那你就别拍。电影院也都急功近利，除了这个别的它不爱放，我还费电呢。新人，你千方百计弄成了，没地方放。

其实中国电影市场在全球微不足道，养不活人。我说我电影只为本国人拍，就在国内放，爱国吧我？有志气吧我？那对不起，你就不能超过一千万投资，一千万就需要三千万票房。咱们这儿分配不合理是很明显的。电影院和院线公司要拿走你每张票里的百分之六七十。噢，谁能拿百分之百的成本，靠百分之三十的收入，支撑这个局面？

孙甘露：那这样不就等于为电影院拍电影了？

王朔：甚至都不知道为谁。放映一部电影真需要抽这么高水么？不需要。至少院线公司跟在里头抽百分之三十没道理，它不承担宣传费，也不管放映，完全是通过垄断形成的强势。

早年有人做过尝试，跳过院线公司直接跟影院勾上放片子。你一部电影挣钱了吧，院线公司跟影院说了，全年供片我不供你了，特别是外国片。

外国片最挣钱，又有人看，给外国片商分成又低。外国片进口归中影公司和华夏公司，两家抓阄分配额，到省市这个配额就分配给各地的院线公司，由院线再下影院。那你要自己维持一条院线，一年至少要二十部电影。俩礼拜放一部新片不算多吧？多厅的就要再多买些电影花搭着，你这个电影院里才有电影可放。

孙甘露：我听来脑子完全是蒙的，就跟看某些电影一样。

王朔：国家电影厂基本不投电影了，投资主要靠民营公司支撑。在2000年之前，投资千万就算大手笔了，在市场上就算领跑了。2000年之后，开始出现投资三五千万的，很有叱咤风云的气象了，我还真没见过谁一把砸进来三五亿的。当年北影厂、长影厂、上影厂，一年也就十几部电影。一条院线的胃口靠一个制作单位是不可能满足的，所以就造成享有进口片配额的院线公司白抽三成，影院还不敢得罪它们。发行还得导演制片人自己去发，或者找民间独立小发行公司。民间独立小发行公司，像那个保利博纳的于冬，就算做得最好了，据说也主要是靠发香港黑帮片挣点辛苦钱，利润空间非常小。也就百分之几的缝儿吧，那么一口剩汤。

商务，就是企业赞助、贴片广告，说起来好听，其实大部分是媒体交换，不是现金。譬如说，当年《天下无贼》放映前就号称拿下了三千万的商务，那里头大概有一亿条免费短信，多少家国美电视同时播你的片花什么的，事实上这些个东西只起到宣传效果。

孙甘露：眼下任什么都跟短信扯得上。

王朔：应该说大部分人都是自己晕（吸引）投资。晕着一个是一个，电影只要上了，工作人员就先在成本里挣钱了。电影的成本里，过去说一半是人员成本，三分之一是器材胶片洗印费用，剩下的是人吃车马喂。现在你请大腕儿所谓大卡司的钱要另付，不在制片预算内，但还是在总成本里，所以整个人员的成本就可能变成影片成本的三分之二，乃至五分之四。宣发费和制片费你得按一比一投入。器材由于竞争打折是趋于便宜，至少是没怎么增长。

这样看来，电影成本在某种程度上也是被人为扩大的。因为从业人员越从放映上看不到利润，越不肯事后拿钱。必须先拿钱才有保证。有一种说法是，一个制片主任最后只从你的成本中拿走百分之二十，那他还真是拿你当朋友了。有的剧组，投资下来揣一半，拿另一半拍戏，拍出来也还行。

孙甘露：那就是吃成本这块儿，电影挣不挣钱再说了。

王朔：咱们这儿往往导演兼制片人么，他也是这种大权独揽没有监督的。所以说电影人生活得不错，相对于其他写小说的、做音乐的，生活得都好。一个再烂的电影，一个再烂的电视剧，拍下来，按合同拿钱，一点不黑，也比一本最畅销的小说版税拿得多。再从成本里省点，假如你是包制作，省的就全是你的。你比如说像这个《梦想照进现实》，如果大家都先不拿钱，直接成本不会超过一百万。这还是胶片呢，如果你又拿高清数码摄像机拍，没洗印，没服装，不搭景，也就百十万到头了。

当年拍地下电影和小成本电影，一直有十几万拍戏的传说。还有笑话说，一电影节，设一巨奖，准备奖给全世界拍片最苦的导演。我们国家一哥们儿，用骇人听闻的数儿拍了一电影，心说没比我再惨的了吧？就奔着这奖去了，以为必拿。结果，给俄罗斯一哥们得了去。因为这哥们更苦，是要了若干年饭凑齐钱才拍的片子（哈哈大笑）。

孙甘露：这就给往后指着获奖挣钱的导演出了难题，还有什么比要饭更惨的招呢？

王朔：最极端的例子就是《女巫布莱尔》。两万美元拍的，两百万被一个发行商买走了，在全世界卖了两亿。当年李安那部《喜宴》吧，号称性价比最高的一部，1∶21，超过所有的大片。这就是电影，它有奇迹。

孙甘露：这误导了不少做电影梦的年轻人，还包括些不年轻的呢。

王朔：这件事儿电影的从业人员明白，电影学院的老师明白，电影管理人员明白：电影是丰富的，没有一个限制。只要你拿胶片记录下来，甚至现在你拿磁带记录下来，都算电影。就是一个通过电子头放映出来的影像而已。

只有观众和媒体——媒体应该也明白，但他们表现得好像很不明白——认为大片才是电影。将来真要信了这个，要么就拍这种夸张电影，要么就不拍。

孙甘露：（同时）不拍。

王朔：也不可能不拍。没有人会放弃自我表达的权利。其实电影和小说一样，最终目的都是表达。每个人的第一部电影都是倒贴钱也要拍，至少是不考虑拿钱。电影学院每年都毕业出很多学生来，他们开始都不在乎钱。

电影、演员其实也没那么神秘，专业性也没有像飞行员啊、潜水艇驾驶员呀那样，需要长期的严格训练、一丝不苟地执行。

孙甘露：所以有人生经验的人大都觉得自己能搞艺术，演个电影、写本小说什么的，但是没人觉得自己退休以后可以搞搞航空、开开潜水艇什么的。

王朔：中国人特别崇拜技术，管懂技术叫有才华，其实未必。你看五十多岁那帮人，有一个正经表现过现实的么——这些第五代巨匠，表现最多的是尚且黑白分明又被刻意简化的昨天。现实总是让人不愉快的，我们又不愿意让人觉得我们活得很狰狞。我觉得也就顾长卫的这两部戏，《孔雀》和《立春》很不回避，但它也是正在远去的今儿早上，虽然连着今天，但还不是此刻。

老外要投资，一定会先去国际市场打听打听，相当于预售。估计在欧洲——法语地区、德语地区、英语地区，北美，日本，韩国，这些都是能拿大价钱买中国电影的地方，都有掏过百十万美元买中国电影的纪录。它们是主要市场，主要被忽悠对象。

但是，就说这些从《卧虎藏龙》到《英雄》到《十面埋伏》到《无极》跟了一路的老外，已经跟恶心了。就跟第五代那种历史宏大叙事似的，人家现在也看恶心了。虽然三大电影节主席都对中国有特殊感情，像意大利的马尔科，六十年代就来中国当留学生，中文说得很好，他们当年都是欧洲“愤青”，年轻时对中国的兴趣保持到了今天，估计现在也是觉得没劲了。

孙甘露：我忽然想岔了，想起我正写的一部小说中人物，我借他的口，挪用歌德的话——生命是灰色的，而理论之树常青。

王朔：说实在的，国外卖电影非常简单，就问你谁演的，我必须知道。但华语地区他们知道谁呀？他们不就知道那一两个人么？都说挣着钱了，《甲方乙方》投四五百万，北京收一千二百万，全国三百万，总共一千五百万，本利和。《天下无贼》投三千多四千万，票房一亿二，谁挣着钱了？反正我知道投资方之一“太合”没挣着钱，一年之后投的一千万还没收全呢。票房成功，都是聊出来的。

低于两百万的小成本电影，靠国外电影节和艺术院线、博物馆、大学、基金会、私人拷贝就能把本钱拿回来，还能小赚。所以你看拍地下电影的日子都过得挺好，光听说有投电影赔了跑路的，没听说拍电影有活不下去改行的。

你知道前两年刘庆邦小说改的那部地下电影《盲井》，得了一堆小奖。当年是卖得很好的，但是发行电影的所有发行商都亏钱了。上座好才是真好，还有下回。比如说《小武》当年发得好，上座也好，那些欧洲人忽然发现了中国的另一面，一个非常真实，到今天还像是战后的小城镇，人物也是以他们熟悉的那种意大利街头罪犯的态度在对待生活，既自暴自弃又光明正大，甚至比一般人还要正直，硬着头皮维持着自己的荣誉感，其实那荣誉感在他家人面前都不存在。我这是瞎说，但我确实觉得《小武》像意大利电影。他们看得懂，也会喜欢。那部电影大概是贾樟柯电影中最无心机的。接着《站台》野心就太大了，痕迹也出来了。《世界》是一次不成功的商业片试探，意图太明显了，关系太对应了，再也没有比“世界公园”更笨拙的隐喻了。他显然不是个万能导演，也不必去寻求广大观众的认同。商业片就是类型片，做元素嫁接是没有意义的，一次成功也不能解决今后所有的问题。就像第五代导演一样，第六代至今也没一个有机会脱胎换骨成为真正的类型片导演，他们注定只能是摆脱不了个性的作者导演。要广为大众传说，只能关心现实中的穷人了，这大概是每个小知识分子走投无路最方便的去处，但那最好不要去拍电影，不要把人家当资源。

获奖容易，卖片难。国际上还有一套放映的技术标准，我们往往达不到。比如说，洗印，车间空气洁净度不够，药水太脏，老不换，还经常给你洗坏了，比较稳的是到国外洗去。去日本，去澳大利亚，最损泰国，这还不是钱？还不是成本？

孙甘露：我在悉尼见过那洗印的地儿，人人都会告诉你，谁谁谁的片子在这儿洗的，成一景点了。

王朔：国内也有很好的混录条件。长影也有最先进的，但是混录师不靠谱。譬如说，我们这里特别喜欢往声音里加混响，唱卡拉 OK，那叫好听，放电影上，那叫做作。

孙甘露：徐静蕾也说这个，混响的事儿。

王朔：五百万到一千万这一级别的投入，实际上就等于你既没有国外市场，国内又根本吃不下来，是个很危险的数。宣发费、财务成本、管理成本、税收……这得需要多少票房？

孙甘露：现在好像不学好莱坞，弄它几千万宣发，就不是卖电影呢。

王朔：投入三百万危险不危险？一样危险。口碑极好，一千万票房，到头了。《疯狂的石头》也就是一千来万。再有，你是不是能如期收回分账也是个问题。中间还有税收等好多问题，你最后拿回来的毛利可能不到百分之几，好多时候，钱没回来，公司已经散了。

当然卖 DVD，卖电影频道，也是一笔收入。DVD 一般四五十万算高的，还在不断往下滑，电影频道一百万上下。如果你有版权的话，还会有长期效益，国外电视台的上星节目偶尔会来买你的播映权，跟其他中国电影打捆买，好的一两万美金，少的比一台电视钱多点。

那就二百万吧。那您就不能搭景了。您也用不起腕儿，因为电视剧，现在最大的腕能给到一集二十万吧。一线小腕儿十万八万都能给到……但，那个，你拍电影就不可能啦。除非这位腕儿商业够了，会演个话剧呀、艺术电影呀过过瘾。

孙甘露：好多艺术门类在今天还活着，是因为是等而下之的啊？

王朔：但是你不能指望这个呀。这个戏一开始也想过葛优，但后来就觉得，与其那样不如做到极致。何必呢？而且小电影就不适合明星，它和商业电影要求不一样，越陌生越好。

再比如说，你可以找一家赞助，赞助你机器，赞助你胶片，赞助你洗印，甚至，你把音乐版权预先卖了，都找实景拍。实景也只能在屋里不能上街。组织群众场面要给群众演员钱，还得管饭，少一顿不行！……这样一路盘算下来，还不如就一场景，还不如就俩人。而且也有《爱在日落黄昏时》和《爱在黎明破晓前》那两部片子，人家两人聊得挺好呀，其实就看你聊得有意思没意思。

它当然就不是一般电影。你再会聊，聊得特别有意思，也不是所有人都对这个话题有兴趣。热闹么，大家都能站着看会儿。聊天，那就得跟朋友一起聊。所以，小成本电影注定是针对特定观众的。

成本降到一百万，老实讲可以不上电影院。因为电影频道给你吃进去了，它可以拿一百万买你。而且你要一面对大众，就有一严重后果，因为那种所谓的商业包装，是不分对象、不分好歹的狂轰滥炸，可能把很多完全不适合看这电影的人都给轰进去了。人花八十元进来，看了半天两人聊天，那他看电视剧、看访谈节目好了。我看你聊会儿天，不好我就换台，他有选择性。但电影院是个强迫集中场所，而且我是被你蒙进来的，出来肯定不爽。

孙甘露：这些事儿听着多像相声，侯宝林拿去直接用都不带编的。

王朔：《梦想照进现实》这部戏，最后硬着头皮上院线的原因是拉来商务了。商务赞助要求你必须在电影院放映多少场。

孙甘露：电影里就俩人说话确实是件怪诞的事儿……

王朔：甭拿观众说事，谁不是观众啊？现在没有谁在为大多数人拍戏，也不可能，永远——只能是少数人为少数人。

戏里两个角色，一个女演员一个男导演，我当然也有目的。投机心理，我承认。一男一女大夜里聊天，聊什么哪？很多人都奔那儿想去了——但是，正常一个组，导演演员夜里不睡一般还是想工作。真正使人感到需要聊聊的还是怎么把自己想要的表达出来。表达有先天的局限，语言它本身是一个不能完全表达人思想的工具。所以，陈村说过，最好的小说是脑子里想的那个。你就得面临一个表达减分的过程。其实拍电影，就是一个不断减分的过程，从最初的想法开始。

孙甘露：老话说，最好是好的敌人，求极致的结果就是什么也不做，什么也做不了。

王朔：这个问题，其实是大家经常聊的，最狠的评价就是：您没有自己。那我觉得在这个戏里，这两个人是既信任又不信任、既合作又怀疑的关系。其实演员和导演，包括制片人，包括组里每个人之间的关系都是这样。

孙甘露：就像卡夫卡说的，我写的不是我想的，我想的不是我应该想的，直至我的内心深处。

王朔：在这个问题上，我绝对认为，没有谁有能力把自己表达准确，还能完好无损地传达出去，使对方一点不误会。我自己就有这个感受。冲上来强烈夸你的全是前门楼子。你说这叫误解，最大的误解往往来自拥趸、"饭断"（fans）。

孙甘露：有人，只要是赞扬，误解也行。是不是有这么着的？

王朔：再恶毒的谩骂，你说他面目可憎吧，也有好的地方，决不让你产生丝毫误会，表达绝对清楚，就是骂你了。要说什么时候人表达无障碍，就是骂人的时候。绝对无障碍的自由表达是不可能的，没有人能，所以，什么事光聊，到最后不可能有结果。

我这剧本，老实说，就对话而言，密度差不多二万五千字就够了。后来拍了二分之一。这个写冒了，好多话本来说完了又冒出来一小尾巴，该打住了，还有一串串话手拉手往外滋。这个其实让我有极大的愉悦，这个愉悦就是终于无节制一把。其实是跟自个儿乱聊，聊得倍儿高兴（大笑）。

孙甘露：写高兴了。

王朔：写高兴了。真要把话说尽了挺难的。不是回回都能赶上，过去我挺装的，好要那意犹未尽、话里有话的范儿，推崇节制——其实日后看来，完全可以多场景再拍一次。我是准备，将来没得玩的时候，重拍一次，从容点。毕竟这个戏太自我了，别人在处理上，有一定障碍。

孙甘露：徐静蕾也说你来导、来演也挺好。

王朔：我不行，我这人脑子想的和嘴说出来的不一样。当着一堆不熟的人、一帮现场人员的面，我会觉得我跟他们说不着。我说得着么我。那咱就别费功夫聊这事了。其实我是个窝里横儿，出门就紧张，人多就肝颤，特别是我见群众有巨大的精神压力。我去过一次什么大学，年轻不自重的时候，刚上台我就觉得自己正一脸媚笑，想控也控制不住……

我最流畅最自信的时候，实际上就是我一个人儿的时候。天生写东西的胚子。过去，有一阵，1991 年以前，我拿写作提升社会等级，这么残酷的社会，你敢往下掉，你就不是人了，大家能踩死你。我必须往上，蹭到一个至少不挨欺负的位置。我不是说我上去要干吗，我信这句话：贫穷即罪恶。也不能最后被日常中的那种可怕摧残了，自信全磨灭了。那后来，我感觉挣钱和写作这俩事缠在一块了，也挺拧巴的。很长时间我完全忘了写作其实是我一爱好，就觉得是一饭碗。天天写作就等于天天闷家里做饭，我能觉得有意思么？所以 1991 年以后我决定不写了，出去玩几年。

我现在等于是，把这俩事分开了。写东西就是纯粹爱好，挣钱就靠电影了。电影最终是导演的。我觉得不为钱写作确实非常愉快，真的！我这几年不是还写了俩长篇么，当然我不准备发了。不发的原因是我觉得写得不好。写写就发现，其实还是在千方百计偷偷满足公众要求，我真不是无时无刻都准备谄媚各种“恶势力”。我怎么这操性啊？我估计啊，什么时候我目中完全无人了，我就算成了。这是我对自己的要求：一辈子不老实，一辈子说瞎话，老了一定要敞开一把。

孙甘露：我正相反。就有年轻的朋友拿亨利·米修的话来安慰我，说一个人要是有两千个以上的读者就该去自杀。人总有办法宽慰自己和别人。

王朔：原来，大家都说，你写出来的东西是给大家看的，那么你就要对大家负责，说实在的别看我这操性，还有很大的自我克制：这句话能发么？这段我不这么写，我拐个弯儿，你们看不出来了吧？好像很巧。其实是把真正想说的，主要的意思，那个原来的话就放弃了。

孙甘露：“大家”其实是这样一种东西，你指望它的时候，它就跑没了，你不指望的时候，它就蹦到你跟前了。

王朔：我个人有两个梦想，或者说是自我要求：一个现在不能说，一个是希望能最终真实地表达一次。巴金先生说过，讲真话。我觉得讲真话特别难。讲真话就算是有条件和环境，你讲出来的可能未必是真话，可能是被别人灌输的，甚至为了讨好听众说的话，那个可能不是内心真正想说的话。人其实很复杂，内心不断地被遮蔽，最终那个自己，我觉得认识起来挺难的。

孙甘露：“遮蔽”这词儿也时髦了好一阵子了，海德格尔啦、贝托鲁奇的电影啦。

王朔：我过去讲过的以为是自己的话，大部分是流行观念，是别人的看法被我用了。所有感觉都是别人给的。我希望我再说的话都是自己的，哪怕是错的，只要是我自己的。不好意思，我顶不爱看一本书里乱引用名人原话，好像跟人多熟似的。我当然觉得崇拜是最恶劣的品质，崇拜中最卑微的是崇拜名人。到今天我也不敢说我完全找到了自己，我说出来的话真是我想说的话。

我觉得信息社会的社会财富主要靠信息流通互相收费产生——原始信息最宝贵，它不必经过媒介进一步放大，把你修改成可爱的样子。我希望将来我自己可以不经过媒介加工，直接通过互联网将自己的信息提交给欣赏者，也使对方接收信息的成本大幅降低。一本书、一部电影，中间批发零售环节挣了大部分，百分之七十，他就是把这个话递给别人。有必要通过他递吗？他还挺牛。不生产信息的人在挣最多的钱，这是本末倒置。

《纽约时报》还是一个什么美国报纸估计说，二十年之内报纸会消失，我觉得电影也没有理由通过电影院来放映。少了中间盘剥，人们互相欣赏的成本会大大降低。

将来互联网就提供了一种可能：我东西搁这儿，能为自己负责的人进来，大家先看，看着不满意，您可以不花钱，看着还行，要下载，您就付我这下载的钱，一页一毛，就咱俩之间，一对一，不许中间的人抽成儿。要签同意书的，您不能说因为我受了刺激，我们俩这交易就算完成了——我就说，避免大量冤魂进来。我想那时候，每个作者、诗人、导演、歌手，都有自己的网站，你需要买他的产品，可以直接上网购买。

孙甘露：一种科技进步展现出来的乌托邦。愿景。这个词是我新学的，好像大公司里都这么用。

王朔：我觉得，三五年之后，数字会代替胶片，胶片会变成经典，如京剧、歌剧啊，有些人喜欢这些东西，就像喜欢手工活。

一般写小说都是写完了定稿了给你看，我想搞一个在线写作，过程中的。因为写作中，至少在知识上会出现偏差，表述上会出现问题，甚至逻辑上会出现混乱。如果在线上，可以像一个在线游戏，以某人为主导，大家一起参与创作。但这种小说，需要一个特殊的类型。如果是写公共生活，涉及所有人问题的，别人就会参与。

孙甘露：这部电影里两个人在说话，有点交互的意思。

王朔：人就是和人交流。有的时候，一间房子就是一个世界，非常丰富。刚写完的时候，我还跟人聊过，我觉得现在这部片子拍摄用的是讨巧省事的方法，是一个粗枝大叶的方法。其实屋子里有很多特殊的地方，那得细细地去观察，人那张脸上充满多少细节。你在一个城市拍，你在一块平原拍，你哪怕出外景出到天边去，也跟在一个屋子里拍是一样的。只不过大家都觉得外边才叫风景。

将来我可能还真要去做一阵导演，只有当导演才能取得利益最大化，把最后这二三十年的钱宽宽裕裕挣出来。有人说你行，因为导演就一条：你得明白你要的是什么。底下人拿出一个方案，你得马上给出意见行还是不行。这我估计问题不大。也有人说你不行，说做导演毕竟要跟人打交道，至少不能当场跟人骂，而我现在太爱跟人急。

其实我最担心、觉得最恐怖的是，到电影院见人，铺着红地毯进去和戴着脚镣进去是一回事，我不觉得这些导演演员谁真觉得好，大概第一次被观众瞩目挺好，后来简直是千夫所指，指着夸你也不舒服，这种东西尝一次就够了。

孙甘露：好多人干电影是冲着这个去的，没到那上头溜达一圈，都不算拍电影吧。就跟诺贝尔奖似的，没得着，那就算白写。

王朔：我觉得实际操作中，大量的争执往往发生在趣味不同上，如果审片的是学古典的，心里有几个碰不得的，你不同样尊重就是冒犯了。

现在我觉得文字有很大的局限，简体字简化画面，是残缺的信息。文字简化信息简化到最后必然剩下一概念，概念经过串联经过公证就会形成公共价值观，就会形成不同意一个概念就是反公共——本来没多大事。

我当然认为所有写小说的作家都有资格做导演。小说多具体呀，每一个细节，都要想到，还不能和人重样儿，重了就算抄袭。导演都没这个本事，我不是挤对他们。我见过的，能完全独立想象一部电影细节的只有一个姜文。大部分导演的想象是靠编剧提供，靠编剧激发，再由摄影美术道具一项项做实。导演是所有艺术家中最不真实的人，他就是一个总汇，是一个整合资源的人。

孙甘露：我认识的导演少，没见过他们拍戏，不明白是怎么回事。一想到拍戏得捎上那么多人、事、东西，先就想躺下了。当导演先得身体好。

王朔：日本管导演叫监督，监督大家干活，我觉得挺准确的。在好莱坞，钱、最终剪接权都被制片人拿在手里，导演无非就是现场工头，相当于造房子时的施工监理。所以你只要了解这个流程，有各方面信任，就可以干这个事情。

现在大家不敢干，是对这个行业不了解，以为很深，没一个创作行当带这么多帮手的，活都让人家干，自己蹲一边光点头摇头说对不对。摄影美术其实是提供技术支持的人。

有了技术支持，再省了中间费用，拍一个自己日常生活电影，然后在网上传播，我觉得真花不了多少钱。每个人都有权利也有可能，也表达得起自己的生活了，那时候，就逼得艺术家彻底平民了。在艺术领域的自由表达，我觉得指日可待。

估计将来每个人在成长过程中，都会拍出一部电影，就像过去每个人青春期都写歌词一样。不好的就淘汰了。我觉得相当多的导演是拉洋片的。

孙甘露：没准我下回逮一机会也拉一次。圆梦。

王朔：其实电影不是梦，也是日常生活画面的截取和重拾，再奇幻再未来也是建立在人情和现实生活逻辑上的。说梦只不过是夸大其词给自己吹牛。我没见过一部电影不是人类生活投射，动物也全拟人了。谁有什么想象力啊？

孙甘露：其实是观看别人的生活。

王朔：《星球大战》《指环王》，还不是孩子气的天真神话？坏人那么好灭？正义那么好实现？给小孩吃最甜的，看最甜的，惯着他，中学毕业，想赖着不长大也不可能了。世间往往正义是最大的邪恶，这个小孩子怎么理解？

孙甘露：他理解不了。

王朔：我当然得拍成人电影了，我不伺候孩子。这个剧本我写了两个月，叙事得不好，还不如不叙事。我也见过一句对话没有的电影，全是对话，那就得控制好。经常有时候，一大片平坦的对话看得也特别累。

孙甘露： 其实我读这个剧本时就是拿它当一部小说。你以前的小说，也有对话占很大比重的，或者说叙事通过对话完成。但这个我觉得比较极端，涌现出来的方式特殊。

王朔： 我觉得这次我比较真实，原来说的不全是实话。之前，说实在的，我也不知道什么叫实话，不过是拿攀附真理和公然冒充真理孙子的人开涮。

年纪大了以后，以前完全不想的事，现在发生了。老梁去世、我哥去世、我爸去世，迎面给了我仨大耳刮子，基本把我抽颓了。这是年轻时完全想不到的。我那么怕死的一个人，这些年一直躲在家里想：死是怎么回事，真一闭眼都不知道了？正跑着，突然一切正走的表归零，生活到站，世界黑屏，这个我有点想不通。进城走机场高速，特别冬天傍晚，就觉得那一片片灰树林子后面藏着另一个世界，就觉得看到了自己这一生的尽头。

读到过太多作家临死前说没写出我想写的东西，我想我可不要那样，至死方悔。那时，才开始有点感激我有写作才能。一人待着的时候，还有它陪着。

我原来对自己很不了解，一直觉得写小说是一种临时的谋生手段，好比旅行当中的一夜情，感觉再好也迟早要挥别。我这辈子可没想光干这个，我还有其他事，好多事呢。

我小时候是在部队长大的，骨子里不承认自己是北京人，觉得北京只是个暂居地，长大了一定要到远方生活。当时“文革”，大人都跟没头苍蝇似的，院里每天都有人家调走。那时我就特别想跟上走，我爸那时被发去“五七干校”，我不懂，就想去河南驻马店跟着下地，只要离开北京，我都觉得好玩。十八岁当兵去了青岛，一进青岛天下雨，一片红瓦的房子，像《瓦尔特保卫萨拉热窝》里的萨拉热窝似的，越走空气越潮湿，海上有雾气，地上全湿了，有海星有贝壳，像假的一样。第一下听到的是海在喘气，肺活量倍儿大，雾气在散去，天大地大哪有海大？当兵的时候，看着海再无聊也愁不起来，海把你的视野全占满了。

我在那儿过得挺好，回想起来像度假，当然后来觉得不靠谱，就回来了。我一直认为眼前的事都是一时的，为什么对好的东西不珍惜？为什么老不买房子？就是心里不落听儿，不知道最终落在哪儿，一买房子走不了了。一旦生活开始稳定，我就感到恐惧、躁动，说实在的，忽略了很多美好。我这前半生的幸福时光都是翻回头才知道已经过去了。后来慌慌张张去了别国，面朝大海，鲜花盛开，海水倍儿凉，花没香味儿，地方是真好，也真和我没关系。那时才明白我就是北京人，去别的地方都是客，我将来哪儿也不去，哪儿生的就烂在哪儿。

孙甘露：是，怀着各种愿望、梦想折腾了大半天，到了还是在原地待着。

王朔：我原来觉得写美好特别难，因为我没见过，我的青少年时期，老师、年长的人都没让我感觉到美好，丑恶居多。后来宫崎骏的动画片，给我一个启示：美好其实挺简单。

孙甘露：我们很多动画片的记忆来自童年，看宫崎骏的电影让我重新获得了小时候的感受，那种知觉，挺奇妙的。

王朔：美国的动画主要写男孩子闯荡世界，战胜邪恶，前提是这个世界是恶的，需要靠个人的勇气来战胜。而宫崎骏写的全是小女孩，美好在小事里，在不知不觉里。

我最喜欢的是《魔女宅急便》。当然《千与千寻》也非常棒，稍微有点深刻。魔女的传统是十三岁都要离开家到另外一个城市独立生活，于是小女孩就骑着扫帚去了个类似旧金山的城市。她也没别的本事，只能骑着扫帚帮人送送东西。老太太的烤箱坏了，小姑娘帮老太太收拾收拾，然后帮她送盘烤鱼去。看第一眼我就被带动了，一下想起好多事。而且那城市太像青岛了。

动画里没坏人，最坏的是汤婆婆，也就是要你给她干活，不是要夺你性命。看着真放心。其实，你把世界看成美好的它就是美好的，看成恶的它就越来越恶。我觉得这样的东西我也可以写呀，其实，这不需要看得多透，在一个误解上达到和谐也挺好的。

孙甘露：交流即误解，和谐即带着误解相处，老话叫求同存异。

王朔：我经常觉得，我内心有无限的黑暗和光亮，不是说我信善或者信恶，不是那么简单。生活中的不公平，有记者去写。电影在承担娱乐功能。那作家应该回到他该去的地方，通过画面看不到的地方——哥儿几个姐儿几个的内心。

现在小孩的喜怒哀乐，流行歌里有大量对症下的药，不像过去一个少年发情那么简陋，只能夜里趴被窝里看《红楼梦》。我现在就有意识进行心情分配，街面上遭遇的爱恨情仇，我都听流行歌曲抒发。你自己在那个情形里，就觉得唱得惺惺相惜，唱得切中要害，听一耳朵可以缅怀半年。看《指环王》《星球大战》，是看热闹，看特技到什么程度了。想证明自己还有人性，就看电视纪实栏目，为人间凄苦感念一把。如果看人心之叵测、人性之无限可能，还得看小说。小成本电影跟小说的功能差不多，它表现生活中可能发生的那种尴尬、无解、为难，把人置于怎么做都不对的境地，看了觉得特别惨烈。

二十年后，我七十，我还有很多爱好，我得好好把这些爱好都干了。

孙甘露：我爱好特别少，真是奇怪。闲时就那么待着，也不是想事儿，沉思什么的。没。空白。就像我特喜欢的一句台词：我的内心有一种无生命的东西。

王朔：七十年代出生的人和五十年代的人，其实还是在一个背景上，都是喜欢纸和胶片的。“八〇后”就不熟了，很多小孩都在网上看电影，他们是废了电影院的一代，我看不到挡在人与人之间的淫媒消失，他们一定看得到。

我本质上还是乐观主义者，谁都动不了的，让自然规律动他。不信谁能永远存在。

原刊于《收获》2006 年第 5 期

孙甘露 × 河西

巴黎很远，并不比北京更远

河西：您的小学中学都在“文化大革命”中度过，当时是否也像《阳光灿烂的日子》那样，过着一种非常态的幸福生活？

孙甘露：没错，王朔比我大一岁，基本上那个年代背景是一样的，只不过他在北京我在上海。我父亲是军人，一直在部队，我们家也没有随军，就在地方上，住在部队的院子里。后来我父亲去援越抗美，小孩就是放羊式地生活着。学习压力不大，功课也不是什么问题。很巧，我 1966 年进小学，1976 年中学毕业，“文革”十年正好我都在上学。小学六年，中学四年，没有初中高中之分。后来复课闹革命后，学校抓得稍微紧一些。小学时我不断搬家，中学我一开始在市中心虹口区的第五十八中学（解放前的澄衷中学）上学，我父亲去高桥后，我也住到当地家属院子里去了。我父亲隶属于空四军地勤部队。我父亲去越南后，我们家搬到虹口区榆林路，和大连路一路之隔，在空四军军部家属院。“文革”结束那年我毕业，学工学农，各三个月。学农在崇明，睡在猪圈改造的宿舍里，我记得天很冷，就在这时中央粉碎“四人帮”，我们还在学农的地方刷标语。一个时代结束了，我的学生时代也结束了。

河西： 北岛他们在七十年代的时候就开始接触到食指的诗歌，接触到一些“地下文学”，当时您在上海有没有这种情况？

孙甘露： 那时候我看的主要是家里或朋友留下的书籍，四大名著、苏联小说和《红与黑》等等。我母亲和外公都是老师，所以还留了一些书，虽然我们都比较害怕。我记得我母亲还游过街，那是我小学一年级的时候。当然多的是革命小说，《青年近卫军》《钢铁是怎样炼成的》等等，诸如此类。也有“文革”前出版的书籍，比如雪莱、海涅的诗集，繁体字，有横排有竖排。还有很多没头没尾的书，看得人太多，给翻烂了，你都不知道这是什么。当时真的是如饥似渴，拿到一本书就看。写作的兴趣都是从阅读来的。

河西： 这应该算是您最初的文学记忆，您真正喜欢上写作是什么时候？

孙甘露： 小学三四年级我在吴淞的时候渐渐开始阅读，部队的孩子中间也会流传一些书。“文革”后期也出过名为《摘译》的丛刊，一个选本的类白皮书，渐渐地我开始建立一个阅读的兴趣。

但真正喜欢上文学，那应该是“文革”结束之后，大量的文学作品被重新出版，包括翻译小说和五四之后的中国现代文学。另外坦率地说，其实“文革”时的样板戏、《学习与批判》杂志、《朝霞》丛刊、长篇小说《飞雪迎春》《沸腾的群山》和“文革”前出版的《林海雪原》《铁道游击队》等等都是我们这一代人最初的阅读体验，培养了我对叙事文学的兴趣和热情。当时毕竟年龄小，并不能分得很清楚，什么是俄国文学，什么是法国文学，什么是“文革”文学，没有那种概念，就觉得它是小说。

特别是英雄故事对于男孩子来说，会让他产生一种幻想。当时它们影响你的方式，不是一种非常理性的方式，而是建立在不同层面、不同方向上的，它是混合的经验，你知道的只是：它是一个读物。

河西：“文革”之后国内大量出版的西方文学作品，特别是上海译文出版社和人民文学出版社出版的书籍，至今看来仍然是最有体系、最为壮观，也最为精当的一次出版。

孙甘露：对，但是在“文革”之前，西方古典文学、中国古典和现代文学的基本架构都在，只是当时你接触到它们没有现在那么容易。你看现在读书多容易，可是阅读率却每况愈下。别的不说，上海译文出版社出菲利普·罗斯的《垂死的肉身》，我写了个中文版序，只印了七千册，得到很容易，可是它的传布不会太广，可以说很少被阅读。读不到的时候你拼命找，现在的孩子却把大多数时间都挂在网上。所以很难说当时我们读不到一些书是幸运还是不幸。

河西：父亲参加援越抗美，您就和母亲相依为命？会不会有孤独感？

孙甘露：我还有个妹妹，我妹妹比我小五岁，有段时间和我外婆住。但事实上，这种孤独感还是存在的。以前在郊区，小孩放学，就是在街上和小朋友玩一些最农民式的游戏。这是商品供应很匮乏的时期，再加上自己有这样的兴趣，所以就开始越来越喜欢阅读。

河西：您毕业后到邮政局工作，主要是负责哪方面的工作？和后来发表的小说《信使之函》有关系吗？

孙甘露：我中学毕业后被分配到邮政局，在人民公园附近。当时我十九岁。邮政局当时很难进。当时的情况是多子女的家庭，最大的孩子要下乡，所谓的“一工一农”。但是由于我父亲从越南回来，出于照顾，把我留在上海，但不能进工厂。我先进了邮政局的技校，读了两年，毕业后正式去邮政局上班。如果我下乡了，我大概就成了一个知青作家。

《信使之函》是一个幻想性的作品，从文学意义上来看，它们之间的关系也只能是附会。但是如果你说完全和我的经历没有关系，好像也有点……我在邮政局什么都做过，送信、送电报、送报纸、卖邮票，凡是邮政局里有的活我差不多都干过，从 1979 年至 1989 年，前后十年，直到我开始写作进入作协工作为止。

河西：我有点讶异，我一直认为您是先写诗歌再写小说，因为您早期的作品中诗歌的痕迹很重，但您却说您一开始就写小说。

孙甘露：其实更确切的说法是诗歌和小说我都写，交叉着写，小说方面我一开始写作是写小的故事。除了《唐诗三百首》之类的中国古典诗词，最初对我影响最大的是海涅的《歌谣集》、查良铮译的雪莱的诗集以及一本莫洛亚写的《雪莱传》，它们对我的文风有一定影响。这些译本文字非常漂亮，近乎华丽，到现在我还能背诵其中的句子："我的飞翔是黄昏时分一片枯叶的飞腾，要往那金星落处的天空求那灿烂的死"，太漂亮了，特别我当时那么小，马上就把我征服了。

然后再接触到歌德、屠格涅夫、果戈理、契诃夫、莫泊桑，"文革"之后再要阅读小说就变得很容易。

河西：您刚刚提到的都是古典主义的作家，现代主义的作品对您产生影响是在什么时候？

孙甘露：其实当时绘画对我的影响更大。我还去学过素描，在中学的后期还跟一个美术老师学画画，可是我画具象的形体是永远都画不准的。八十年代初有一个法国绘画大展在中苏友好大厦举办，来了很多原作，那次对我影响很深。

我最早看到的美术作品是哈定的水彩画，他是上海一个比较出名的水彩画家，古典画风，画街景，我从此开始对风景画感兴趣。当然当时看的大部分都是画册，然后渐渐地接触到印象派，再后来就像阅读一样，完全开放了。

这些绘画影响了我的世界观，我观察事物的态度和对这个世界的想象都发生了变化。以前接受的都是非常形象化的、古典意义上的叙事，对于艺术史的理解也是如此。你理解的艺术史是从圣像这样一个宗教题材一直到民间世俗的绘画，从皇室到平民，从风景到日常生活……就是这样的发展脉络。但是当你看到蒙德里安、康定斯基的时候会非常震惊，以前对绘画的概念是风景和人物，是具象，现代主义绘画将既有的观念完全颠覆了。

其实当时我对音乐、绘画、诗歌的兴趣要超过我对小说的兴趣，这也很正常，因为一方面是青年的求知欲，另一方面则是官能冲击的直接性，它们都要比小说更为有效。

河西：比现代主义文学的影响更大？

孙甘露：应该说是更早。是它们铺平了我之后接触现代主义文学作品的道路。当然这个时间的划分也不是那么明显。比如你读到苏联马雅可夫斯基的诗歌，你可以说它也是先锋性的作家，阶梯式、非常短促的句子，给我造成了最初的震惊。

知识有效但有时也是有害的，尤其是关于艺术的知识，会形成偏见，搅乱你的视听能力，让你不能很好地辨别一些事物。偏见有时候会对你的判断产生决定性的影响。有时候你和一个人讨论一个问题非常吃力，究其原因，就是因为你和他的知识结构、背景完全不在一个水平线上。

河西：这次研讨会的一个议题是“孙甘露与八五新潮”，不知道您和先锋美术之间还有什么关联？

孙甘露：从今天来看，我是这个大范畴中的一分子。当时有许多前卫艺术作品在文学艺术界传播，白洋淀派的诗歌也已经能够看得到，整个氛围是现代主义当道，文学、绘画、电影、建筑，都开始深刻地变革，我想在这个意义上，我和八五新潮之间存在着一种纽带式的关系。

我最初写《访问梦境》是在1986年3月，发表于同年9月，但写作的准备肯定在1986年之前。之前，其实我一直在写一些诗歌和很短的故事，但很难在杂志发表。1980年至1985年这六年时间，在今天看来是一个潜在的准备，不断地学习和写作，只是不被社会和公众认同。

任何人都会遇到这个问题。每一部作品都会遇到一个准备期。一个作家并不在他发表作品的时刻诞生，他早就存在。

河西：北岛他们在北京有一个文学的圈子，我不知道当时在上海，您是孤独的写作者，还是也有一个朋友的圈子在互相激励？

孙甘露：也有一些朋友一起讨论文学和艺术，但能坚持到现在的凤毛麟角。我有一个邮政局技校的同学，现在完全是一个官员了，当时他也是很热心的文艺青年。有的出国，有的做生意，有的去研究物理，他们多多少少都写过一些。我觉得每个人在青春期都是诗人，但要将其作为一生的志业，面对你小时候不曾考虑过的生活的压力，要将你的兴趣、志向和梦结合在一起，那太困难了。

河西：马原老师说他最初十年小说没办法发表，您最初的小说发表是否也非常困难？

孙甘露：《访问梦境》之前我写过一些短篇小说，一共二十多篇，但很可惜，在我最绝望的时候，我把它们全部烧掉了。我的一个技校同学认识作家薛海翔，将我的作品拿给他看，他就将这些作品推荐给《上海文学》的编辑杨晓敏，她就觉得这些作品很特别，但是这边发不出来。这对我来说是个不小的挫折，我对自己的写作能力和写作前景都比较悲观，就觉得写作这件事对我来说，不必再持续下去了。

1985 年底 1986 年初，忽然有一天，杨晓敏把我叫去，说上海作协要办一个青年作家讲习班，问我愿意来吗，1986 年 3 月我就去了。一共三个月，大多数时间是讨论和讲座，请了许多作家，我记得其中就有李陀和韩少功。结束时要交一篇作品，文学样式、篇幅不限，我就交了这篇《访问梦境》作为作业。据我后来所知，杨晓敏将这篇作品交给李陀看，李陀看了觉得不错，给了《中国作家》杂志，都下厂准备印了，这时周介人把这篇小说重新拿回《上海文学》，说这是上海的作者，还是应该在上海的文学期刊上发表。不过当时也有一些争议，有人觉得看不懂，它和传统意义上的小说完全不同，但是周介人坚持要发。如果他不坚持，那可能就是另外一个故事了。

河西：当时有没有想过会出现这么大的反响？

孙甘露：这绝对是我始料未及的。而且我听说周介人在发表这篇小说后也受到一些压力，他在《上海文论》上发表了一封致我的信，信的名字叫“走向明智”，对我的创作提出一些建议。现在看来，这封信也是解释给其他人看的。

河西：《请女人猜谜》中的双重叙事有没有受到法国新小说的影响？

孙甘露： 当时的阅读已经非常开放了。具体哪一篇我记不清，肯定是有一些外国文学的影响。我还记得有一幅画，一个女孩趴在窗口看风景，她在观看，同时她又被观看，这也是双重的叙事。其实双重的叙事在很多领域都存在。

河西： 我知道您也想自己拍电影，可是您的电影剧本却跟自己的小说无关，是没有这样的机会吗？

孙甘露： 我写过一个电影剧本，但那是很可怕的记忆。年轻时候有幻想，想自己拍，后来你就会发现，这是不可能的，年龄越大越不可能。拍电影是个体力活。当然，看电影的兴趣一直都在。

如果有导演能看中你的小说，将它改编成电影，那是再好不过的事，但那要靠机缘。你看张爱玲很短的《色·戒》给李安拍成了这样一部电影，你不可想象，换了一个导演就会变成另一部电影。如果说看电影是幻想，那么拍电影现在已经超出了我的幻想。

2003 年，央视拍了一部纪录片，叫“一个人和一座城市”，我的那一集叫“此地是他乡（孙甘露和上海）”，我写了脚本，关于我对上海的看法。我看了成片以后很震惊，我觉得导演韦大军很了解我，这部作品最终获得了该年度最佳纪录片奖和最佳导演奖。地域当然有差别，但它是通的。如果有一个导演能理解作家，他就能将作家的文本作品拍成影像。

河西：您一直住在上海，您写过《上海流水》、《上海的时间玩偶》和刚刚提到的《此处是他乡》，上海这座城市对您来说意味着什么？

孙甘露：除了旅行和参加活动，我没离开过上海。在接受一次采访时，我说过这样的话："上海对我来说就是整个世界。"结果被记者写成"上海是我的世界"，意思就不准确了。我的意思是说，对我来说，我接触到的世界就是上海。我的经验、我的感受、我的感官，从日常角度来说，它们所面对的首先是上海。

河西：陈村在早年的一篇文章里也写到，您早期曾经骑着自行车去寻访张爱玲的旧居。

孙甘露：那是我一个在《上海文化艺术报》的朋友，叫曹小磊，他对张爱玲的小说很感兴趣，他最早将张爱玲的小说改编成话剧《上海往事——红玫瑰》。当时，我们的家相隔一条街，经常在一起谈诗论艺。他就跟我说起张爱玲的旧居，但其实我就去了一个地方：老锦江饭店的北楼。

河西：读张爱玲的小说和您的小说有完全不同的阅读体验。您觉得张爱玲的女性都会叙事和您的形式实验是两个时代的产物还是个人写作的趣味所致？

孙甘露：张爱玲的小说我读过一些，但和那些张迷不同，我对她不是那么着迷。我对她写作的故事有兴趣，但对她的文体我不是太喜欢。我对她的印象和中国现代文学史上的作家的印象其实相差无几，从鲁迅开始，那个时代讲话的方式和现在是有距离的，我不太能接受。我欣赏不了它的妙处。当然，现代文学史上也有我很喜欢的作品。所以我说地域对作家有影响，但不是决定性的。比如翻译作品就对我产生了至关重要的影响。中国现代和当代的翻译家，对当代汉语的塑造起到了非常大的作用，没有一个中国当代作家敢说他不受翻译文学影响。懂原文当然最好，但涉及的语种太多了，事实上一个人不可能把所有的语言都学会。另外，我们之所以会喜欢翻译文学，一个很重要的原因是，中国现当代文学提供的现代都会经验并不充分，甚至可以说并没有建立起来。中国是个农业大国，经验方式和态度也以农业社会为主。他们的时间观念、叙事方式都受到农业社会的限制。说当时是"半殖民地半封建社会"，这个判断是很准确的。

地域是一个因素，但不是决定性的。巴黎很远，但似乎并不比北京更远。

当然，现在最大的问题在于文学被边缘化了。翻译文学被大量引进，可是究竟有多少人在阅读厄普代克、菲利普·罗斯、库切、奈保尔、艾柯？他们对中国公众的影响几乎可以忽略不计。这是很可怕，也很可悲的事。杜拉斯是一个非常明显的例子，新小说派那么多作家，其他的作家有多少人在阅读？这也是一个传播的问题，传播的渠道和阅读的环境都发生了深刻的变化。

河西：现在您主要读的还是翻译小说吗？

孙甘露：我的阅读很杂。从文学作品到学术、理论、传记、汉学研究、古籍都有兴趣。我现在在读一本地理学的著作，它提出了许多有趣的观点，比如一神教为什么会在沙漠地区产生，热带地区人的思维是怎么样的，很有意思。你可以把它当闲书看，阅读的乐趣也尽在其中。

有人提出翻译的作品不能成为写作的直接资源，我不太同意。举一个例子。叶芝的诗歌写作深受希腊民间传统的影响，但是他不懂希腊文，他看的也是翻译。叶芝认为各种语言的诗歌是相通的，不必一定去学习原文。索尔·贝娄《拉维尔斯坦》中的人物原型阿兰·布鲁姆，也就是《开放的美国精神》的作者，他研究柏拉图、莎士比亚和卢梭，他在考证另外一个译本时举了个例子：一个用拉丁文译希腊文的亚里士多德作品本子，甚至成为希腊文手抄本错误订正的范本。译文成为原文的范本。正是根据这些译本，阿奎那建立起亚里士多德研究的典范。

我的意思不是说原文不重要，而是说研究是开放性的，是多边的，地方性的经验并不是不可传递的。

河西：《上海壹周》的工作是怎么样的？适应吗？

孙甘露：去年初我去了《上海壹周》担任总策划。我对媒体也有兴趣，这是全新的经验，在外部观察和你在媒体工作是两回事。

另外，《上海壹周》还是年轻人居多，他们待人接物、反应、态度、行文、遣词造句和看问题的方式与我们这一代人有很大的不同。你在社会上以个体方式与年轻人的接触毕竟有限，和在这样一个新兴媒体中与他们一起工作是不能相提并论的。

当然，这并不是说它没有难度。好在虽然年纪大了，但学习的兴趣并没有丧失，对新事物还有兴趣了解。

河西：对您写《少女群像》有没有影响？

孙甘露：有一点。但怎么说呢，在写这部长篇之前，我就已经在开始酝酿它，这是个漫长的过程。

2007 年 12 月

孙甘露 × 罗敏

我更关注反转过来的形象

罗敏： 您的小说，多借用古典意象，是否有意借此完成与中国古典文学的呼应？对您而言，这种传统更多是一种形式之美，还是意境之美？

孙甘露： 小说之意境，正是促使我写作的动力之一，对于自己的作品，我希望身陷其中，一如玛格丽特·尤瑟纳尔的作品《王佛保命之道》中的画家，最终消逝在自己的画中。

罗敏： 同时，您的作品又有深深的西方现代小说的印痕，在现代小说与中国传统之间，您希望完成一种怎样的融合，或者说平衡？

孙甘露： 文化总是彼此交融，犹如尤瑟纳尔的小说，这部西方作品借用的正是中国的古典意象。在汉语漫长的历史中，外来文化的影响在各个时期都留下了深刻的印记，因汉语之辽阔，充满了积极的变化。尤其到了近代，继古代对宗教典籍的广泛翻译之后，小说戏剧诗歌等也是译事大兴，观念、词汇、方法亦广泛地进入汉语，这种融合或者说平衡，稍加注意是不难发现的。我们希望继承的正是这一传统。

罗敏：您自己评价的话，您的哪部作品将两者融合得比较完美？

孙甘露：在不同的时期，我关注的重点不同，很难比较。严格来说，完美是理想，存在于未来之中。这话听起来耳熟，但是说出了核心。

罗敏：您一直在书写上海，也曾说过“在某种意义上，上海就是我的世界”。写作时，您如何设定自己与这座城市的距离？

孙甘露：对我来说，我接触到的世界就是上海。我的经验、我的感受、我的感官，从日常角度来说，它们所面对的首先是上海。所谓写作都是试图挣脱出来的尝试。

罗敏：有一种矛盾：城市的迷惶疏离是您的作品以及小说人物的特色，但小说以及人物追求的真正归宿，却似乎不在城市。这是您自己对城市生活的感受吗？

孙甘露：从感官的角度看，我喜欢上个世纪七十年代末、八十年代初的上海。

罗敏：您早期的作品可以没有时空背景，而今，城市成为几乎唯一的背景。在您多年的创作生活中，以往与世界的隔阂，是否已演变为一种与城市的隔阂？

孙甘露：没错。

罗敏：在您的小说中，看到您似乎在努力介入上层生活，昨天也谈到，先锋的某些因素已逐渐转变为时尚的标签。上层生活的某些意念对您的创作而言是否很重要？当您在书写城市时，着意描绘的是不是城市的这一层面？

孙甘露：打个比方，我在《夜晚的语言》中写了一个瞎了眼的丞相，但我从没打算介入那种生活。相比较而言，我关心狄更斯笔下的城市远多于巴尔扎克笔下的城市。所谓上层的生活，我更关注它的镜像，或者说，它的反转过来的形象。

罗敏：对您而言，城市与女性之间存在着何种关联？

孙甘露：它们是一体的，尤其对上海这样一个城市。

2008 年 1 月

孙甘露 × 罗岗

作家就是要把内心的语言翻译出来

罗岗： 最近《收获》的编辑程永新出版了一本挺有意思的书，名字有点吓人，叫《一个人的文学史》，其中披露了几封当年你写给他的信。在 1986 年一封写给程永新的信中，你说："《访问梦境》不是深思熟虑之作，这多少跟我的境遇有关。"现在你还能想起自己为什么这样说吗？你当时的境遇是怎样一种情况？

孙甘露： 这个问题唤起了很多回忆，但是正如你知道的，回忆多少总是有选择性的，不是说我们在潜意识里试图回避什么，而是回忆的动力总是使我们趋向于将事物浪漫化或者相反。我可以很坦诚地说，就写作而言，我似乎一直有一种未能深思熟虑之感，而正是这种感觉驱使我去尝试。文学史为我们提供了大量现成的范例，使一个初学者得以绕过他原本必须面对的诸多相当棘手的问题，当他的作品成功之时，他也成功地绕过了他原本只属于他自己的问题，写作的历史、虚构的历史似乎帮助了他，实际上只是帮助他回避了原本必须自己从中得出的形式结论，文学的形式试图从具体的人类历史中脱胎而来，它从来不是普遍适用的，每一种语言、每一个时代都必须从中找出特殊唯一的途径，但是它不是那么容易辨认的，对创作者和批评者都一样，这也是我的写作被指认或者自我指认都十分困难的原因之一。在这个意义上，1986年，并非是深思熟虑的。

罗岗：但你“并非深思熟虑”的作品发表之后，却引起了很大的反响，甚至被称为是当时文学探索和试验的“先锋”。在当年的《收获》上，你的作品就被放在了一个名为“实验文本”的栏目下。程永新的书中收了一封马原给他的信，他说读了你的《访问梦境》，感觉你在语言上的想象力和感觉都很不错，但他也表示你可能“一下子就把小说写进了死胡同……为什么有意和读者过不去呢？”，马原的话，说好说坏，其实都和你的小说语言有关，这种语言引起人们更多联想的是“崛起的诗歌”，而不是传统意义上的小说。你把1980年代写的一些诗歌编入最近出版的《上海流水》中，之前好像这些诗歌都没有正式发表过，虽然在一些朋友的圈子中曾经流传，为什么当时你没有考虑发表？你怎么看1980年代的诗歌界，譬如所谓的“朦胧诗”？自己转而写小说，和这种态度有关吗？

孙甘露：这个问题是要害。我当初是把诗歌当作小说来写的，受叙事体或者史诗传统的蛊惑，其后，我是把小说当诗歌来写的，此种方式为一部分人所赞扬，为另一部分人所诟病。荷马和屈原令我们有创世的愿望，后来的埃利蒂斯亦如此；被阻断的五四新文学传统在“文革”后被再度认识，也是白话文的写作遭遇这一契机，但是历史的创痛和迅速市场化的现实又使它归于琐屑的日常消费，语言的诗意再度面临质询，历史仿佛重新被界定为无用，而诗意仿佛是这无用的导览因而愈加无用。现实的危机加剧了语言的危机，其实它们是共生的，一如活报剧之于救亡，有意思的是在政治上它是正确的，并且是有后果的。在这个意义上，我们的努力没有白费，它会被历史打捞出来，确实，它也正在被逐渐地打捞出来。

罗岗：这段被“打捞”出来的历史是不是也和你生活的这座城市有关？你曾经写过一篇随笔叫《小半生》，在这篇文章的一开头，你就说：“我出生在上海，在那里差不多生活了‘半生’。”但在这篇文章的结尾，你又说：“‘小’意味着个人立场和作为小说作家的态度，‘半生’在暗示着有限的时间长度之外，对我们个人经验之外的事物的提示。”那么我要问的就是，作为一位小说家，上海对你意味着什么？

孙甘露：上海对我来说，差不多意味着整个世界，但是它几乎不催生幻想，因为它的幻想不是向内陆催生的，它是一块“飞地”，几乎是全然地被遗弃或者说被边缘化，被异质化，被外部文化牵引。借用现在的观念，我似乎是要在“半殖民半封建”“半开放半专制”之地，以国族的视角，描写离散的经验。我的朋友曹小磊，多年来我们持续地讨论各种文学问题，最近因为同济的研讨会所涉及的我的写作中的语言等问题，我们又讨论过克里斯蒂娃的相关观点，这个使用法语五十年之久的保加利亚人认为，作家，本意上就是一个外国人，他的工作就是将他内心的声音翻译出来，这个过程相对于一种外族的语言更具有异质性，这中间包含了一种生命。我是这么理解你所说的“小说家一定会面临着如何在个人经验和宏大历史之间做出某种出人意表的勾连的烦恼”。

当然，更重要的问题是在另一个方向上的，一个向内的层面，涉及我的写作及语言的更内在的动力：最初它是弥漫性的，为我的感性和体验所引导，为逐渐的思考所意识。依然以克里斯蒂娃为例，1996年，她在纽约的一次题为《对另一种语言的爱》的演讲中，论及了这一点：“这种感性的语言并不是符号语言，它是一种打引号的语言，一种处在难以表述的生物状态边缘的既混乱又有序的冲动、印象、痛苦和狂喜。这种语言就是作家希望表达出来的那种真正的异质性，它比现有的一切异族语言更具有异质特征。”她更进一步说：“用语言将一种感官的、倔强的异质性翻译出来。作为这个意义上的翻译者，作家从本质上讲是一个异类，一个最令人愤慨的外国人。”

我们大概就是马拉美所谓的“语言的局外人”，所做的工作也就是普鲁斯特观察到的“对感性世界的翻译”。看似“内容无关紧要，却有那么多的缩合表达方式给予每个词以钻石般的密度和掷色子时的那种偶然意外”。更深入的解释见于普鲁斯特《驳圣伯夫》中对母语和我们的感受性之间的相互渗透的阐释。约而言之，依然是克里斯蒂娃的观点：“假如我们未曾将自己内心生命的异质性——对人们称作民族语言的那些千篇一律的表达规则的违反——不断地进行磨砺，那么我们怎么可能有精神生命？”如此，我们的生命就是“一半”的，未曾完整的。

罗岗：克里斯蒂娃对语言的体认，深受埃米尔·班贝尼斯特的影响，但这种影响不仅仅是他作为印欧语比较语言学家，更重要的是作为对哲学和精神分析学造诣颇深的思想家而产生的，他的那本《普通语言学诸问题》直接启发了拉康，同时也使得克里斯蒂娃将“符号学”与“精神分析学”——也就是你特别看重的“语言”与“内心”的关系——加以综合的思考，用学术性的表述是所谓“作为符号象征态与前符号态的相互作用”。她的《回忆录》中曾经记载她到医院探望弥留之际的老师的情景（班贝尼斯特出生于1902年，1976年去世），已处于失语状态的班贝尼斯特，当克里斯蒂娃前来看望时，用颤抖的手在纸上写了THEO（神），亲手交给了她。这个行为意味着什么呢？克里斯蒂娃这样的叙述，似乎也印证了我们的生命就是“一半”的、未曾完整的说法。

但问题还可以继续深入下去，那就是我们的生命尽管只有“一半”，但总是和具体的历史时空联系在一起。我记得在前几天召开的你的作品研讨会上，王安忆对你的写作提出了一个具有挑战性的问题，那就是你1980年代开始的先锋性写作，和你的共和国记忆有什么关系？就我的阅读而言，你的作品中并没有完全回避共和国的历史，我很喜欢你那篇《宣传画》，你说，“在那个年代，很可能有一些重要的东西被我们忽略了”，譬如你指出“《走大寨之路》中开渠的农民可以看作是罗中立《父亲》的年轻时代，不是比喻，去看看那张脸吧”。在你看来，一般被视为“断裂”的“文革”前、“文革”和“新时期”之间，是不是还有更复杂的延续？

孙甘露：在语言和日常经验的层面上，我们是“‘文革’前时代”的弃儿，那是一种语境，通俗化或者更准确地说，是上下文；那是一种想象的遗产，内化为气质、动力或者反叛的能量。从语言的特质上看，读《反杜林论》《路易·波拿巴的雾月十八日》《国家与革命》，之后将一部分阅读颠覆性地导向颠覆性的弗洛伊德、巴特、齐泽克。这也是你说的复杂的延续。西方首先是以激进的、理论的形象将我们俘获。我们当然是西化的，有什么东西比革命更西化？当然，紧接着，我们就面临它的后果。民族自觉一直以语言自觉的面貌自我缠绕，书面语要么向口语妥协以示立场的清白，要么以它的半成品似的随便书写在道德上获得暧昧的褒奖。个人获胜了，文学并未因之前进。

罗岗：我的理解是，王安忆问你关于共和国记忆的问题，不仅仅指的是你们这一代人曾经在共和国的天空下生活过，更重要的是如她在从《纪实与虚构》到《启蒙时代》中不断提醒的：你们是这座城市的解放者的后代。在《呼吸》中我们看到了抗美援越战争的影子，这和你父亲作为高炮部队的军人，曾赴越南作战有关吧？和北京相比，上海没有那么典型的“大院”，但军队干部的子弟，还是有自己的圈子吧？作为曾经这个圈子中的一员，上海对你又意味着什么呢？

孙甘露：六十年代末，对我来说是孤寂的，我随着父母在上海各处挑选住处并且短暂居住的经历，愈发加剧了种种不确定感。战争在远方，也在不远处，就在你的床边。孤寂和忧虑令你向什么屈服？向少年时代的玩伴？向小圈子？这些东西只是使你更加孤寂。好吧，你终于向书籍、向幻想寻求慰藉，它们把你摆渡至胡志明小道，或者西贡，更远的巴黎（它最初就是这么进入我的视野），乃至美国。我爱西方吗？我爱对它们的幻想，包含着忧虑和求知的渴望。在这一点上，它不是书本的，就像打碎了的半旧的瓷器、破箱子、水壶、军需品，将我经由共和国的经历引向古代的中国。九十年代初，我和王朔第一次见面时，他问我："你为什么不考大学？"我说那时候我的想法是，我再也不想坐在学校的教室里了。"没错。"他说。

你朦胧的、丛林的、野战的、想要孤身战胜这个世界的勇气，似乎是中国想要孤身建成共产主义的伴随。

罗岗：在骨子里你们还是有那个时代赋予的"英雄气概"的，当然，这种"英雄气概"在八十年代就是所谓的"先锋性"，而到了今天，并不是说你一定要写《启蒙时代》这样的小说，这也不是你的路子。不过，小说家一定会面临着如何在个人经验和宏大历史之间做出某种出人意表的勾连的烦恼，托尔斯泰也概莫能外。即使如艾柯，似乎天马行空，当他在《傅科摆》中暂时放开圣殿骑士的传说，转而描绘二战中意大利山区的生活时，我才把他看作一个"大小说家"。最近几年，你说你最沉迷的在世的西方小说家是艾柯和奈保尔，能说说这几位作家对你写作已经有和将要有的影响吗？

孙甘露：这种阅读经验非常难得，体会也是得之不易。或可以我阅读的台湾作家的作品作比，在相当长的时间里，我几乎无法感受他们的文字方式，直到我读了朱天文和张惠菁的作品，仿佛找到了通道，其他台湾作家的作品都向你展开。道路很多，你得之偶然。每个人都一样，有一条你唯一的路。上述二位很好地标示了保有中国传统和浸润西方影响的关系。而艾柯和奈保尔，是继纳博科夫、索尔·贝娄、厄普代克、贝克特、加缪、菲利普·索莱尔斯之后我最倾心的作家，他们在动荡的国土上勾画殊异的时代形象，史诗、痛楚、顽童般的匠心和宛若漫不经心、以一己之力建立失去的世界，毫不浪漫和极度忧伤，他们是新荷马。

罗岗：没想到，你对台湾作家评价那么高，就我的阅读而言，他们是精雕细琢者多，大气磅礴者少！不过，由于历史和地域的原因，台湾文学和当代成功的西方小说写作（主要是英语小说写作）的确分享了某种共通的境遇，那就是都和“漂泊离散”经验有关。除了大家熟悉的奈保尔，还可以加上库切、石黑一雄、翁达杰和扎迪·史密斯……然而，对“漂泊离散”又不能简单地作一种“后殖民”式的理解，而应该把握成一种现实“总体性”消散之后试图在想象上重造“总体性”的状态，因此，种种稀奇古怪的“形式”探索都可以被看作是对“漂泊离散”状态的呈现。与这种状态相对应的是，当代中国在最近三十年所经历的急剧变化，同样造就了另一种意义上的“漂泊离散”，可是为什么却不能在形式上把握这种状态呢？你对小说的语言和形式有相当深入的研究和探索，觉得问题出在哪儿？

孙甘露：说来在感性上，我更趋向于库切和翁达杰，智性和诗意，边缘性的、沙漠般的经验，书籍的边缘、剃刀的边缘，战后的、混乱后的，向前可以追溯到保罗·鲍尔斯的《遮蔽的天空》，或者更远的翁达杰笔下的人物所寄寓的希罗多德的《历史》，这些元素，如莱昂纳尔·特里林所说："按照弗洛伊德精神分析的观点，在乔伊斯的小说中，他是把词汇当作事物来使用。"这是十八年来一直困扰我的问题，一个意象，时代的症候，需要时间向我们显现，"总体性"的时代结束之后，对此的反应无意识地、悲剧般地带有总体性的残迹。表现对它的擦拭，还是表现因擦拭而产生的新的踪迹？这个新踪迹大概就是你说的"漂泊离散"吧。

罗岗：你在写小说之余，也曾参与过电影、电视和报纸的工作，是否觉得在媒体时代，特别是在这个以图像为霸权的媒体时代，"纯文学"已经很难有大的发展了？也很难出现如本雅明在1930年代的演讲《作为生产者的作家》中所期待的那种把"文学的生产条件"在文本中"再生产"出来的作家了？

孙甘露：昆德拉的作品把个人与体制的关系放到东、西方文化背景下加以观察，从中得出小说乃试图从人类的历史中挣脱出来的尝试（见其《被背叛的遗嘱》）。这一关于欧洲小说历史的结论，暗合了八十年代在大陆兴起的"文学寻根"和"文体实验"的潮流，各种单一艺术样式都试图在自身的革命中为整个文化艺术的革新代言，至少其寓意是全面的、总体性的。而本雅明在九十年代催生了大陆文学现代性研究的全面展开，使此前的问题和局限都因此显现了出来。可以看作对全面商业化的回应，也可以视作对此前时代的回避。无疑，九十年代以降的文学写作受到文化传播方式改变的强烈冲击，问题的复杂性在于，各种假传播大行其道的作品本质上依然是旧生产方式的产物，这是文化中国的吊诡之处。

罗岗：的确如此，我们正处在一个新旧文学生产方式交替、杂糅的时代，虽然不必在两者之间做非此即彼的选择，但今天又确实缺乏固守与突破的双重姿态，这恐怕是当代文学的一个困境所在吧。我想问的最后一个问题：我们都知道你在写一部长篇小说，能不能告诉未来的读者，这部就要完成的小说大概是一副怎样的模样？和你原来的小说相比，它有什么不同吗？

孙甘露：关于我正在写的这本小说，此前我已经说得太多，这次回避吧。

罗岗：哈哈！看来还是要保密呀，不过这部酝酿了许多年的作品，一定是一部值得期待的小说，希望你的小说出版之后，我们还有机会来交流。

2008 年 2 月

孙甘露 × 小白

《租界》那些事儿

孙甘露：你的新书《租界》的背景始于 1930 年 3 月份，结束于次年 2 月，也就是 1931 年。这一年是共产党建党十周年，已经开了四次代表大会，距离辛亥革命也有二十年了，离日本人全面进入华北还有六年时间，这一年 9 月份发生了九一八事变。

这个时代的上海租界的架构以及它与华界、民间社会的关系都是很有意思的。当时的社会经济状况在书中也有涉及。在上个世纪初，上海可以算作一处“飞地”。作为作者，你在写作的过程中，是如何认知 1931 年这样一个年代的？

小白：这与个人趣味和认知有关。类似那个假设性提问：如果给你选择，你想回到唐朝、宋朝还是汉朝？实际上对它的回答基于答题人的认知，你认为“唐朝”或“宋朝”是一个怎样的时代？如果仅仅作为一个安全的旁观者，我希望回到一个“热闹”的时代，一个“有戏”的时代。

当然这个也跟我自己上一部小说《局点》有关。写完《局点》意犹未尽。可以把它说成是《局点》里的“我”觉得不过瘾，从九十年代初穿越六十年跑到三十年代初。同样是一个社会共识断裂的年代。

如果说八十年代有一个（我们不妨说它是）“改革共识”，那二十年代确实有一个“革命共识”。每个人都意识到这是一个变化的时代，一个具有无穷“可能性”的时代，一个充斥着“机会”的时代。整个社会都在动员，年轻人从乡村从腹地朝大城市跑，朝法国日本跑，去革命的黄埔军校，去更加革命的上海大学，城市市井都在动员。我翻阅过当时的报纸，1927 年当北伐军要进上海的时候，居民按照街坊组织起来，成立居委会，集体抗租。大家都革命，不付房租，结果上海的房地产业在那半年内几乎处于瘫痪状态。

然后，“啪”一声。1927 年，武汉“清共”，“四一二”上海“清共”，共识断裂，社会进入一种巨大的“休克状态”——shocking doctrine，可以不太精确地借用娜奥米·克莱恩那本书的书名。

暴力升级，社会和个人疼痛感的阈值越来越高。“疼痛感”，这是一个很有意思的问题，可以说是《租界》这部小说关注和研究的重要问题之一。我们看一些“老男人”回忆录，动不动说我们那时候怎样怎样打架，七八十年代，王朔姜文叶京小混蛋东北孔二狗，他们说我们上海男不会打架，“哆来兮”，误以为这是一个地域问题。其实这是一个不同时代人的疼痛阈值高低不同的问题。我记得我小时候（八十年代初）去牙科拔尽根牙，淮海路牙防所，医生不给我打麻药，中西医结合新办法，拿金针在腮帮子上戳几根，说能止痛。你让现在的人不可能啊，那叫一个痛，比渣滓洞不差。不过不叫痛，拔完牙在食品公司含一粒拷扁橄榄，吐上半天唾沫就跑出去玩。现在的小孩看书看到革命先辈受敌人酷刑，不相信，这谁能扛得住啊。你别不信，你跟那时候的人疼痛感是不一样的。

奇异的是，在这个时间点上，上海租界竟然迎来它又一次（最后一次）长达十年的繁荣期。房地产行业领头，其他金融、城市服务、制造业都日益兴旺。我这里有二十年代末和三十年代的上海地图，街区明显在不断扩大。从老照片上看，二十年代和三十年代比较，天际线和建筑物密度也完全不一样。

城市空间感是这部小说关注的另一个要紧问题。我假定这是一个人口在二百万左右，中心城区日常人口五十万左右的城市。和现在的城市相比，它的人口密度、街道宽度、建筑物高度都是不一样的。你现在去一个这样规模的内地城市，你会发觉人们都在一个狭窄的街区活动，晚饭后去购物娱乐就在那块地方，商业中心就在那里，没有别的热闹地方。大家都来这里，很容易在这地方碰到熟人。回头去看那些回忆录，很容易你就能理解，为什么当时特务警察抓地下工作者最常用的办法是让知情人或者叛徒在热闹的街上来回走，走两天就会看到想要抓捕的地下工作者。这样的空间也会影响人的生活节奏，以及人的生活态度和时间感。

孙甘露：你的小说的背景主要是租界，其中的空间的“尺度”和“密度”和现在都是很不一样的。人在这个尺度和密度中，他们的活动方式和现在也应该是不同的。

你的小说的语调和叙述上的处理很像纳博科夫。之前我看过很多资料，说当时很多人从白俄流亡出来，都是从上海转到美国或者其他地方去的。可以说，你的叙述方法也表达了你对当时社会的一个态度，以及你对彼时城市空间的想象。在这里会有两个问题：首先，你是站在九十年代以后的立场上去叙述三十年代的历史。比起你的《局点》，似乎是站在一个外部的空间去“窥视”历史。其次，在辛亥革命以后，社会发生了巨变，这也构成你小说的背景。但从你的小说中不能看出当时种种社会思潮的影响力，你试图从一个貌似客观的陈述出发，与那个时代拉开了距离。

小白：“窥视”确实是又一个关键词。“表演和偷窥之间”，我用这标题写过一篇文章。我自己的写作大抵不出这两者。“表演”关乎写作者的态度和姿势，他对自己写作时一词一句的自觉性，也关乎叙事内部的——比如《租界》小说里的——人物对自己一举一动的自觉性。这种“自觉自省”的行动本身就带有反讽意味。他“明知”自己是在表演，“明知”所有的举措都在“观众”的眼皮底下。这个回头再说。说到“窥视”，《局点》固然是伪装成身在局内的局外人通过“窥视”一个口述的小型的江湖事件，进而偷窥到“历史叙述”和“传奇”在其诞生之初的荒诞状态。《租界》同样也通过“窥视”伪装成的“历史档案”，“窥视”片段的、考据不详的历史影像、图像、意象，进而“窥视”历史叙事本身。“偷窥”既是《局点》和《租界》的叙事视角，也是这两部小说里的人物观看事件、景物、他人的方式。

甘露老师对叙述语调极其敏锐。实际上，我在叙述《租界》的故事时，很大一部分努力是想在叙述与它所叙述的时代之间，保持一个微妙的距离。尽管这个“拉开”的距离，实际上是通过不断“贴近”造成的。有些章节在每天写之前，我会阅读很多英法外交部解密文件：各种电函、情报，我从档案馆打印回来的许多文件原档。写另外一些段落，我会去阅读像茅盾、丁玲的三十年代小说，上海新感觉派的三十年代小说，研究这些人的语调、视角，他们小说里人物的动机、他们面对事件的反应，叙述者对如何选择场景的判断倾向、对将要叙述的事件他们如何剪裁，在他们随意渲染的过渡段落里寻找时代的气息。这个看起来是“贴近”的做法，实际上却“拉开”距离，因为说到底，我努力“贴近”的仍然是各式各样的“文本”：小说、档案、新闻报道、票据、图表、照片、影像。越是“贴近”那个互文性的语境，就越是“拉开”距离。就像小说里萨尔礼少校所说，除此之外，我们别无真相。“真相就是这一大堆文件。”

孙甘露：在三十年代，其实有很多作家，像张爱玲等都已经建立起了一套关于那个时代的叙事方法。你说到的互文是一个多重意义上的互文，既是和那些文本发生关联，也和当时人们的思考方式产生了互文。原来有一任法国驻上海领事叫郁白，之前有一次他向我们展示他收藏的画，一些巨大尺度的作品都已经价值不菲了，但他拿到这些画的价格都不是很高，因为他的外交官的身份。从这件事情就可以看出，九十年代艺术品生产的状况。在你的小说中，你也通过各种大量的材料去复原社会生活的各个细部。当然，这是为了你的大主题和小说叙事而服务的。在李敬泽的文章中，他说你的小说是在张爱玲、王安忆的小说之外重新创建一个关于上海历史的叙事。这个评价对你来说又意味着什么？

小白：它更像一个有关上海租界、有关三十年代的知识拼图板。这是我最喜欢的一种游戏。有一年夏天，我坐在家里地板上，拼过一盒一千片的拼图板。《租界》可能有三千片。玛戈和外交官布里南的偷情故事来自胡适日记，来自《大美晚报》和当时租界的几份外国报纸，胡适说有空要把它写成小说，结果他忘记写了。我开始时想把它改造成一条故事线，一个《英国病人》式的故事，但它被简化成两三个章节。但我实在喜欢那部电影有关国家意识和个人情感的冲突的讨论，我从电影里摘取一个单词、一个比喻来干预我自己在《租界》里的叙事——《英国病人》那部电影里，男女主角在一次下午茶会上，偷偷跑到角落的房间幽会，事后女人的丈夫进来，说她的头发上有一股杏仁粉的味道。我以为这句台词是那部电影里最色情的一句话，所以在《租界》里，我让玛戈提到杏仁粉的气味，并让它指涉得更清晰些。

在小说里，我提到礼查饭店的气味，九十年代我去那里住过，一个大办公室，隔壁客房是背包族青年旅社的大通间。去年我又去那里，房间有一股廉价清洁剂的味道。有次我阅读海伦·斯诺的回忆录，她后来回忆起来，觉得自己印象最深刻的就是饭店里的那股香料味道。当时房间里的柜子、抽屉里都垫有一层香木：香樟、胡椒木。她称之为“亚洲气息”。我把这个说法写到《租界》里，但我自己很怀疑，这段文字散发着的究竟是历史的气息，还是文本的气息？

小说开头的宝来加号，船名来自一本领航员日志，这艘法国邮轮在进黄浦江时出了事故。如果读者有心去找关于这艘船的记载，会发现这其实是徐志摩去欧洲坐的船，蔡和森带领赴法勤工俭学的左翼青年坐的也是这艘船。有些细节，比如小说开头的一艘意大利军舰利比亚号发生的小事故，在领航员日志上都有记载。小说尾声再次写到三颗误炸到利比亚号的炸弹，这是当时国民党误发的炸弹。为此，上海的吴铁成市长还遭到外交使团的投诉。我在好几份不同的历史档案文本里阅读到同一艘船，它扮演着不同的角色，在不同的历史戏剧里充当着不同功能的道具，那感觉很奇妙。你把它拿过来充当你自己的道具，会造成怎样的效果呢？

孙甘露：你刚刚说到的城市空间关系，包括城市中的各种细节对于建构、还原当时的实景是非常重要的。虽然可能你在书中也杜撰了一些情节，但这些杜撰也是基于史料的创造，并非凭空。小说的真实性还是建立在关于历史的解释上。

小白：整个小说都是杜撰的、伪造仿造的，是一个赝品的历史事件。这个“叙述记号”我把它设置在小说的后记部分。但是制造赝品最必须做到的，也最有趣的地方是你要让顾客找不到漏洞，你在跟顾客斗智，你要假定他是一个古董知识丰富的藏家，他什么都懂，你很难欺骗他。你不得不比他看到更多，你查阅所有记载，仿制出所有细节，还要设置圈套，在这里那里故意露出线索，让顾客自己去查，他一查，发现这居然是他自己以前不知道的窍门，这样一来，他自己就把他自己给说服了。很多制作赝品的高手，还会在你最注意不到的地方设置自己的记号，让做假货这件看似有点不道德的事，变成一个好玩的让人哭笑不得的游戏。

　　不过我可以换一个说法。这部小说更像是一种实验。写暗杀的时候，我是在设想一个真正的发生在三十年代上海租界的暗杀事件，我怎样才能做成功？我去看《十月围城》的时候，就觉得会有问题。那电影里的暗杀事件能不能成功取决于一个隐含的逻辑前提：如何控制时间。在那个计划里，最大的问题是刺客无法控制被刺对象轮船靠岸的时间，那部电影不研究这个问题。但我在《租界》引子部分安排的刺杀事件里，详细研究过这个问题。黄浦江航道特征、潮汐水文、天气、栈桥码头的建筑结构、街道布局，除此之外，最关键的是登陆时间。如果你无法控制被刺对象的上岸时间，你怎么办呢？让刺客站在街上等他来，半小时？一小时？半天？刺客把枪揣在怀里，来回踱步，脸上全写着焦虑，还扔下一地烟头，一个小时以后，他好不容易积蓄起来的肾上腺素就全消耗光了。他肯定关上保险，拍拍屁股走人。黄浦江航道的特点决定刺客无法控制行刺时间。

后来我发现，三十年代上海的达官贵人不会等轮船靠岸才登陆，岸上的人会雇汽艇登船接客。这是身份的象征，你去看《胡适日记》，他津津乐道地写在吴淞口吃完早饭，正在甲板上看日出，汽艇来接他。得意之情溢于言表。胡适对这些东西很起劲，他在日记里考虑要买一辆二手八缸福特车，在算钱，银元要多少，换美元要多少。那辆车就是《租界》里特雷莎用的车。电影里三十年代的芝加哥银行大盗用的也是这辆。胡适坐船去北京，本来预定要在青岛靠岸时上岸玩玩，可在青岛因为有风浪不能靠岸，就打电报请梁实秋等一干坐汽艇登船，在船上酒吧间玩上半天，在当时这是上等人的玩法。这一来，知道这些以后，我的故事情节就自动出现。这就像个历史的化学实验，事先规定好限定条件，然后放到一个瓶子里，看会发生怎样的变化。我们知道有一种历史实验派，教授带一帮学生把什么地方圈起来，完全按照古代人的生活方式过上一两年，有的十多年。我这个相当于虚构这样一个实验。

孙甘露：你在小说中写到的水手用语、对于舰艇的描述等等都是一个不可或缺的基础。我认为有意思的是，此前没有一本小说有像你的小说那样对于上海的描述的语调，可以说，你的小说是一个全新的东西。但是你又适量地使用普通话与上海话对译的词汇，就是说你必须用普通话的读法去读那些上海话中的词汇。这个效果非常好，有点像在很雅致的书面语中加入俚语或者粗话，可以营造出很好的效果，也显示了一个比较独特的态度。此前我看到过两种另外的叙述。一种不够"当时"，另一种假装完全是当时的语调和措辞，比如现在很多仿张爱玲的写法。这些东西和你所强调的互文性是正好相反的。你的东西建立在对当时社会的理解的基础上，而那些人却认为这些东西是唯一的、不容置疑的真实。

小白：《租界》里有各式各样的语调，各种声音都有，有英文法文档案、报告、笔录、信函的腔调，有茅盾丁玲、左翼作家和新感觉派的语气，有三十年代和现在拍三十年代题材电影的声音，这跟小说结构有关，全书五十七个章节，每个章节都是第三人称受限视角，我想办法让每个章节都尽量按照这个章节人物可能会有的视角口吻来写：他的看法，他的想法，他看待事物的方式，他看到的景物，他对事件的直接的反应。不过做这一切，唯一的依据是现存的各类叙事文本，我确实怀疑世界上有没有一种方式可以真正让作者逼近他想描述的历史人物。与其假设我能够逼近真相，不如退一步逼近那些文本。

孙甘露：你的这种怀疑态度和你整个小说的语调形成了一种非常有意思的冲突。当初那个时代的精神氛围和文人理念是青春期的热情，或者说是幼稚。而在你的叙述中，在处理人物内心独白的时候，你会使用大量诸如“温暖的手”的语句，让人们看到一个人的思想活动轨迹。在效果上，你试图复原当时人的精神状态。在整个文本里，又建立了一种充满怀疑主义的喜剧感。

小白：有时候你会忍不住，就像刚刚说的那个历史化学实验，你忍不住往瓶子里加进一点点不相干的东西。比如我让冷小曼在为工作需要勾引小薛上床的时候，让她想象自己希望用什么来配乐，她想应该是用《国际歌》。给那个妇科医生起名叫“陈小村”，我们都知道我敬仰的陈村老师在一篇文章里调侃自己是妇女用品。我还说这个名字是这医生去日本学医时候起的，我本来还想让他有个日本名字叫小村太郎。这算是一点点小奖品，写作到气闷的时候，我想给自己来点小游戏轻松一下。

有些作家从一开始就确立喜剧性的语调，张大春老师的《城邦暴力团》，开头第一句话就是相声风格，一个人从四楼跳出窗口，稳稳站到西藏路上。这一段你完全可以让姜昆去说，像他前些年说的那些梁左编的相声。去年有一部电影叫 *The Other Guys*（《二流警探》）。一开始你以为这是一部警匪暴力片，两个神勇的警察在街上追捕犯人，跑酷，一直追到楼顶上，坏人从钢索滑下去，他俩对看一下，手拉手往大厦外跳下去，你以为这俩人落到地上打个滚会继续追，想不到“啪”一下，这俩人掉到地上就此呜呼。这个喜剧感来得更突兀。小时候我去看青年话剧团的演出，正剧，焦晃换戏服出来忘记拉上裤子的拉链，全场爆笑，那出戏我已全忘记，但完全是出于偶然的那一段插曲我一直念念不忘。《租界》就像是我自己出演的一个独角话剧，如果有滑稽的喜剧性的想法突然自己跑进来，我不会拦住它。

孙甘露：近两年涌现了大量描写国共两党关系、谍战等内容的通俗作品，他们自己建立了一套叙述的态度，获得了相应的效果，就好比美国的警匪电影中，警察往往都是武功了得，从高楼跳下也是毫发未伤。而你的小说则试图借用通俗作品的外壳，在内部叙述中则扭断了这种与通俗性的关联。这个明显就是对当下的这一类叙述作品的反抗，也在阅读上建立了一种互文。

小白：我让《租界》里的人物遭遇到常人难以遭遇的境遇，但是严格按照化学实验的做法，除开始时给定的人物智力、体力、环境条件以外，我不再给他们引入其他假定的条件，完成工作解决实验就靠这点东西，他不能突然变得智慧超群，也不能突然变成武林高手。

如果要给这部小说像通俗类型小说一样找个定义，前两天我突然想起一个词“谋略”。日本间谍史著作《陆军中野学校》里说，日本直到三十年代初还没有“情报”这个词，他们的大本营管这类活动叫“谋略”。其实，这个词的意思用白话来说，就是在一个大的事件背后去搞一些小动作来影响整个事件的进程。可以说，整个日本对华战争就是建立在“谋略”的基础上的。有个说法好像是“石原谋略，坂垣实行”？在三十年代那个乱世里，我们会发现对很多历史人物的形象来说，这是个关键词。阿城说胡兰成是兵家，胡兰成就是个自以为自己很有谋略的人物。滑稽的是他一事无成。国民党搞“中统”“军统”，实际上主要工作也都那一套，“中统”的小诸葛张冲，就策划过“伍豪事件”。张冲自己很得意这件事，多年以后国共因为抗日第二次合作，在香港张冲想联系潘汉年，还在香港报纸上刊登寻找伍豪的启事，这样接的头。《租界》里的这些人物，驱动这些人行事的基本动机，说到底就“谋略”这两个字。他们都想花点小力气影响历史的进程，有些是主动参与的，有些是被动卷入的。

孙甘露：你说到的“谋略”的方式，以及它试图影响事件进行的这个情况和今天已经有很大的不同。今天是先有一个大的预设的架构，主要目的是要完成这个大的架构，包括现在出现的种种谍报小说，它们的情节往往是为了完成一桩大的任务，一个总的理念，然后在这中间来讨论如何实施方案。而在进行中会出现小的意外，于是又会出现斗智斗勇和种种智谋的解决方法。而在《租界》所反映的年代，整个大势都是无法控制的，身在其中的个人便试图做出自己的选择来影响细部的东西。这正是这部小说超过其他类型小说的一个方面，即人在小说中都有自己的行动计划，但在行动的计划中，因为人性本身的原因，或者说当时天气的原因，人的态度和选择反而被强烈地影响了。在这个意义上，你又试图复原人的文化方式。

小白：如果置身于一个“谋略的时代”，所有人都在谋略，到头来你会发现你的谋略变成了别人的谋略的一部分。一个人的行动计划会失控，弄到后来一切都会失控，演变成一场悲剧性的狂欢。

孙甘露：大概有几十年，在欧美流行一种后设的历史小说，实际上也是基于某种理念，和你的小说有相似之处。当然，大部分小说还是利用历史材料、宗教典籍的发掘，以此构成通俗小说的主要框架。还有一种就是更加高级的，类似艾柯写的《傅科摆》之类的。这一类的小说会更有意思。你是如何看待这些小说的？

小白：丹·布朗的小说是建造在旅游手册上的。他的拼图板只有五十块。艾柯用一万块拼他的小说。我大概用掉三千块。当然民国时期上海的三千块比中古欧洲的一万块，单块含金量大大不如。我正在搜集，下下个计划，我要拼一幅含金量高的、五千年以前的拼图板。

孙甘露：在上世纪五六十年代兴起的采访、材料写作则是意味深长的，比如卡波特的《冷血》。译文社这两年引进了奈保尔的作品，他的作品大致有两块：一块是基于自己的生平与经验虚构的故事，另一块是索性放弃这些东西而写的类似“印度三部曲”这样广义的游记。这些文本都不是孤立的，它们汇聚了上世纪下半叶西方写作的态度。你想想，那么高超的虚构作家花了大量的精力来写非虚构文本，这本身就是一种启示，体现了一种对于历史的质疑的态度。

小白：拉伯雷从不考虑小说本身是否虚构的问题。这是个十九世纪以后的概念，十九世纪以后的态度。我们今天写作，很难摆脱这样一个自觉意识：我写的是虚构的还是非虚构的。对我来说，“虚构”和“非虚构”是两盘食材，每个作家都有自己的调配办法，好吃就行。

孙甘露：很多作家，像库切等人，已经不必去追究他们的作品到底是散文还是小说，因为他们行文的方法与十八、十九世纪的经典小说已经完全不同。对于他们来说，虚构与非虚构的界限已经完全模糊了。

小白：我不知道《租界》中的一些东西算是虚构还是非虚构的。比如有些地方我甚至就是直接地描绘历史照片。我搜集过许多上海租界的三十年代照片影像，还有三十年代全世界各地的照片影像，欧洲的、欧洲列强殖民地城市的，上万张。

孙甘露：这些材料是相当重要的，它们营造了一种真实感，包括当时人的衣食住行、器物、店长制度、租界内部的架构等等，这在以往的小说中是缺失的。很多小说你看了也不会产生多大的兴趣，因为它们完全就是一个“无本之物”。在阅读的过程中你会觉得这个桥段就是临时想出来的。

小白：我实际上是希望它们能够营造出一种奇异的现场感，既熟悉又陌生。

关于无本有本之物的“本”，我想在小说刚刚起源的时候，那个时候的作者可能是最轻松的，因为他可能不是小说唯一的作者。经过好几百年的累积和传递，文本环境已经逐渐形成，诸如《三国演义》《水浒传》这样的作品，它们几百年来通过话本的形式传承，于是会营造出一个我们不妨称之为“文本幻象”的环境。今天作者的写作方式截然不同，一个“历时性”的文本环境累积过程，大概只能采用——我不恰当地使用这个词——“共时性”的堆积方式。

孙甘露：你说到的这种小说创作方式的不同实际上还是和广义的传播方式有关的，因为当时的印刷术还不发达，断文识字在当时还是一种身份与社会地位的象征。以前小说中的故事以及所有关于小说的理念都建立在一个线性关系的基础上，即人物的遭遇、人际关系的转变等等。这些东西也传递了创作者的态度、理念和价值观。而当下，人们已经找不到任何新鲜的东西，作者也在潜意识中假设读者无所不知。传统的叙事作品的样式试图通过作品来传递一种道德训诫，而这个功能在当下被极大地弱化了，经验的传递也已经不是小说的主要功用。你的《租界》一个有意思的地方是，以小白对小说的创作态度来讲，你是质疑的。但是你质疑的方式是建立一个看似严密的逻辑关系，包括对当时一些细节的想象，全部都是建立在一个真实的基础上的。

小白：我制造一个赝品，拿它跟号称是古董真品的东西放在一起比较，这是我自己跟自己开的一个叙事学玩笑。

孙甘露：我们对于历史的不断重述是建立在对于历史的质疑之上的，而对于历史的质疑也恰恰是历史的意志。这是一个悖论。

小白：一切叙事都是多余的，都是人这个畸形发展的种群自己跟自己开的一个玩笑。说到底，人需要这些东西就是要建立一种权力关系。不仅叙事，连词汇都是不需要的。古代人用五十个单词，山、河、肉、菜、家，大概就可以过日子。通过语词的建立，我们发展出这么庞大的叙述体系，而权力也就逐渐在这个基础上建立起来。在金文中，酋长的“酋”是一个拄着拐杖出远门的人的形象。为什么一定要游历之后才能成为酋长呢？因为游历之后，他回家就能讲出很多故事来，讲一路上他碰到的各类景象、各类怪力乱神，古代部落的首长就是通过这些叙述和表演来建立权力的。这个母题在无数神话、童话，甚至当代小说《魔戒》中都能看到。

关于叙事还可以举个例子：淞沪会战的“八百壮士”故事，后来被多次改编为文学、电影作品，你逼近这个事件去看，会觉得它的表演性特别强。为什么会把地点选择在四行仓库？因为四行仓库隔壁就是上海租界煤气公司的储气罐。这个环境决定日军不能用重武器，否则煤气罐就会爆炸。一旦爆炸，两个租界的煤气供应就被切供。那个时候日军还不想跟英美法等列强开战。战斗展开以后，苏州河对岸站着很多欧美记者，拍摄大量的照片，第二天在西方的报纸上就出现新闻报道和现场照片，还有一个女学生在火线上把国旗送到国军据点，回来的时候跳进苏州河泅渡回来，“女生游泳”这个桥段后来在电影里被大大渲染过，穿的还是国军军装，是谓“制服游泳”，“八百壮士”就此成为整个淞沪抗战中最引起全球关注的事件。这事件几乎可以说是在整个战事阶段，唯一符合淞沪会战战略意图的作战，因为蒋介石说过，淞沪会战的战略意图就是坚持三个月抗战，引起各国关注，进而由列强出头调停。那些东西可以让历史学家去考察，我们要说的是，在这个事件里，表演和叙事的特质表现得如此充分，如此典型。

孙甘露：是否可以这样说：当时对地点的选择是有所考虑的，但整个事件经过不同渠道的传播，包括国内外的新闻媒体和之后的历史叙述，之前的考虑被强化了，成了一种“预谋”。

小白：关于这个，《租界》用的是喜剧化的处理方法。小说里的人物在策划行动之初，就把它设计成一场表演、一场狂欢、一场在无数双观众的眼睛关注下的舞台剧。

孙甘露：小说中还有一个有趣味的部分，就是小薛和两个女性的关系。这个关系也贯穿了整部小说的结构，从序曲到结尾，这既是一个小说的呈现，也可以看作关于两性关系的叙述的研究。在这个问题上，你自己有如何的考量？

小白：我借用一种有关两性关系的叙述的基本模型，它甚至可以让人联想到司汤达笔下于连和他的两个女人的关系。两场都是含混不清不容易辨识的，到最后让人物用生死大事来判别。

冷小曼身上甚至还带一点德拉莫尔小姐的表演性。在两性关系被无穷无尽的叙述所充斥的时代，事情不会像从未读过小说的德瑞那夫人所遭遇到的那样单纯。如同艾柯所说，现在，一个男人如果爱上一个女人，他不能对她说“我爱你”，因为他俩彼此都知道这些词句芭芭拉·卡特兰早已写过，你不得不接受这个被陈词滥调干扰的状况。艾柯提出一个解决办法，他说你固然不能说“我爱你”，但你可以说：“像芭芭拉所说的那样，我爱你。”冷小曼和小薛之间的表白，遭遇到的就是这个状态。特雷莎和小薛之间则更隐晦，这两个人在床上的姿态动作是对陈词滥调的引用。

孙甘露：《租界》中引用到的种种材料，包括档案、照片、影像，更多地从西方人的角度去营造了关于东方的想象。你通过这些东西去检讨西方人在二十、三十年代对于殖民地的想象。这也是中国的虚构小说中比较少见的，即通过中国作家通过西方的文本来建立一种考察的视野，这应该也是有意为之的吧。细说起来，在八十年代的诗歌领域就有了，比如宇文所安对于唐代诗歌的研究。这个东西也有一个征兆，比如以前美国有很多像罗伯特·布莱特之类的诗人，他们受到庞德翻译唐诗的影响，在自己的诗歌中也充满了对于中国的想象。当时这些诗歌被翻译成中文之后，中国的作家也受到了这些人的影响。他们频繁地使用经过西方过滤的东方素材，将自己的创作变成了一个对于翻译了的汉诗的“回译”。

小白：从某种意义上来讲，这确实是个回译。你想写清楚三十年代的租界，可租界本身就是西方人按照“东方想象”建造起来的城市，同小说里主人公一样的私生子一样，是西方人跑到东方乱来之后生下的儿子。我常常听人家说，为什么老外一跑到中国就乱来？你跑到酒吧，外国人围成一桌，吵吵闹闹，我有个哥们好几年前在 Long Bar 跟外国人打架。可能是因为他突然脱离既有的生活规则，可能他在国内不是这样。你看纪德要搞同性恋，就跑到突尼斯阿尔及利亚。沙逊爵士喜欢拍照，在上海拍过好多裸体女人的色情照，传说那个项美丽就让他拍过。

孙甘露： 对，这个东西是一个非常重要的主题，每一个时代的再解释都带有这个时代特有的精神原因和背景。在今天出现这样一本小说，其背后的原因是很意味深长的。

2011 年 3 月

孙甘露 × 木叶

书剑梦中忙

木叶：《访问梦境》里有个“反陈述节”，你的创作好像也有些反陈述甚至反叙述，为什么设置这样一个细节？

孙甘露：你这个问题倒是没有人这样关注，这个蛮细部的，在这个小说里边有大量意象性的东西，比如那些地点，比如出现的书——《审慎入门》，比如反陈述节。还有，其实在那个时期的其他作品里也有类似的东西，比如《信使之函》里“耳语城”起到的作用不像在传统小说里边——“罗马”就是关于罗马这个地方的事，“魏玛时期”就是关于魏玛时期的背景——它是假托一个地点、时代或概念，其实是对历史的一个杜撰。

《审慎入门》、反陈述节和耳语城这些概念，要放在特定的时代背景中来看。就我个人而言，这是应运而生的东西。当然在那时的文艺作品中，包括《大墙下的红玉兰》，包括张贤亮的一些作品，它是对特殊时期的文化上的反应。当然是个复杂的反应。同时还有些什么问题呢？那个时代，已经对经典意义上的叙事产生了严重的质疑，包括语言哲学、分析哲学、结构主义以及后来解构主义那套理论，包括罗兰·巴特的语言学研究……

反陈述、反叙述的这个“反”有几层意思，一个是对社会症候的反应，同时也是对当时实验性思潮的一个反应，就是说对语言本身、叙述本身的一个质疑，不完全是对此前文化氛围的反应，而是在一个语言层面上。但问题是在那个时代，语言层面的问题就是现实的问题，是混合在一起的，不是一个孤立的问题。

木叶：比如说马原，他在《拉萨河女神》和《冈底斯的诱惑》之前，有长达十年貌似“非先锋写作”的时期，你非先锋写作时期的作品是哪些，收录在上海书店出版社出版的文集中了吗？

孙甘露：这些作品分成两个部分，一个部分是诗歌写作，我逐渐在整理，在发表，在《上海流水》里收录了一些；还有一些没有整理发表；此外，我当时写了些小说，或长或短，大概有二十几篇。

木叶：都没有结集过？

孙甘露：问题不是没有结集过，是都没有发表过！都已经烧掉了。

木叶：悔其少作？

孙甘露：当时难以发表、出版。在某一个时段上觉得比较灰心丧气。那时很年轻，二十岁出头。这个事情（烧稿子），现在说来好像不足信，但作品我当时给《上海文学》的杨晓敏看过，退给我了，觉得在当时是没办法发表的……我就都烧掉了。

木叶：中国的先锋作家似乎不免会令人想到域外的某个源头，这是个复杂而微妙的问题。有人问马原影响自己的作家都有谁，开始他是闭口不谈博尔赫斯的。我好奇的是，你进入先锋状态受谁影响，有什么契机？

孙甘露：作品找不到了，很难再讲了，但幸亏是有人看过了——杨晓敏。作品烧掉了，很长一个时期没写作，到 1986 年上海作协要做青创会时，杨晓敏推荐了我。《访问梦境》是周介人发的，杨晓敏是责任编辑。杨晓敏是我最初的责任编辑。

木叶：《访问梦境》之前的小说形态是什么样的？

孙甘露：这个我现在很难描述，但是有幻想的成分，它的雏形肯定已经在了。具体篇名记不住了，很多是片段式的。

木叶：《访问梦境》一出，有人觉得孙甘露不屑于写故事。

孙甘露：也不是。其实，我热衷阅读的小说都是最传统意义上的，比如俄罗斯的小说，托尔斯泰、屠格涅夫、契诃夫，这些都是很经典的说故事的人，比如法国小说，巴尔扎克、司汤达，也都是经典意义上的小说家，我们通常所说的小说都是从那儿来的！

但是我觉得呢，语言上的，或者是小说叙述形式上的反应，我们就用一个中性一点的词，不说“反动”，也不说“反拨”，还用“反应”这个词，这其实是针对此前中国当代文学叙事的反应，我觉得小说不是就只有这种形态的，是有可能性的。这基于两点，一个是对叙事文学传统的认识，因为每个时代是在变化的；另一个也是一句老话：作品是时代生活的反映。至少我意识到必须对这个时代的文化、（日常）生活以及总体精神场域的压力做一个反应。并不是说我仅仅是看了一本某某的小说，就觉得小说应该这样写，那我之前看过太多小说了，你可以数得出来的小说，《项狄传》《格列佛游记》《爱丽丝漫游奇境记》，我都看过，为什么说这些东西现在影响了我们？一个是它确实影响了我们，还有一个就是你为什么选择它，它是作为你继承的一部分，或者说它成为你个人的传统了。

木叶：有没有受到稍早出道的作家，像马原或阿城等的影响？

孙甘露：《访问梦境》是 1986 年 9 月发表的，3 月份开始写作……马原我当时看得很少，因为他最初的作品也是在八五年底、八六年才开始发表，其实我认识他人比看到他的作品还要早……

木叶：自己的先锋写作是否有较为清晰可辨的来源？

孙甘露：没有，我觉得。不是不便说。我不是从某一个作家那里来的，但是态度或文体，这个可以说的，屠格涅夫我觉得是最明显的，像《猎人笔记》，一般认为，从技术上讲，翻译是个二手的东西，这对汉语写作者是个饶有趣味的问题，它包含了语言的法统、纯洁性、价值，甚至如何看待外来文化等问题，而且在各种层面上被讨论过很长时间，我有很多翻译家朋友，可以从他们讨论的几个例子来看看问题的不同面向。

翻译是误读式的，或者更极端一点，任何阅读都是误读，这也是学术上已公认的东西。这个误读我们也不要说什么创造性误读了，但它多少是有几分的，我觉得也不存在百分百的准确，在文学上不存在，或者说这不是最重要的，

另外，我觉得从逻辑上讲也是成立的，当某人说这个翻译是不准确的，前提是有一个准确的，不然何以说这个不准确呢？如果这个人的母语是英语，说这个话又有问题了，因为汉语是你的第二语言，合理性也会受到挑战？说这话的如果是中国人，英语不是母语，是第二语言或工具语言，不是跟你的生命、体验、感情联系在一起的，那么说这个话的时候……我刚才说了，它这里包含了一个道理：通过翻译是有一个准确的东西的，只不过是你认为这个不准确。

还有，具体来讲，有两个例子，一是叶芝讲自己深受希腊民间文学传统的影响，但是叶芝是不懂希腊文的，他的诗歌创作深受这个影响，甚至发展了他的诗艺，关于这个，我写过文章，他认为诗歌中一些技术上的东西并不是地区性的经验，通过翻译是可以传达的，就是说翻译不是个负面的东西。还有一个更绝的例子，索尔·贝娄《拉维尔斯坦》的原型——阿兰·布鲁姆，美国学界的一个泰斗，他主要是研究柏拉图、莎士比亚和卢梭的，他有一篇文章《对“信”的辩

护》，里边开篇就说到这个问题。在西方历史上，托马斯·阿奎那是从希腊文往拉丁文翻译亚里士多德，他的译本怎么样？他的这个翻译之重要，是后世研究亚里士多德的基础和典范。

木叶：类似于，今天的印度人研究他们当时的历史也要借助于玄奘的《大唐西域记》和所译佛经。

孙甘露：没错。正是基于这个从希腊文往拉丁文翻译的亚里士多德，阿奎那建立了西方历史上对亚里士多德的权威研究。要知道阿奎那是不懂希腊文的，我觉得这个没什么好讨论的，你可以说有不准确的，但不能说通过翻译是建立不了准确理解的，我要说的就是这个意思。还有林琴南的翻译，我看到近来也有许多另一个方向上的关于翻译的讨论。这样讲是在强调翻译之重要。

木叶：回到那个话题，是否不屑于写故事，抑或如一种批评所称的不会讲故事？

孙甘露：在这一点上，不太同意。不会讲故事曾经是一个时期对先锋派的诟病，当然不单是先锋派的，也有一些人被认为不会讲故事。这个呢，我觉得涉及几个问题：何为故事？牵涉到故事的定义，是不是小说从艺术上分析的话就等同于故事？另外，故事的概念在不同时期是有不同历史内容的，文学作品对两个东西做反应，一个是对小说的历史做反应，还有一个就是对时代、生活或艺术做反应，为什么你在那个时代那样写作？其实是对当时的文化环境，或者说是对小说艺术做一个反应。还有一个就是，也不能教条地看待这些。我发现你这次是经历了一个周密的考虑而来的，涉及几个比较要害的问题，一个就是（不同看法）产生的原因和关系，还有写小说的动力是什么，就是基于一个什么东西而来的。

什么是故事？我们把它提炼出来，就是你是否会像托尔斯泰那样讲故事？我们借这么一个人说话，他代表了十九世纪小说的传统。

木叶：可能至少有两个问题：第一，孙甘露是否会像托尔斯泰等传统长河中的作家那样讲故事？第二，孙甘露是否会像当代的余华或是谁那样讲故事？

孙甘露：同时代的作家，我觉得没法比较，原因也不必多说。跟托尔斯泰比较，不是因为他艺术成就高，而是他代表了一种传统，其实不是他个人，是他体现出来的那个时代的传统，或者说发展到那个时代的传统。但是，有时候我们不要忽略：托尔斯泰的小说跟俄国当时社会生活的关系，以及跟他的宗教传统的关系。我或者这样讲，毫不夸张地讲，以今天有的批评家的标准，托尔斯泰小说中大段的议论，未见得能够入法眼，托尔斯泰未见得是按照今天我们所俗见的方式在讲故事。

木叶：这个回应蛮有意味。接下来讲长篇《呼吸》，郜元宝说：“一次未必讨好的妥协。”这句话里有一个“未必”，一个“讨好”，还有一个“妥协”。

孙甘露：我觉得不是一个妥协，也不能说是一个转型，其实是我对小说样式进行思考的一个延续，当然我不能说这种话：“我的小说只能在我理解的意义上理解。”

木叶：那能不能逆推一下，为什么当初，《我是少年酒坛子》《访问梦境》影响很大，而《呼吸》无论是在学界还是读者层面，反馈信息都较弱？

孙甘露：《呼吸》出版于九十年代初期，那个时候生活压倒了想象。

木叶：很多人很看重长篇，譬如马原的《上下都很平坦》，人们会说它没有《冈底斯的诱惑》或《旧死》更具启发性或冲击力……

孙甘露：对马原长篇小说的反应，跟对《呼吸》的反应是一样的，所以说，它可能还包括另一个更深的东西。或者我们换一个角度讲，从实际的观察来探讨，可以说是八十年代中期开始的实验性——现在讲的先锋文学的写作——发生了逆转，或者说是停止。

我们也可以看看另外一些作家。我们就先拿一些人出来讨论。电视剧不算，我们就说小说，王朔还不是太典型，陈村、马原，还有更多的人，在那个时间以后，虚构的、叙事性的东西几乎都停止了。我现在抛开自己不讲。韩少功此后的小说是词典式的、散文随笔式的，

《马桥词典》《暗示》，你说这是经典意义上的小说吗？还包括张承志《金牧场》以后所有的作品……我们先举这几个人，其实还有很多。我们就从这个时代来看，这些人在写作上有问题吗？

木叶：没问题。西川有一说法，“当历史强行进入我的视野”。有渐变，有突变，还包括诗人海子的自杀，很多事情都发生了很大的变化。

孙甘露：还有刘索拉、查建英。上次我在北京遇到查建英，和她说到这个问题，这些人九十年代以后都在做什么？他们原来都是小说家，或者写叙事文学、虚构文学，当然风格不一样。都停止了。这些人，他们当初是以虚构的叙事文学对读者产生影响，然后，都不写了，或写得很少，但他们的影响还在。查建英是个典型的例子，她还是那个人，她关心的问题其实是有连贯性的，但是她不以小说的方式而是以别的形式——访谈、研究——继续产生影响。不是说你这个人就彻底被公众遗忘了，但为什么不是以最初出现的样子产生影响，而是换一种方式？包括王晓明，还有院校里大批人。当然跟中国社会 1990 年代起的转型有关，不少文学批评者从文学研究转向了文化研究，由对作品的研究转向了对问题的研究，所谓 1990 年代有了“问题意识”。

木叶：除了意识形态，还有一个就是市场经济的蓬勃，人的思维被打乱了，也被更新了。

孙甘露：从学界用的那些词就可以看出，当然有因为与西方交流增多的因素，院校里在场的批评家大多都到国外——哈佛等——访问过，也包括亚洲的日本、韩国，这批中青年学者教授都有这样的经历。他们的学术背景是世界性的，西方的背景已经完全不是一个陌生的东西，不像此前割断很久，现在很多人都在国外教书——张旭东、赵一凡，交流是非常充分的。查建英就是个典型的例子，给《纽约客》写稿，也给国内的刊物写稿。从使用的词汇来看，九十年代以来，本来是创作问题，现在变成文学的生产，"生产"的概念进来了，王晓明还写过一个文章。九十年代以后，文学创作确实是面临了一个变化，然后有一个时期，兴起"新市民小说""新写实小说"，这些概念也是"生产"出来的，它就是关心普通人的庸常生活。作家关注这个东西是有原因的（这样说好像之前作家不关心日常生活似的），在此前，那些小说试图谈论的是理想、宏大叙事，哪怕你写的是小东西，也是建立在这个背景之上，后来反过来了，关心日常的、琐碎的、微小的东西，把这些作为美学标志、特征，但这个时候，一些研究者渐渐疏远这些东西。

木叶：作家有点儿被打回原形的感觉，刚开始好像有点儿想为这个时代代言，后来发现其实自身的问题都没有解决，阿城也讲过"安身立命"的概念。很多东西已经釜底抽薪了，你只能从基本的开始，如"小林家一斤豆腐变馊了"，从这些说起。

孙甘露：对，不能孤立地看待一个时期的文学现象、作家作品。

木叶：换句话来说，在这个转型的期间，有没有一种痛？

孙甘露：写作的痛和个人的痛，每个人都有每个人的境遇，但又处在这个时代之间，痛与痛纠合在一起。当年，译文社出黑塞的一套文集时，让我写一个书评，我又把黑塞看了一下。在《荒原狼》里，其实我觉得黑塞是有一个魏玛文化的背景，然后忽然纳粹兴起，德国经历了一个巨大的转折。《荒原狼》里说："只有在两个时代的交替，两种文化、两种宗教交错的时期，生活才真正成了苦难，成了地狱。"其实就是转型，当然更多是指文化上的，这个东西使你陷入绝望，人所共知的。

木叶：痛还是要往下写。

孙甘露：这就是困难所在。

木叶：有没有怀疑过自己以前的先锋书写存在某种问题？动摇过没有？

孙甘露：就我个人而言，我没有动摇，此前公众就没有欢呼性的、热烈的反应，一开始就是这样——被注意到了，有反应了，这个反应跟我的理解是有距离的。但是文艺创作和批评就是这样的关系，或者是个人与时代的关系，有的人要跳出来讲，你们这样的想法是不对的，我也不能说我就是对的，别人不可能跟你的反应一样，有的人认为如果你不像我一样理解的话，你们的反应是有问题的，我并不这么看，我也没有太在意这个反应。

木叶：有没有想过先锋叙事和读者接受的问题？

孙甘露：我觉得读者是各种各样的，你不可能让更广泛的读者跟你的想法一样。其实我也没什么预期，写作是非常个人化的事，所谓反应不是说传达到你这里才是反应，我一直这样想，托尔斯泰根本不知道有个孙甘露在读他的小说，你不能说我的反应是不重要的，你也不能说托尔斯泰的写作因为没有我的反应就不重要了。我曾经写过：所谓的文学读者是后方的隐秘的读者，那些真正的读者未见得是你知道的，他们的反应未必能到你这里，文学作品发生影响的方式实在是太隐秘了，研究不过是一个方面。也正是基于这个，我不会对我接受到的反应这么在意，有一个例子可以说，我读这些经典作家的作品，他们没有一个人是认识我的。这个叫“隐秘的读者”。

木叶：与你谈话时你会说这个事、这个名字不要提了，生活中的你似乎规避性很强，而在文本中冒险性冒犯性很强，有一种反差，矛盾吗？

孙甘露：我觉得很好理解啊。因为人做反应，它很复杂。比如说我们在开会、在饭桌上、在讨论，有人提出对你的一个说法、做法的批评性反应，我通常是一笑了之，我不会说你这样是不对的，我即便这样说也是玩笑式的："我的看法和你不太一样。"我不会和你较真，反映到文学批评上也是，别人是基于别人的立场和背景来做反应的……（真较起真来）一笑了之的人并不那么多的。

木叶：2007 年，刘苇在同济大学举办的你的作品研讨会上说，同样是先锋，残雪和孙甘露是两极，孙甘露在天堂，残雪在地狱，其他人在炼狱之中。这个说法别致。

孙甘露：因为他没有展开，我不能很准确地理解是什么意思。可能包含这样的意思，炼狱这个概念，从但丁那儿来的，但是炼狱这个东西还是跟人的世俗经验有点关系；天堂地狱的概念呢，因为残雪的作品我读得不多，不能描述残雪的创作，但是因为一般公众把残雪描述成写比较极端、比较丑恶、比较泥泞的东西，描绘人性扭曲的东西，包括文化中的。从语言的优美程度来讲，可能一个是在这一极，而一个在另外一极，相对来说，包括语言、叙述方式、小说的内容或涉及的问题，我猜测可能有这些因素，但是因为他那天是个简单的发言，没有展开，我就不知道他究竟指的是什么。

木叶：沈宏非也有一句话，很有意思，他说其实孙甘露有点像村上春树。村上春树长篇巨制很多，而你低产，但如果从文本来看，都有一定的异想性，比较接近。

孙甘露：村上春树的小说我读过几本，但是只不过有一本是精读的——《国境以南，太阳以西》，我觉得不错，我蛮认同的，其他作品我没有仔细读过，只不过翻了翻。我觉得我们不能简单地因为他畅销，就把他归入通俗作家的行列，他的文学作品从叙事艺术上来讲还是反映了各式各样的问题。其实从日本来讲，有一种是像川端康成这样的，叙事艺术很日本、很古典、很传统、很温和；也有非常西化的、强烈的，就像村上春树、五木宽之；但也有一些介乎两者之间的，非常日本化，但从理念上来讲又非常西式，精神上是东西方绞在一起的，比如说太宰治、三岛由纪夫。

说到来源问题，也回到刚才我们讨论过的话题，有些问题在我看来不是问题，但公众觉得是问题，谈这个有点困难了。对我来说不是问题，所以我没想过，但是没想并不意味着对这个问题没认识，就像刚才说别人批评我通常不做反应，没什么好说的；比方说西方作家的影响，毫无疑问，我受过大量西方作家的影响，但是有一种感觉，你如果受中国传统作家的影响，好像就是正面的，受西方作家的影响就变成负面的了，这非常可笑。因为中国古典的书没少读，而且你怎么可能不受中国传统作家的影响。你是个中国人，你使用的是汉语，我觉得这种影响更潜在、更隐秘、更深入，或者你从笔记小说，包括一些零散的东西中，比如《世说新语》，像《老子》《庄子》这些思想性作品里也有叙事性的东西。不过中国古代文学的分类和现在不一样，从这个意义上讲，你的影响又是来源于这个传统，但不是说受传统的影响就是亦步亦趋。苏格拉底、柏拉图、亚里士多德这种谈话式对话式的作品——阿兰·布鲁姆有过详尽的分析，为什么是对话——包含了很多哲学性的东西，在中国古代也是这样，一些片段的故事、传闻，都作为一种传统流传下来，包括竹林七贤的故事，人们对那个时代压抑的反应，要分析的话，问题很多。

木叶：我有一种感觉：孙甘露的模仿者好像在当下很难找。换个角度来想，如果孙甘露式的作品在新世纪出现的话，还会像1980年代产生那种影响吗？

孙甘露：就我个人讲，我肯定不是当年的那个我了，即便今天我还在写作，还没有写完，但肯定不是那个我，我即便理论上还是那样写，也已经不那样写了，因为你还是变化的，我们也不说发展，也不说进化，我们说演化，我喜欢用比较中性的词来描述。开玩笑地说，模仿者少，可能有两个因素，一个是公众的影响可能不是那么大，这是坐标往下来看；往上来看，可能是比较难模仿。

木叶：我觉得的确是难模仿。

孙甘露：我想表达的意思是这是个终极性的东西，可能把别人的路给堵死了，别人再这样做的话就是东施效颦，就变成一个游戏，要么变成反讽性的东西。你写五十个关于信或什么的定义也不是不可能，但这些东西的意义已经被消解了。

木叶：《访问梦境》刚开始引了卡塔菲卢斯的话，“到了结束的地方，没有了回忆的形象，只剩下了语言”；韩东曾说，“诗到语言为止”。

你如今对语言是怎么看的？

孙甘露：那个时代，语言问题作为一个很主要的问题出现，这跟当时大的背景是有关的，当然今天学术界还是有争议的，所谓从哲学向语言学的转向。一些语言学家开始从语言问题、表述的真实性，包括分析哲学、实证主义，从这样的角度来谈论问题。二十世纪的文学运动跟哲学、心理学、新兴科学都是密切相关的，认为语言是个差异系统，注重语境的问题，注重上下文关系，不能孤立地看待人物，语言是充满了变化的。索绪尔所说的语言是最深层的系统，不是那么稳定地指向一个目标，这个说来话长。这些影响了我对语言的态度，可能这也是一些人认为我不是一个写故事的人的原因。

在通常的经典意义上，故事是个稳定的东西，你的语言是用来描述这个东西的，使用语言最终把这个故事呈现出来，当你一开始就质疑语言的时候，那你怎么还能期望呈现一个稳定的东西呢？我觉得这是蛮核心的问题。你本来就质疑语言所呈现的真实性，你怎么还能指望它呈现一个稳定的东西？其实我这样做，在某种意义上，它的架构和意义就已经被消解了，一边在建，一边在拆，所以不能指望一个故事，不能说我现在的企图就是要一个稳定的故事……

木叶：余华在变化，格非也在变化，读者也很关心孙甘露的新的可能。

孙甘露：我不是个算命先生，不能预测我的未来，我要是知道的话，这太可怕了。对我来说，这蛮天然的，不是说因为你们这样，所以我要那样，不是这样的，而是我只能这样，或者我比较认同自己这个做法。还有一点，这种实验性冲动以及对传统经典意义的消解，包括对故事这个意义的消解，我觉得这个实验是有价值的。

我也一直在考虑小说的样式，尤其是这十来年出版的作品，比如说奈保尔，他有他的叙事作品，也有非虚构的，比如“印度三部曲”，库切的小说、石黑一雄的小说，包括法国新小说派，这个生态太好，他们还是像司汤达、巴尔扎克那样写吗？完全不一样，但你不能说它不是小说，像克劳德·西蒙的小说，要是按有的人的观念，这些都不是小说，或者说不是故事。有的人可能理解的是比较古典的、三一律的、戏剧式的，但是这个古典的、三一律的、戏剧式的故事是基于古典的人对世界的看法而产生的，今天不这样看了。但是这样说，问题还是被简化了。

木叶：可能又要回到有关读者的问题。

孙甘露：从阅读的角度上来讲，当然希望有更多的读者，但我觉得这个是有问题的。这个问题隐含了另一个问题，比如说，你阅读上的难度就变成读者少，读者少就包含不能被理解和充分消化，不能被理解和充分消化就变成价值比较低……包含了这样一个顺序，这个逻辑关系成立，但不是永远成立，举个例子——当然抛开我，我这个人就是这种性格——比如说《项狄传》，在历史上的价值和意义还用讨论吗？但你说有几个人读完的，有几个人读懂的？或者说研究者能够做出精道研究的也太少了，这就是一个反例。这反映了公众的阅读和研究者可能完全不同，研究者是经过训练的。

木叶：还有一例就是《尤利西斯》，真正从头到尾啃完的，少之又少，但似乎谁又都可以讲讲。但的确有作品是又好看又有先锋性的，举个中国的例子，《黄金时代》《动物凶猛》，有所探险又广为接受，想过写这样的作品吗？马原一度想写一部畅销的小说，这谈何容易。近年的《牛鬼蛇神》也不是很多人所期待的样貌，至于完成了作者自己的多少构想，也不好说。

孙甘露：我肯定不能写。畅销是可遇不可求的。我发表作品到现在，中间不断有采访、有访问，但是我觉得直到现在，像你当然还有其他一些人的谈话才能渐渐激起我的欲望，当然我也不能指望像你这样的读者太多，不可能的。

坦率地讲，写了一本书，它畅销，何乐而不为呢？但是，你说"我要写一本畅销书"，我怎么知道怎么才能畅销？

我不是不喜欢金庸，我是不喜欢读武侠小说。当年陈可辛来放《投名状》，我曾说过，以前的武侠电影和武侠小说，为什么我不喜欢，因为这些武侠电影和武侠小说写一些飞檐走壁的绝世武功，里面的人为了一个什么事情，几代相传，杀杀打打，我觉得传达的意念是非现实的，试图要表达的是从历史中挣脱出来的东西，或者像昆德拉所言——小说的历史不是简单的人类的历史。昆德拉在《被背叛的遗嘱》里讨论过这个东西。武侠小说的特征都是非现实的，但是它永远要假托一个真实的历史环境，试图对真实的社会历史做反应，做一个反拨。我为什么要花二十年来找一本秘籍，花五十年来练，然后人变得长生不老，学会一统天下的盖世武功，扬善惩恶？它其实是基于对现实历史的反应。

武侠小说我不大喜欢，不过有两部我是通读的，一个是梁羽生的《萍踪侠影》，一个是古龙的《多情剑客无情剑》，里边很多段落我还记得，但其他东西我看得很少。

其他畅销的，像斯蒂芬·金，我看过几部，我觉得他的小说改编成电影更有意思，我也喜欢，包括《肖申克的救赎》。还有阿加莎·克里斯蒂，改编成电影以后，包括《东方快车谋杀案》、《尼罗河上的惨案》、“马普尔小姐的故事”，我蛮喜欢的。她的小说我读过不少，我不是完全排斥这种类型小说，而且在艺术价值上，并不因为它是这种类型性的东西就低，我反而觉得有很高成就。还有钱德勒，美国硬汉派的，那一路的我也看过不少。还有迪伦马特的《法官和他的刽子手》。所以我觉得文学的地图不是一张单一的地图，它可能在某些方向、某个地方是交会的，迪伦马特完全可以看作一个现代主义的作家，他的戏剧作品《贵妇还乡》《物理学家》我都看过演出，我觉得非常好。所以，我不是一个只读实验性小说的人。

木叶：一些人一直认为中国没有都会小说，孙甘露的小说其实是比较特别的都会小说、城市小说。而且，你的气息之所以与别的先锋作家不同，和这一点的关系很微妙。

孙甘露：不是有意如此，我不知道我写的是不是都会小说，那个时候我没有想过这个问题。

木叶：我注意到，你探访过张爱玲故居。是什么感觉？

孙甘露：那个很早了。我有个朋友叫曹小磊，兴趣非常广泛。在九十年代初，上海演过一台话剧，不过张爱玲小说……我读得不多，读得不多就是不太喜欢，非常喜欢肯定就猛读了。因为读得不多，就没有权力，或者说不能非常有体会地来发表看法，我们就不涉及评论因素，简单讲几个：第一,八十年代末、九十年代初，张爱玲作为旧上海的表征，被不断消费。改革开放后被引进的夏志清那本小说史被学界、被传媒广泛传播。夏志清的作用是毫无疑问的，他谈的几个人，沈从文、张爱玲等，有很多很复杂的当时的文化语境，张爱玲已经变成一个时髦的符号，她不仅仅是她写的那些小说，而是被赋予了很多的含义，这个余波被李安的电影《色·戒》推向了极致，在电影中被赋予了新的东西。如果仅仅怀旧，就太简化了，我看最近戴锦华谈到国族问题、离散经验……张爱玲的身份、张爱玲和胡兰成的关系、胡兰成《今生今世》中《民国女子》那一章，以及丁默邨和郑苹如的关系……原来小说里面那个易先生是没有名字的，就叫易先生，到了电影里变成了易默成，当然你也可以望文生义地看成丁默邨和胡兰成，三合一。戴锦华说的这个观察非常有意思，涉及的东西非常广泛，分析精到。你很难想象一个大陆本土导演来拍这个文本。不是没有能力。如果李安是个大陆导演，不可能拍，他利用自己的身份，也利用

“张爱玲”——如果原著不是张爱玲的，这个东西是不可想象的。所有这些人，因为传播的原因，在文化中的影响力，以及好莱坞电影文化的侵蚀乃至世界性的扩散，都影响了影片的拍摄。你可以把李安看成另一个夏志清，夏志清是理论版的李安，他在当初也起到一个推动性的作用。

木叶：中国如果有一百个张爱玲、一百个木心，就像一个大国了，有这种说法。

孙甘露：木心对他的书的出版是有很高要求的，他是要按照他的方式来出版。被陈丹青大力推荐到大陆以后，未引起巨大的讨论，但是在台湾出版的时候引起木心热。在大陆，环境和时间被置换了，所以公众的反应不像当初木心在台湾的反应，表面的问题是陈丹青把木心捧得太高了，别人觉得没那么高。我的意思是且不论他有多高，这样的作家不多了，不要说一百个木心，如果有一百个如此不同的人，每个人都有十多本这样的书，那是什么局面？

木叶：木心的故事与上海关系紧密。咱们进一步谈谈我们置身其中的这个城市。有人说上海是母的，你一直对上海有一些很精到的论述，似乎对于上海又爱又恨……

孙甘露：我生在上海，没有离开过，我觉得对它的感情很难描述，另外它又不是一个我们通常所说的故乡式的存在，乡土啊、风物啊，它是一个急剧变化的城市，天翻地覆了，浦西已经非常城市了，浦东几乎是个新城，它不断在变。这些物质性的东西对人是有影响的，就像一座山、一棵树、门前的一条河一样，这个东西刻在记忆里。就像我们小时候住的小区的细枝末节，楼怎么拐弯，街边有家小胭脂店，对你肯定有影响，跟你的记忆是维系在一起的，它不单单是个建筑。人跟人是靠这个东西维系的，不是纯粹柏拉图式的精神恋爱，尤其是涉及故土。上海也有蛮强烈的国族问题、离散经验，我所写的那个电视片《此地是他乡》，包含这样的潜在问题。

木叶：传说中的《少女群像》其实已经零散地发过，为什么还没整体出版？

孙甘露：因为我一直在修改，一边写一边在变想法。

木叶：也是探索性很强？

孙甘露：禀性是改不了的，但是也试图有一些变化。基于一个很简单的原因：对于写作的变化是有诉求的。想法一直在变化，写作也不停地试图有所变化。

木叶：是否就是 2018 年初媒体广为报道的《千里江山图》？何时可以读到它？是否真的如报道所言，讲述主人公因一幅古画而遭遇迷幻的经历，在错失珍贵的感情之后，重新认识女人、家庭、国族之于一个中国人的意义？

孙甘露：最初是受孙良、徐累的影响，试图从这个角度切入，但是没有完成的作品，就永远只是一个设想。

木叶：而今对于先锋的理解与当年有何不同？新世纪或近年来，有哪些（年轻）作家或文本令你看到了先锋精神？我个人觉得《三体》《人类学》《国王与抒情诗》这样的文本，还有阿乙、李浩、弋舟、赵松、霍香结、赵志明等人都有各自的探索性和异质性。

孙甘露：这些作家的出现，或者说受到文学界广泛的关注，是一个非常重要的征兆，他们就是今日先锋。

木叶：你上次曾对我说可以把基耶斯洛夫斯基视为自己的“偶像”，在谈他的时候，你提到一个人是否会生错时代。很多人也在讲这个问题。你觉得自己呢，想生在唐宋，还是巴黎纽约？

孙甘露：先不说基耶斯洛夫斯基这个说法。以前有个想法：生活在另一个跟你精神相吻合的时代。但我今天已经完全不这么想了，我觉得这就是我的时代！我觉得人都是应运而生的，而所谓的另一个时代是基于阅读而来的，文字激发想象。有一个问题，为什么写作好像停止了，或者说面临变化、危机。我觉得这对作家来说是好事，如果你复制以前的东西，太容易了，你已经很熟练了。我觉得面临危机是个好事，表明作家试图在求得一个变化，向一个核心、更深的地方挖掘。

木叶：“这就是我的时代”，那么上海是否就是“我的城市”呢？

孙甘露：我以前这样说，别人容易产生误解。

木叶：一些人在说上海的时候，好像说和它很融合就把自己说低了，这个蛮怪的，其实上海曾经拥有鲁迅、张爱玲、茅盾、巴金……文学文化富有实绩。

孙甘露：我明白你的意思，当人们从一个比较负面的角度来谈论上海的时候，我觉得它是我的。从波德莱尔的这个意义上来说，上海是我的，或者说我是上海的；当人们在赞美它的时候，它是所有人的。

在今天，实际上汉语的古代典籍，在某种意义上也已经成为需要翻译的文献，不仅对个人而言，从文化的源流看，今天也已是歧义丛生，需要仔细辨析。

木叶：最后一个问题，无论作为作家、知名读书会的策划，还是作协的领导，经历了很多采访，最怕回答的问题是什么？

孙甘露：我害怕因为年岁渐长，以为自己获得了全知的视角，对什么问题都有一个现成的答案。这是需要警惕的。我希望自己像个新作家，不然写作还有什么意义？当我的亲人、挚友在完全无助中离世时，才使我意识到短暂之永恒。

原刊于《大家》2019 年第 1 期

孙甘露 × 木叶

我希望落伍一点、慢一点、少一点

● 语言

木叶： 你曾说自己“从小所受的比较完备的教育是孤寂和冥想”，那么你与文学的关系究竟是怎么发生的？

孙甘露： 我 1966 年入小学念书，1976 年毕业离开学校。从那个年代过来的人，差不多都知道那意味着什么。我父亲是个军人，在六十年代末随军去越南作战，我那个时候十来岁。“孤寂和冥想”大约就是这么来的。

木叶： 近来，“流水”几乎成了一种体例，你正是有影响的提倡者，大家好奇“上海流水”具体有什么所指？

孙甘露： 是言其小，言其日常，俗话说“流水账”。刘苇指出从地域上来看，上海临海，有江、有河，水域与城市有着休戚相关的联系，也可能有这个意思，我想还有变动不居的意思，说得文一点就是“子在川上曰：逝者如斯夫”……

木叶：《上海流水》一书里面收有不少诗歌，“诗歌的孙甘露”是大家接触得较少的……

孙甘露：我诗歌发得少，1993 年《在天花板上跳舞》那本随笔集里选过一部分。我写诗所受的影响比较复杂，甚至受到过具体派、自白派的影响。国内诗人的作品也看过不少。我的诗歌是有点散文化的，有着口语和日常生活的一些痕迹，而我的小说语言却一直有着强烈的诗歌的印记。多么奇怪。

木叶：你曾感慨王道乾先生将杜拉斯的《情人》译得很好，那么你当初对语言的自觉，受谁或是什么事情的触发？

孙甘露：很早时主要是中国古典文学，唐诗宋词，四大名著。另外，早期读雪莱的诗集和莫洛亚的《雪莱传》也有影响。真要说触发，有这么几点：一、天性和内在的需求，你让我做阿城我也做不了，尽管我很崇敬他；二、是学习的，不是石头里蹦出来的，当然一个人到底吸收什么、怎么吸收，这又和天性有关了；三、大的气候，那是一个各方面都对变革有着强烈需求的时代，写作上的实验可以说是应运而生。

木叶：“木心”这个久违的名字热了起来，但也有很多争议，同样对古典和语言敏感的你怎么看待这个问题呢？

孙甘露：这是一个复杂而有趣的问题。我在《上海壹周》上发表过一篇文章《述而》，谈过一点看法。

● 先锋

木叶：现代主义中对你影响最大的作家是谁？我看余华把影响自己的人说得很清晰，从川端康成到卡夫卡，再到狄更斯、马尔克斯、陀思妥耶夫斯基……

孙甘露：就小说来讲，有马尔克斯、博尔赫斯、胡安·鲁尔福、卡尔维诺和俄国的屠格涅夫、高尔基……这份名单太长了。不过我觉得作家关于创作的讲法大多是不可靠的，是要打引号的。皮兰德娄有过这么一个意思：作家是双重身份的、戏仿的、反射的，反正是一些很戏剧性的字眼。

木叶：你以小说家闻名，但看你的散文比看小说更有感觉，这是否有些讽刺意味？一些生于八十年代的朋友觉得你的作品不易看进去，自己觉得呢？

孙甘露：这跟对小说的认识和诉求有关吧。可能有的“80后”作家写作品首要的是让人能进去，我也不是就为了让人不进去，但我并不担心读者进得去与否。同样是年轻的一代人，小饭、张悦然对同一个作品的感觉也会相差很远的。

木叶：余华曾表示自己主要是通过网络等了解发生在这个世界上的事，这或许有一定代表性：著名作家的切肤之痛少了、弱了。你怎么看待作家和生活的关系？

孙甘露：以前都说作家要“深入生活”，仿佛我们在生活之外似的。文学作品不可能凭空而来，但这并不是纸面上的宽广，就比如说卡夫卡，他就是一个职员，有那么多壮阔的生活吗？但他思考的深入，非同一般。生活是没法选择的，普鲁斯特躺在家里，门窗都紧闭，但是写出了《追忆似水年华》，当然，这是不可复制的。一个人一年见五百个人或只见五个人，都可能成为作家。

木叶：先锋作家的“突围”，似乎大都不是太成功，有的干脆歇笔，究竟是什么原因呢？

孙甘露：从那个时代过来的作家，九十年代以降都发生了转变，有你说的歇笔的，也有更能写的。谁知道呢？我们又不是算命先生或者气功师，可以隔着瓶子把东西取出来。我们还处在时代的瓶内，是套中人。

木叶：阿城说先锋派是“另开一桌”，并没有像王朔那样真正影响到日常生活的语言，作为先锋派的一员，你怎么看？

孙甘露：阿城和王朔都是了不起的作家，在某种意义上，王朔对公众的影响多一些，阿城对作家的影响多一些。至于我个人，从两者身上获益良多。

木叶：早期小说《信使之函》用的是“信使”而不是“邮递员”，而且是“之”、是“函”，但写法上又很先锋，我觉得你作品里那种先锋一开始就和古典结合在一起了，后来更是有了《忆秦娥》《天净沙》等作品，这是什么原因呢？

孙甘露：联合国教科文组织有一本很有影响的杂志《信使》，《信使之函》的“信使”就是从那儿来的。至于以词牌命名的小说，显然，是从典籍中来的。

木叶：那可以说你是一个“书本型”的作家吗？当然这个词可能很不准确。

孙甘露：我希望我是，但我不是。

木叶：我发现你的小说《访问梦境》《忆秦娥》等不断出现梦，散文里也有梦，是有意为之吗？

孙甘露：一个是受英国浪漫主义诗人的影响，像雪莱、济慈、华兹华斯、柯勒律治，当然还有弗洛伊德、拉康、齐泽克等对梦的解析，梦是一个很好的载体……

● 疑问

木叶：作为五六十年代出生的作家，你的书里有着一种不是很多见的时尚感，是上海这座城市赋予的吗？

孙甘露：时尚和落伍、快和慢、多和少，人们乐于这样分类。从写作的角度看，我希望我落伍一点、慢一点、少一点。

木叶："我对上海这座城市是冷漠的。但这是情人的冷漠。它包含了无数的触抚、思索和体会。"我想仔细听一下关于"情人"的见解。

孙甘露：你用手摸摸冰，它是会灼伤你的。

木叶：电影似乎是你生活中重要的一部分，比较喜欢哪些导演和影片？电影对你的小说创作有什么影响呢？

孙甘露：像侯孝贤、侯麦、塔科夫斯基、特吕弗、戈达尔，还有法斯宾德，大陆的姜文。我想把我的作品拍成电影，我是说自己拍。这就是影响。

木叶：问几个大家的疑问。《时光流转》里有一句，体现了你是如何喜欢用长句的："我们需要留心杜拉斯中译本为我们营造的，在语言和时代的狂风中，那不易察觉的内心的摇晃之桥。"

孙甘露：现在已经少了，我试图减短，在“流水”中已有体现，像我才记的和刘索拉、阿城他们聊天后的文字：“夜豪雨。天亮散去，院内道路积水，阿城老当益壮，领头援墙而过。”我并不是说要完全变成短句子，慢慢来，有张有弛吧。

木叶：你特喜欢引用，小说里不断引用，散文里也是，才一两千字的《一切都有待艺术来拯救》里居然有十几句引文……

孙甘露：本雅明曾经希望写一本全部由引言组成的书。意味深长啊。

木叶：你的小说还给人一种“破碎感”，甚至有人说你写的不是小说。有兴趣再谈一谈“用洗牌的方式讲故事”和“反小说”吗……

孙甘露：那些喜欢给小说下定义的人，你还指望向他们解释什么？

木叶：大师在于不断超越自己，而中国作家越是到了壮年越是写不出好作品，要么重复自己，要么脱离当下，你怎么看？

孙甘露：各有各的原因吧。写作是多么艰苦的事，其他事情也一样，运动员的成绩要提高一厘米，谁都知道有多艰难，而唯有作家的写作好像随便就可以自己把自己超越了。大师？要是对文学史有兴趣，就会知道他们都遭过什么罪。

木叶：“陈丹青有一次跟我说，你的身体里还住着一位女性。”受这句话启发的长篇《少女群像》大体讲的是什么，进展如何了？

孙甘露：关于这本小说我已经说得太多了，等它出版了我送给你看吧。

木叶：最后，有没有想过活跃于八十年代的作家（人）和生于八十年代的作家（人），对于文艺、生活的看法都有什么不同？如今，经历了两个颇为不同的时代，自己有什么焦虑吗？

孙甘露：我不会因为年代而焦虑，我们要担心、焦虑的东西已经太多了。

2006 年 6 月

孙甘露 ×《外滩画报》

文化总是如钟摆一样来回摆动

《外滩画报》： 作为一位对语言非常敏感和自觉的作家，您如何看待昆德拉的语言特点？

孙甘露： 对任何一个作家来说，语言问题都是第一性的。而第一流的文体家的作品则包含着更为丰富的意识形态信息。从译文的层面看语言问题，其实已经成为一个特殊的文学问题，也是“影响的焦虑”之一种。对于其他语种的读者来说，理解的难点，是普遍存在的，而且将永远存在，并不因为读者对母语之外的其他语言的理解的增加而减少。不然的话，人类真是太幸运了。

《外滩画报》： 您是否觉得如果不能直接阅读其作品的法文原文，会使您在回答上一个问题时感到困难？为什么？

孙甘露： 应该还要加上捷克文。我问过一些法国作家和捷克作家，他们对昆德拉的法文写作和捷克文写作有着截然不同的评价。我的作品的法文版读者也会遇到同样的问题。在此，这个问题的重心已经移向了昆德拉的译文的语言问题。

劳伦斯·韦努蒂认为："翻译以巨大的力量构建对异域文化的表述，同时也构建着本土的（顺服）主体。翻译产生的作用，可以是保守的也可以是逾越常规的。通常，对异域文本的语言及文化差异性的压抑，使翻译消失，被吸收进目的是语文化的主导价值之中，变得易于理解，因而表面上看似乎没有翻译过来。"你看，困难多的是。

《外滩画报》： 昆德拉长期使用法语而不是母语写作，对此您怎么看？您觉得这更多的是一种写作者的生存策略（他后来基本生活在法国），还是一种有意的文化意义上的选择？而语言的选择，对一个作者而言有着怎样的意义？

孙甘露： 远离自己的祖国，母语差不多是唯一可以携带的重要行李了。所以，对作家来说，生存选择从来就是文化意义上的。流离失所，如何选择语言？只有读学位的人才选择语言。

《外滩画报》： 我上大学的时候，不少同学买了昆德拉的作品，书中的性爱描写曾是原因之一。您觉得昆德拉书中的性爱描写，在其作品中占据着怎样的地位？它和劳伦斯或米勒等人的性描写，有什么不同？

孙甘露： 在"东欧剧变"之前，性在这些国家的阅读中，就是某种意义上的政治。在性的压力和政治的压力彼此覆盖的情况下，将性行为、性关系理解为政治性的也是不奇怪的。但是，这也早已经成了陈词滥调。过了这么多年，你的同学也已经长大成人，他们看待文学作品中的性描写的立场会有所变化。都会中的性是习得的，而对性的沉思在不知不觉地改变着它。它在昆德拉的作品中所占的位置是恰当的——如果真可以如此肢解作品的话。所以，在性这个方向上，比较他和另两位作家的作品无关宏旨。

《外滩画报》：昆德拉的“反媚俗”，曾经被人指为有“诛心”之嫌。作者对个人选择的居高临下的评价，有一种道德或文化上的优越感和不宽容，因此有人曾经提出“反‘反媚俗’”，对此您怎么看？

孙甘露：思想的重要性正是通过其对立面得以揭示，而文化的多样性正包含着差异和歧义。一种观点被移至相异的环境中，激发起道德方面的困扰，正是其意味深长之处。常言道：“文化总是如钟摆一样来回摆动。”有活力的文化应该对等级差异表现出敏感。

《外滩画报》：昆德拉的作品在中国常常会被赋予较多的政治意义，当他在法国居住生活了那么多年以后，您觉得他当年逃离的祖国捷克，对他的创作到底还有多大的影响和意义？换句话说，冷战意义上的政治意识形态主题，在昆德拉作品中占据了怎样的空间？有我们所理解并阐释的那么重要吗？

孙甘露：这在他的作品《无知》中有正面的回应。昆德拉从词源上分析了 nostalgie 一词在欧洲各种语言中的流变及细微差别。他涉及的就是由未满足的回归欲望引起的痛苦。他从《荷马史诗》中寻找源头，以尤利西斯和卡吕普索的故事来喻示他的处境。他写道："荷马以桂冠来颂扬思乡之情，由此划定情感的道德等级。"《无知》第二节可以回答您的问题。值得一读。

《外滩画报》： 昆德拉曾对由《不能承受的生命之轻》改编而成的电影《布拉格之恋》大为不满，并从此拒绝任何形式的作品改编。因为对误读的反感，昆德拉对各种译本都非常慎重，比如，昆德拉不允许中译本中出现任何形式的前言和后记。作为一位作家，您对此有何看法？

孙甘露： 误读是文化传播的一部分，而误读中常常包含了有意思的信息。对误读的反感和误读一样，都是无法彻底避免的。作家对他作品的其他语种版权有要求，是自然不过的事情。但是，正如昆德拉在别处所写："作品有其自己的命运。"

《外滩画报》： 最后一个问题，您认为中国读书界八十年代的"昆德拉热"和今天的"昆德拉热"（据几家书店排行榜显示，《不能承受的生命之轻》在相当长的一段时间内属于"热销"书籍），有什么不同吗？如果有，是什么？

孙甘露： 简单地说，这是由中国的体制和文化现状所支配的，正如艾柯和奈保尔这样重要的作家没有广泛流行一样。

2004 年 9 月

孙甘露 ×《周末画报》

春天不是读书天

《周末画报》：这个春天你计划阅读一些什么书？最近在看一些什么书？

孙甘露：很抱歉，我读书向来没计划，这是小时候养成的习惯。那时候好书得之不易，大都是随手抓到就读。环境所致。最近在读的书：译文社新译的《洛丽塔》、翁贝托·艾柯的《波多里诺》、彼得·盖伊的《魏玛文化》。还有李旭和孙良推荐给我的有关宋代书画方面的著作。

《周末画报》：你觉得有没有一些书是特别适合春天阅读的？可不可以给我们推荐几本？

孙甘露：天气转暖，读书就是件犯难的事，我老在犹豫要不要出门溜达。强读的话，就选阿娜伊丝·宁的《亨利与琼》好了，要是还觉得不过瘾，就挑战齐泽克，这家伙智力超人，书中有好多段子。

《周末画报》：你觉得春天读书的心情和其他季节有什么不同？你觉得春天是不是一个适合读书的季节？

孙甘露：春光大好，潜心阅读不易。如果不是术业专攻，捎本书出门好了，边游玩边惦记着，不都是这样的吗？

《周末画报》：你在春天的读书方式是什么样子的？比如说什么样的地点、什么样的阅读状态等等。

孙甘露：我在饭桌上读报，在卫生间翻杂志，在床上看书，正襟危坐时对着电脑浏览八卦新闻。真正能影响你的东西怎么着都会影响你，春天也不能使你幸免。

2006 年 2 月

孙甘露 ×《名城早报》

小说的本质是虚构，而非所谓故事

《名城早报》： 在文坛中，通常您被定义为“八十年代中期兴起的先锋文学的代表性作家”，对于这样的定义，您自己有什么看法？

孙甘露： 我们这里所说的“先锋文学”是一个约定俗成的说法，最初它也被描述为“探索小说”、“实验小说”或者“新潮小说”，并没有一个完整准确的定义，客观地说，大致指涉的就是上个世纪八十年代起格非、苏童、马原、余华和我的创作，当然，这只是约定俗成，在不同的人眼里，可能还包含了其他人。

《名城早报》： 您是怎么定义“先锋文学”这一概念的？从您个人来说，选择这种文学形式的原因是什么？

孙甘露： 下定义这样的事情还是留给其他人来做吧，文学形式从本质上说是没法选的，它是你内在的一部分，你所能做的，只是通过写作慢慢把它找出来，不相融的东西，塞给你也会散失的。

《名城早报》： 大众普遍认为“先锋文学”从形式到内容上都让人难以

理解，是给少数人看的东西。您是怎么看待这种“艺术至上”的文学表现方式与大众阅读之间的关系的？

孙甘露：这只是某些评论家误导读者的言论，“先锋文学”从来也不是艺术至上的，顺便说一句，艺术至上也没什么不好。至于读者的数量，并不是一个判断作品的标准，这也是常识。况且，多和少只是一个相对的概念，正如“理解”也是一个相对的概念。

《名城早报》：在您的作品中，几乎所有的叙事都是以上海为背景的，似乎这个城市在您的心目中有着极其特殊的地位。您对上海是一种什么样的情感？为什么在您的作品中从来没有表现出对上海以外的世界的兴趣？

孙甘露：我出生在上海，一直在此居住、生活，而其他的地方，我不了解，这就是主要的原因。另外，写作也是探寻的方式，这也可以看作是我试图发现、理解上海的原因，它几乎是我全部的世界。

《名城早报》：听说您曾经有过作为邮递员的工作经历。通常邮递员看城市的视角会比常人更加广，但观察到的事物通常都只是片段而已。对作家来讲，是否可以把这样的经历看作很有价值的累积？

孙甘露：就一个作家的作品而言，任何经历都可以是有价值的积累，反之，如果我不写作，哪怕有着皇室的经历，那也只是一堆个人经历而已。

《名城早报》：所有写作都起源于阅读，能讲讲您的阅读经历吗？您是怎样开始写作的？哪些文学作品对您有过影响？

孙甘露：绝非敷衍地说，这个名单很长，最初给我留下至深印象的是司汤达的《红与黑》、海涅的《歌谣集》、莫洛亚的《雪莱传》、辛弃疾的《稼轩长短句》。

《名城早报》：您的作品中经常会出现引文，甚至有人把这作为您作品的特征之一。这首先基于您平时的阅读。在阅读方面，您有什么心得？最近在读的书是什么？

孙甘露：你可以在很多经典作家的作品中发现引文，援引的意图和方法各有不同，它可以是提示性的，也可以是反讽的，简而言之，这是一种修辞方式。至于阅读，我的意见是，一、多读，二、读好作品。

《名城早报》：也有人说您的小说中缺少故事，尽管诗化的语言让人在阅读上有一种快感，可是缺少一根脊柱。对于这种说法您怎么看？

孙甘露：各人对故事的理解不同，我们的小说缺乏的不是故事，而是对故事的恰当的理解。换言之，小说的本质是虚构。在这个意义上，你可以知道一个作家的个人经历对他的写作而言究竟意味着什么。

《名城早报》： 您现在的另一个身份是《上海壹周》的总编，在主持这样一份周刊时，您怎样把自身的优势融入日常工作中？对您来说这份工作最大的挑战是什么？

孙甘露： 准确地说，我的身份是《上海壹周》的总策划。这工作给我带来诸多乐趣，使我有机会和年轻人在一起，了解他们，并通过他们了解这个变化着的城市。

《名城早报》： 我们《名城早报》从定位、形式到内容上，都与《上海壹周》类似。而在上海，同类型的时尚消费类报纸也有好几家。从市场竞争的角度看，您认为会有怎样的发展？

孙甘露： 上海的几家同类型报纸，也是各有侧重、各有所长，他们的诉求在一个细分市场中也都得到了各自的恰当回应，竞争是好事，最终受益的是读者。

《名城早报》： 我听说沈爷把您与村上春树相比较，认为两者都生活在本国最西化的城市，都有着梦幻的一面。您喜欢村上吗？怎么看待这个日本作家？

孙甘露： 我完整读过的村上春树的作品只有《国境以南，太阳以西》，对他的了解仅此而已，所以算不上是他的爱好者，单就这本小说而言，我还是蛮喜欢的。

《名城早报》: 作为同样与上海关系密切的作家，张爱玲是从来不会被忽视的一位。对于这个活跃在另一个时代的上海女作家，您怎么看？

孙甘露： 张爱玲是一位重要的作家，但是就作品而言，我和夏志清的看法不太一样，时至今日，由张爱玲激发的文化想象，差不多掩盖了她的作品。也许这也是作家难以彻底避免的命运。

《名城早报》: 近几年蹿红的“80后”作家被认为是文坛最有激情最有冲击力的文学力量，您对他们怎么看？

孙甘露： 韩寒可以说是一个南方的王朔，郭敬明我没有读过，张悦然的叙事作品已是自成一格，她是目前发展最稳健的一位。

2008年2月

孙甘露 ×《上海壹周》

这是一件好玩的事

《上海壹周》： Guest model（嘉宾模特）的出场顺序是如何安排的？如果 5 分制的话，给自己昨晚的表现打几分？得失在哪？

孙甘露： 维罗妮克女士按照 Model 的风格安排秀的服装，出场顺序是严格按服装排序的。Guest model 被要求的任务是做自己，这个我在行，在这个意义上 5 分。要知道，我是和一群二十出头的小伙子同台，这多少是有些压力的。

《上海壹周》： Hermes（爱马仕）为什么会找到你，他们有说明吗？他们怎样说服你的，或者说你是出于什么样的考虑答应他们的邀请的？你昨晚的那一身行头，从头到脚，价值几何？

孙甘露： Hermes 的 Jennifer 通过沈宏非和小宝联系我，说她们在巴黎就做过类似的秀，邀请几位欧洲的艺术家，同时邀请几位本国的艺术家参与。我说我会考虑此事，她说："这是件好玩的事，你来玩吧。"我是被这句话说服的。上场前，她冲我说："祝你玩得开心。"她们确实非同凡响，知道如何影响你，宛如她们的品牌。Hermes 是以贵著称的，不过我忘了打听那身行头的价格，我听说其中一件由两张鳄鱼皮制成的夹克，价值一百多万。

《上海壹周》：在此活动前，你对 Hermes 有多少了解？活动之后，对这个品牌的理解有什么不一样？在这次难得的体验中，有哪些细节给你留下深刻印象？本次参与活动，对你固有的时尚观念有什么更新？

孙甘露：产品是由人制造的，有机会接触设计、制作、推广这些产品的人，令你获得许多感性的认识，它也通过织物的质地、纹理、颜色、剪裁、搭配甚至手感、气味唤起你的认同。使用它才能令你深入地理解它。

《上海壹周》：你们几位走秀嘉宾前期排练过几次？你们走台的风格迥异，专业指导对每个人的评点是什么？有什么有趣的后台花絮？

孙甘露：在秀前两小时，全体 Model 一起走了两遍。Hermes 方面一再强调，你们平时怎么走路，就怎么走，要的就是你们本身的样子。我想也是，如果要像专业的模特，就不找我们了。说到细节，为了防止走秀时打滑，要用刀把每双皮鞋的鞋底划满井字，一瞬间挺为这些新鞋可惜的。按习惯，上场前的最后时刻，所有 Model 都喝了杯香槟，使气氛更 high 些。

《上海壹周》：除了昨晚，请在所有的记忆里搜索三个自认衣着光鲜、心情美好的时刻，那分别在何时、何地？什么场合？还记得当时的穿戴吗？

孙甘露：在我的记忆里，心情美好的时刻，并非衣着光鲜的时刻，更别说三个了。

《上海壹周》：什么时候开始有追求名牌的意识？第一个向往的名牌产品是什么？

孙甘露：我买过的名牌的东西，通常是用来送人的，我向往这些，大概是因为我向往朋友吧。

《上海壹周》：你衣橱里最多的牌子是什么？你最奢侈的时尚单品是什么？有没有什么牌子，是你打死都不肯穿的？

孙甘露：同样的，如果我的柜子里有什么名牌的东西，通常也是来自馈赠，友情赋予物品更高的价值。

《上海壹周》：你眼中的性感是什么？最中意女孩子哪种类型的穿着？是白衣胜雪的纯情派、雍容华贵的名媛派，还是激情四射的辣妹派？

孙甘露：吸引你的当然是那些有诱惑力的异性，但是你最终喜欢的总是那些含蓄内敛的人。

《上海壹周》： 名流和大牌之间的故事有很多，比如奥黛丽·赫本与纪梵希，比如凯莉王妃和爱马仕，甚至是拿破仑的情人和路易·威登等等，如果你注定和某个大牌有故事的话，你希望那是什么牌子？

孙甘露： 本质上，我只是一个写作的老百姓，和上述那些人不挨着。一定要说的话，爱马仕已经是一次生动的回忆。

《上海壹周》： 能否大概描述一下，带有你风格的典型的一天如何度过的？一般几点起床？到办公室第一件事情做什么？吃不吃早餐？工作几个小时？工作之余的快乐哪里寻找？你喜欢哪些运动？有固定的健身时间和项目吗？

孙甘露： 早上九点起床，到办公室首先打开电脑，早餐一杯茶一个苹果，工作之余基本不运动，所以，我为还能赶上那些专业 Model 的步频感到庆幸。

《上海壹周》： 林语堂那一代认为，住欧美洋房，娶日本太太，雇中国厨子，是优裕生活的标准模式。你理想中的极致生活是什么样子的？

孙甘露： 能住在上海市中心某条僻静的路上，睡懒觉，读书，写作。

《上海壹周》： 皮尔·卡丹先生曾经总结了中国人穿衣最常犯的十个毛病，比如裤脚太短，露出毛裤等等。如果请你对目下的上海读者提几条着装忠告，你会提醒他们注意什么呢？

孙甘露：本季爱马仕秋冬男装秀上，有一种时髦的穿法是短裤脚，露出鲜艳的克什米尔羊绒拈丝袜。所以，我们忠告自己、忠告别人时，要小心。开个玩笑。

《上海壹周》：（这个题目是从开心网上学来的）请拿起离你最近的书，翻到第七十七页，找到第七句话，告诉我们那是什么，包括书名。

孙甘露：《论语》，中华书局版，2006年9月出版。子曰："孟之反不伐，奔而殿。将入门，策其马，曰：'非敢后也，马不进也。'"

2008年9月

孙甘露 ×《新民周刊》

从写字台到 T 台

● 基本上，它是一个态度问题

《新民周刊》： 您觉得先锋的意义是否在于革新？

孙甘露： 今天下午作协在开一个改革开放三十周年的作品研讨会，会上也在讨论这个话题。对于先锋派小说，人们现在一般考虑的都是文体问题，比如叙事方式、时间、视点等等，当时我们这批人也确实受到了西方现代主义文学的影响。无疑，这都是中国的先锋派在革新上的努力。此外，还有一层常被忽略的因素，那就是它多少也包含了一种回避，回避某种意识形态化的叙说方式。基本上，它是一个态度问题。在僵硬的现实里，用语言打开一个世界。

《新民周刊》： 现在，您是否还是个有先锋情结的人？

孙甘露： 说心里话，我那时候写作的时候，并没有考虑什么先锋的问题。在那个年代，先锋这个词通常也被实验、前卫、新潮所取代，它并不是一个纲领性的概念，只是用来描述这一批人的写作风格的词语而已。只是我觉得当时提出的一些文学观念和实验精神，在今天看来仍然不无重要的意义。

我们不从西方现实主义文学考虑，即便只是涉及中国古典小说，蒲松龄的《聊斋志异》和吴承恩的《西游记》也体现出了古典时期文学的复杂性，将文学限制为一种狭义的现实主义不可能有利于文学的发展。当然，如果说是广义的现实主义，我愿意接受这个概念。

● 创新与传统

《新民周刊》：陈丹青在接受采访时说，他从来也不是一个喜欢创新的人，您怎么看？

孙甘露：我不太清楚他说这番话的语境，所以并不是很能回答这个问题。只是我觉得，创新真的是一件很复杂的事情。比如我们说莎士比亚这样一位伟大的戏剧作家，他的很多作品也是改写前人的创作，这占了很大的比例。这就要看你从什么角度来谈这个问题，特别是艺术领域。艺术作品都是有承继关系的，总是有一个源头，所以完全标榜自己是创新的肯定有问题。一般而言，写作的人也好，做艺术的也好，对于文学史、艺术史有一定的了解会比较好，不然人很容易膨胀。

《新民周刊》：陈丹青写了两本《退步集》，他那两本书您看过吗？您对他批评中国当代文学的言论怎么看?

孙甘露: 他的大部分文章我都看过。他的思想背景其实是很繁复的,不是一个单一的指向。我和陈丹青有时候在一起谈的时候,他也会谈起他的阅读。他读的书很多,思考也很深入,并不只是他在媒体上论及的那些。至于他近期在公开场合发表的一些言论引发的争议,我的基本态度是,应该允许别人把自己的看法说出来,这肯定会有一些积极的作用,不论它是对的还是错的,要不然大家都闷头不讲话了。

对于我们身处其中的文化环境,我个人的看法是需要慎重,需要斟酌,不要轻易地下结论。

《新民周刊》: 对传统怎么看?

孙甘露: 我们的传统融入文字之中,它在变化是毫无疑问的。以前年轻不觉得,现在有点年纪后开始领悟到,所谓“笔墨当随时代”。文字需要一个语境,它的变化也是历史的必然,今天,我们周围的事物都在发生天翻地覆的变化,现实主义、写实主义的文学作品,拿当下鲜活的语言来写作,肯定能得到更好的效果。即使现在有一些人喜欢古诗词、喜欢古文,你看了都会觉得很隔阂,因为时代不同了,文学形式也在发生变化。那些传统可以显示学问、修养,但它对于当下的创作意义并不大。

当然,首先我们是被传统所限定的,如何将它们与我们的生活结合起来,我觉得是一个需要我们考虑的问题。

● 开放性的空间

《新民周刊》： 对于上海这两年的变化，您觉得它是否很大程度上是一种创新意识推动下的产物？

孙甘露： 上海这两年努力将自己打造成一个现代化的国际性大都会，这很好。比如在文化方面，上海美术双年展、上海国际电影节，以及即将到来的世博会等等，有那么多的演出、交流的舞台，它们都提供了一个开放性的空间、和外部世界交流的空间。很多人也对这些努力中的一些不尽如人意的地方提出了批评，比如我们的书展，不免过于喧嚣、嘈杂和拥挤，确实有需要改进的地方，但我想，做是最重要的，至少有这样的创新意识是最重要的。

《新民周刊》： 先锋和创新两个词语不同的地方在于一个精英、一个大众，您觉得精英化的先锋模式是否已经被一种更大众化的生活方式取代了？

孙甘露： 不能说完全取代，但可以说有这样的征兆。也有人这样描述，说八十年代的先锋派到了九十年代和二十一世纪，似乎都变成了一种时髦。我觉得，流行文化是一种胃口很大的东西，它不仅要消化精英文化，各种文化它都想吞并，它是种拿来主义。

《新民周刊》： 您觉得媒体这些年对上海乃至全国的思想开放是否起到

了比较重要的影响作用？

孙甘露：我觉得文字的媒介确实很重要。除了固有的传统平面媒体，现在的网络对世界的改变也实在是太大了。人们阅读的方式、写作的方式、传播的方式都因网络而改变。在美国，《纽约时报》的网络订户已经超过了纸版订户，《基督教箴言报》已经把纸版的日报给停了，只出周末版，日报只有网络版。我们这些人还好一些，“90后”的年轻人几乎天天都在网上获取信息。还有什么手机小说在日韩很流行，文学写作进入了电子时代。今年9月底我去韩国参加首届东亚文学论坛的时候，日本“80后”女作家绵矢梨莎谈的就是电子时代的文学写作。她19岁就得了日本文学最高奖芥川文学奖，还得过日本文艺大奖，那一代人的写作和思考因为媒介的变化而变化了。

自然地，在这样的环境中，思想变得越来越多元，媒体为我们提供了多元文化选择的平台。我们可以在媒体上发表文章，发表自己的观点，我们获取信息的方式也更便捷。虽然媒体的竞争是很残酷的，但从一个观察者的角度来看，它们对思想的解放肯定是起了比较大的作用的，这是毫无疑问的。

《新民周刊》：我记得您有一次还去走T台，那是一次怎么样的活动？是否也非常愿意参与一些时尚活动？

孙甘露：这只是我参加的一次时尚活动。爱马仕之前在巴黎也做过类似的活动，请欧洲的一些作家、艺术家来，让职业模特和非职业模特一起来走台。他们是想请以不同方式工作的艺术家来参与，他们说你平时怎么走路就怎么走路。我觉得这也是挺特殊的体验。从经验的角度来说，通常我们观察到的东西和你亲身体验的是完全不同的。T 台表演其实也是一个综合性的艺术，包括舞台、灯光、服装、音乐等等许多方面都需要精心设计才能达到好的视觉效果。虽然在台上其实也就是几十秒钟的时间，但还是挺好玩的。当然，这是一次商业活动，一次有很高艺术性的商业活动。

2008 年 12 月，河西整理

孙甘露 ×《上海采风》

上海，一个存放信件的地方

《上海采风》：你在书中写过一句话，我印象很深刻，你说上海“只是一个存放信件的地方”。为何上海给你这样的感觉？

孙甘露：这是十几年前我在写以上海和平饭店的老年爵士乐队为题材的剧本时，从一位美国爵士乐手的说法中演化出来的，是剧中人的对白。我觉得上海和纽约这两座城市有很多相似的地方，纽约是一个大熔炉，各民族都在里面汇聚，上海这座城市大部分也都是移民，城市人口密度又那么高，六七十年代住的公房就像军营，现在你看看那些高楼大厦，完全像站起来的信箱一样，一个个小格子，只不过是做得比较高级的格子，人寄居在这个城市，这种处境是比较漂泊的，不断有人来、有人离开，基于这个考虑，所以我觉得上海是一个存放信件的地方。

《上海采风》：你出生、成长于上海，为何说“上海是一个城市，而不是什么人的故乡”？

孙甘露：中国人有户籍、祖籍之分，故乡实际上指的是你的祖籍，你的血脉来源的地方，应该包括你祖父的记忆，你语言的记忆。可是现在的上海，十个人里有八个人祖籍不在上海，可能从小你父母、亲戚跟你说的话，都不是上海话，在上海说什么话的人都有，甚至上海话也在发生很大的变化。所以从现代角度来观察城市的话，上海就不会给予人太多乡村的感觉，你现在只不过是在城市的某幢楼的某一层里，跟土地的关系被割裂了。而且现在交通便利了，以前到海南可能就意味着终身流放了，几代人不断逃亡就是为了回乡，现在异地不再被认为是不可抵达的地方，所以乡土在上海这个现代化的城市里面已经不是古典意义上的乡土了。

《上海采风》： 现在为什么人们提到上海和上海人，总是很容易归结到旧上海上去？你也说过："在今天的上海，人们的幻想是指向过去的。"你认为这种对三十年代的怀旧、"张爱玲"式的怀念的意义在哪里？

孙甘露： 我觉得怀旧这件事情可以停止了。当然从一个封闭的时代走向一个开放的时代，这也是城市的历史，应该汲取，需要研究，但是作为文化的倾向、寄托，这些东西可以抛弃掉了。

《上海采风》： 从某种角度上说，是不是因为没有建立起新的文化，人们没有新的寄托，所以只能建立在对旧有文化的怀念上？

孙甘露： 对，你说得非常对，人总是要有寄托的。这些被小说、电影、电视等等嚷嚷着的上海三四十年代的风月场所、黑帮的勾心斗角、资本家的传奇发家史、洋人到中国来的淘金史，跟我们上海的普通老百姓有什么关系？但是为什么人们觉得那时候的人多么好啊，多么有品质、有格调，会把精神寄托在这个上面？我觉得这里有一个集体无意识在里面，可能是对压抑的文化进步的反弹，因为人需要更加多样性的、更丰富的东西，而那个年代暂时提供了这样的东西。

《上海采风》：因为关注旧上海，或者其他方面的原因，你觉得上海这座城市被人忽略的地方有哪些？你认为上海变化最大的是什么？

几年前，上海外资机构里的中方雇员还大部分是上海人，可现在越来越多的外省市人才已经占据上海外资企业里的半壁江山了。有人开玩笑说："内环之内说英语，内外环之间说普通话，外环外才说上海话。"你怎样看待这样的现象？

孙甘露：外国人、外地人都来上海，反过来，上海人也会去外地，人往高处走，这是一个生存的基本法则。上海跟当代城市历史发展是很有关系的，变动很大，每个时代房子的痕迹都在，有新的人来，有老的人离开，新的房子盖起来，然后也有老建筑保护的问题，这个是历史的必然。再说到具体的人，上海人是怎样的一种人，就是各种各样的人汇集起来的一种人，就像我一样，我父母从北方来到上海，我出生于上海，我就是那个时代的新上海人，上海就是一个来来往往的地方，永不停息地变化，所以我觉得就像怀旧一样，"新上海人"这个话题也可以停止了。任何试图给上海下定义的做法我觉得都是很徒劳、很无趣的。

《上海采风》：上海是一个压力很大的城市，节奏很快，但是你却有些另类，称自己“一直是一个挺慵懒的人”，你如何能在这样的快节奏的环境里形成自己慢生活的步调，同时做到不被感染、同化？

孙甘露：这个城市的生活有日常的压力，很好理解，其实我也有这方面的顾忌，要写作、上班、开会、编报纸……很多人可能把时间单位分成每月有一个工作量，每年有一个总的工作量，三年到五年希望获得一个晋升，然后花几年读了一个MBA……这是他的时间单位，但是我不这么看。人的一生最终来看，无非就是你的少年、青年、中年、老年时代，跟父母、朋友的关系，跟后代的关系，从这个单位来看，时间就可以放缓一点。当然钱是好东西，多多益善，但是我看到太多的为此焦头烂额、痛苦不堪的人，要我这样过一生，我觉得太愚蠢，太可笑了。如果天气很好，我想去晒晒太阳，并不一定要到五星级宾馆的游泳池里去干这件事情，我可以骑个自行车到小河边吹吹风。现代人总是被环境牵着走，不管是文化上、观念上、形态上，哪怕是日常的态度上，变成工厂里压出来的模具一样，我喜欢做鞋子，就一辈子做鞋子好了，但是现在就认为不可以，没在这个管道里被压一下，你的人生就好像失败了一半。

《上海采风》：生活在这样的环境，有没有作为文人的愤怒呢？

孙甘露：我觉得愤怒是分两层的，作为作家、艺术家，不愤怒就没有必要写东西了，但是愤怒并不意味着你要叫骂、跳脚。当然我这样说的前提是我是一个写作者，如果一个人在公司工作，他这样看也无可厚非，这个世界是多样的。

《上海采风》：文化人都愿意跑往北京，你是否也有过出走的冲动？上海吸引你留下的地方在哪里？

孙甘露：我不行，因为我父母都健在，古话说，父母在不远游，我得孝敬父母。而且我的工作也在这里，光靠写作要饿死的，除了少数几位畅销书作家，大部分作者都需要工作。我很习惯上海这里的生活，真的让我去另一个地方生活，我觉得成本太大。

《上海采风》：上海给你的最大益处是什么？

孙甘露：最大益处是，有各种各样的消息、资讯，可以获得更多的材料、知识、观点，看世界的通道相对来说不那么闭塞。我生在上海，对我来说，语言、饮食、文化，包括压抑，都来自上海，是上海塑造了我。

《上海采风》：在小说《天净沙》中你写道“对上海这座城市是冷漠的，但这是情人的冷漠”，如何理解这种“情人的冷漠”？

孙甘露：欲罢不能的意思。

《上海采风》： 一说到上海人，外地人总能联想到一大堆的缺点：势利、小气……你作为上海人怎么看待这些评价？

孙甘露： 上海这个城市带给上海人好的一面，也带给上海人很不好的习惯，但是这些东西不是上海人独有的，哪个地方的人都有。换个意义来说，对作家而言，不存在上海人、美国人这样的区别。作家研究的是个人。但是人们通常拿这些来描述上海人也是有原因的。

《上海采风》： 那么原因在哪里呢？

孙甘露： 因为上海人身上确实有这些臭毛病。

《上海采风》： 你写过一个电视剧叫《入夜出门》，描写了上海的夜生活，你认为上海夜生活如此丰富的原因在哪里？事实上不少派对、酒吧的形式是很无聊的，但是为何依然有那么多的人乐此不疲？

孙甘露： 你说得没错，人们正是因为无聊才上那些地方去的。

《上海采风》：《上海壹周》是一份很白领的杂志，你作为这份杂志的总策划，对于上海白领有怎样的评价？

孙甘露： 他们很清楚自己要什么。

《上海采风》: 你在书中提到“是什么使上海的生活缺失了愤怒和激情而变得如此莫名其妙地倾向于优雅”，具体地说，是什么呢?

孙甘露: 在上海这个地方，白领阶层也许觉得，某种程度的优雅可以带来益处吧。

《上海采风》: 你最喜欢上海的哪个地方、哪个时刻?最希望上海改善的地方是什么?

孙甘露: 人太多了，如果人口和单位面积的比例合适些，需要改善的地方自然就改善了。

2009 年 1 月

孙甘露 ×《外滩画报》

我的感性是被上海塑造的

《外滩画报》: 孙老师，在您众多的作品中，您自己最钟爱的是哪部作品呢？都说您的作品风格鲜明，您是怎么看的？您又是如何保持这种鲜明感的呢？

孙甘露: 如果一定要选一部的话，还是最早发表的《访问梦境》吧。那是写作的初夜，钟爱它也是可以理解的吧。至于说风格，那是一种逐渐生长的东西，由你的天性、阅读、喜好所生养，最初只是自然流露的产物。至于说保持它，其实只是在维护你的属性。困难在于你怎么保有它，同时又和时代保持恰当的距离。我不知道是否做到了。

《外滩画报》: 您的作品都是不露声色，却又入木三分，您的创作灵感来自哪里呢？

孙甘露: 不露声色大概是的，入木三分不敢当，入木二分吧。而灵感基本来自私心杂念，就是萦绕于胸、挥之不去的那些东西，就是一生都会伴随你的那些东西。或者说，来自你基本的困境。

《外滩画报》：作为土生土长的上海人，您觉得上海的海派文化给您最深刻的印象和影响是什么？

孙甘露：周作人曾经对所谓海派文化有过非常刻薄的定义，不提也罢。人们惯常所描绘的那幅图景，并非我心仪的东西，单就海派文化给我的印象和影响而言，我之于上海，仿佛集市之于城邦，既是属地，亦是飞地。

《外滩画报》：您对上海的感情是怎么样的？记得当初您写过一篇短篇，叫作“水中捞月之为什么是上海”，不知您当时是怀着什么样的心情写的？

孙甘露：五十年来，我一直生活在此，我的感性就是被上海塑造的。如我在你提到的那篇文章中所写：“我一直就在上海之外的某个地方，比任何地理上的位置更远，由时间以我不自知的方式令我无穷地思念它……”

《外滩画报》：您的作品中也曾写到过上海的地标性建筑物，如《复兴公园》之类的，那么，您觉得建筑在传承文化上有何特殊之处呢？您觉得建筑是否有必要承担起传承文化的责任呢？

孙甘露：俗话说，建筑是凝固的音乐，而某些建筑凝固的只是些噪音。众所周知，文化并非是由那些声称要传承文化的建筑或者其他什么东西承担的，如果我们能平静地生活，自有一些东西会在喧嚣中沉淀下来。

《外滩画报》：都说艺术来源于生活，人生中有些什么特殊的经历让您印象深刻？您是否会在作品中展现自己的生活状态呢？

孙甘露：我个人的生活平淡无奇，令我记忆深刻的特殊经历大多是他人的，作为一个作家，如果我们能够记录一二，已是万幸。

《外滩画报》：从您的博客上就能看出，您平时读很多书，那么您最欣赏的作家是谁呢？您比较喜欢什么风格的作品？您的《上海流水》甫一亮相就引发很多争论，您自己怎样评价这部作品呢？

孙甘露：很多谈不上，即便与我周围的朋友比，如小白、沈宏非、曹小磊，我只能算是热爱阅读罢了。我欣赏的作家那是一个很长的名单，以我正在读的来看，宇文所安和王德威是眼下的最爱。至于《上海流水》，那意味着我步入了知命之年。

2009 年 3 月

孙甘露 ×《上海观察》

上海的文化传统未死

见到孙甘露是在思南读书会上，作为发起人之一，他竭力向《上海观察》推荐读书会，他说很多人来，年轻人甚至席地而坐，“读书的传统在这座城市并没有消失”。

这位上世纪八十年代先锋文学的代表人物，如今看起来慈祥入世，他担任很多事务性的职务：上海市作协副主席、上海国际文学周总策展人、媒体人……但谈得越多，我们越发现，孙甘露还是那个孙甘露。而且，他居然还在写新的小说。

（以上文字来自谢飞君）

● 做了一件大家都有需求的事

《上海观察》：为什么会想起发起读书会？很多人都说，中国人忙着挣钱，没空读书。

孙甘露：这个活动在上海书展期间就有一些构想，当时国际文学周有近三十场活动都曾放在思南公馆。反响不错，就想是不是可以做成一个常年的活动。

办了才知道读书的人一点也不少，每次人都坐不下，年轻人就在边上席地而坐。

实际上我们做了一件大家有需求的事。要不喜欢，绝对不会来；没这个需要，也不可能来。星期天我可以睡觉，干吗要跑到这个地方来？

这也体现了上海市民的一种特性。当然，我并没有很明确的地域概念。我祖籍山东，父母都是山东人，我自己生在上海，但我觉得上海人是没法界定的那种人，来自各个地方的人，汇聚在这里。有的人在这里定居，有的人短暂逗留，有的人在这边等待，有的人可能看一眼就跑掉了……各种各样的情况，这就是上海。

我喜欢读书会，觉得读书会越多越好，不是说只做一个两个、十个二十个……大家有兴趣都来做。因为一是成本低，其次读书真的是一个可以让你休息，让你安静下来的活动。

《上海观察》：可是据说书店生意都不好，前段时间季风又关了一家店。

孙甘露：我想分享这样一个情况：读书会上有摆摊的书店。第一期四家，后来增加到了七家。书卖得相当好，这应该得益于一种特殊气氛下的购书体验——

阳光很好，人流熙熙攘攘，但也不拥挤，翻翻书，可以买，或不买，或看别人买了什么。可以约朋友碰头、交谈，或者一个人买本书，到边上的咖啡馆坐坐，吃个快餐，然后下午去听讲座，看看某个作家写的是什么，他日常读什么书，关心什么问题，有哪些东西影响了他……

其实上海这座城市是有这样的文化传统的，我们只是试图重新营造这样一个氛围。

● 不能说写书就比时尚更高级

《上海观察》：说到传统，上个世纪八十年代的上海，给人感觉似乎更偏文艺、偏文化，而今天的上海是时尚的、商业的，你更喜欢哪一个上海？

孙甘露：你看思南公馆这个地方，在做这个系列活动之前，大部分人连去都不敢去，觉得这个地方太贵了！做读书会之后发现，喔，我可以在这里读书，不分阶层，也不分年龄。

任何东西，做得好其实都是有文化的因素在里面。不能说我写书就是好的、高级的，可能是写了一本很烂的书呢。

我参加过爱马仕的秀，九分钟的事，一个团队运作，包括灯光、音乐、场地、舞美、服装等，筹备了一年的时间，这是不是文化？

再打个比方，上个世纪二三十年代流行粗花呢，现在的衣服料子变精细了。这种变化背后是什么？是技术工艺的进步，还和羊毛生产、放牧饲养的情况有关，再追溯，又跟地理环境、气候、传统有关。你身上的一件衣服，实际上是经过漫长的畜牧业、纺织业，包括印染业多少年发展后的产物。这是不是文化？

我为什么用纺织这个事情来比喻，因为文本（Text），通常也被形容成一个织体。文字像纺织一样。你织得好不好，你的理念、理想、文风，你的美感、节奏、韵律，文字当中都会有体现的。工艺高超的人可以织得非常漂亮，工艺差的人就织得很差。

写东西也是一样。马拉美有个观点说：世界是为了成为一本书而存在的。这个修辞是很妙的，就是说任何东西都可以被写到书里面去。这个“书写”，它应该是一个广义的书写，有很多层面。

●《繁花》有一个就够了

《上海观察》：其实说到写作，您不觉得现在和以前也很不一样吗？比如有《繁花》这样的，写了十年；也有《小时代》这样的，一会儿就写一本。您怎么评价这两种不同的方向？

孙甘露：《小时代》我没看过，所以我很难说。

《上海观察》：电影看了吗？

孙甘露：也没有看。我就觉得，写得多，写得少，写得快，写得慢，都是可能存在的状态。

从一个旁观者角度讲，有的作家写得很多，很好；有的作家写得不太多，也很好。至于说更多的人，大概处在一个中间状态：他的训练不错，也在持续写，但是可能影响也不是很大。很多事情是不可预知的，我们说才华如曹雪芹，一生才留下半本《红楼梦》。

有的作家，少年成名；有的作家，比如说金宇澄，快六十岁的时候，写了一部《繁花》。老金前年出的《繁花》，那在大前年，并没有那么多人知道他的名字，但是你不知道第二天会发生什么。他的积累到了某个时候，就会有质变。

这也不是在为谁辩护，写作就像生孩子一样，要有一个怀胎的过程。

全世界重要的作家没有两个人是一样的，都是各种各样的。从创作角度来讲，越千姿百态越好。如果上海一年出二百种同样类型的东西，那就不妙了。比如《繁花》，它当然是独一无二的，但有一个就行了。它的价值正在于它的独特性。

《上海观察》：从大环境来说，现在是一个适合创作的时代吗？

孙甘露：（笑）外国记者通常会这样问，他说中国有审查制度，你们觉得受影响吗？我觉得是这样，任何一个时代，任何一个作家，都有限制，这个限制不仅仅来自外在的某个方面，还有传统的约束，这个传统无所不在。

什么是文化？有这样一个解释：你甚至忘了具体的说法，但还在影响你的那个东西。比如说在家吃饭，一般老人还没动筷子，其他人不会动。还有“食不语，寝无言”，类似这样的一些规矩，就是一种传统的约定。

再举一个例子，在西方，父母跟子女有很亲密的身体接触，但是国内，有哪个父亲会去拥抱一个成年的女儿？你说谁规定不可以？没有。但你真的不会有任何亲密的举动。

● 上海一个作家就是一个作家

《上海观察》：我们上次采访金宇澄的时候，和他聊过乡村小说和城市小说在中国文学传统当中不同的地位。您怎么看这个问题？

孙甘露：从历史来看，中国就是一个农业国家，尽管这些年有工业化、现代化的转型。你去看中国的作家，大部分写的还是农村生活，包括获奖作品。

上海是一个比较特殊的地方，可以说是城市化程度最高的地方，这个地方形成的传统，跟中国其他地方确实不一样，包括理念、审美以及叙事的方式。

但就我个人而言，我并不认为存在乡村文学、城市文学这样的分类。

我会说喜欢哈代的作品，但不会说他写的是农村里的一个姑娘，我就变得喜欢农村文学，不是这样的。狄更斯写的都是关于伦敦的故事，他代表的就是城市文学吗？

但是不妨借用这个观念来观察下，我们看看这些生活在城市的人，大概有一些什么样的情况。

在北方，某个地域的作家会有一个宽泛的表述，比如说“陕军”。但这种描述，上海是没有的，上海一个作家就是一个作家，不是说是一个流派、群体。

当然，也有“上海文学”“海派文学”的说法，但这种描述性的东西，很多时候是为了研究的方便，比如八十年代所谓的“先锋文学”，没有谁提出过一个宣言，也没有彼此间的认同。其实这些人的写作都很不相同，但是一开始被叫作“实验文学”“前卫文学”“探索文学”……后来渐渐“先锋文学”这个名词被沉淀下来了。

这些年，你可以看到上海最活跃的“80后”写作者，几乎都是新概念大赛出来的。但是他们写作的天姿、勤奋，他们的能力、才华，都是自己的原因。

要说共性，这一批作家好多人都在翻译书，都是译者。在其他地方，虽然也有写作的同时翻译，但是作为一个群体那么多，只有在上海有。

《上海观察》：我们很好奇上海的小说家在全国是怎样的一个地位？

孙甘露：我举几个例子，比如金宇澄的作品、路内的小说、小白的作品，我觉得都非常有特色，而且都有广泛的影响和认同度。

金宇澄的小说里，尽管有一些方言色彩，但是北方评论家也高度认同他。文学作品好不好，只有一个标准：写得好不好。乡村还是城市，这个都无关，只不过是他的背景和素材。

小白呢，他原来是给报纸写一种研究性的随笔，但是后来他很好地嫁接到小说创作中，以一种貌似严谨的分析学术的方式写小说：几几年，张三李四做了一件什么事情。一般小说不这么写的，这个在国内评价也不错。

路内的情况也很有意思，他是一个“70后”作家，从苏州来，他写的故事背景就是一些小城市，甚至一些小城镇的日常生活。但是他写的东西，有一种“都会性”，我想你肯定明白这个意思。就像看到一个人，你一眼觉得这个人是城市出来的。这不存在价值判断上的好不好，就是一种感觉。

● 写一本书，拖了好多年

《上海观察》：您自己现在忙些什么呢？

孙甘露：现在做的好多事情实际上是日常工作，有的是机缘巧合，有的是工作，但是从本质上来讲还是一个写东西的人。

现在我在机关上班，日常事情也蛮多的，无论是分管的《上海文学》《萌芽》等杂志，还是上海作协的一些活动，都有大量的事无巨细的工作。以前很多机关里的人，做很多日常琐碎的事情，为作家服务。现在轮到我们来做一点事情，为其他的作家提供一点服务。

《上海观察》：这么多的事情之余，创作的梦想还有吗？

孙甘露：我在写一本书，但是已经拖了好多年。就像生孩子一样，还没生出来，谈它也很难。

2014 年 9 月

孙甘露 ×《北青艺评》

无论怎么变，文学的功能仍在人心

● 文学杂志

《北青艺评》：这几年我们一直都听说文学刊物不景气之类的坏消息，为什么还要逆势推出一本文学杂志呢？

孙甘露：这背后有一个大背景，上海书展2004年开始，到2010年世博会之后，上海书展逐渐变成总署和上海市政府联合主办的国家级书展，书展主办方一直也在考虑如何国际化。之前也有邀请国外的作家。2011年开始做“上海国际文学周”，邀请中外作家，也包括中国港澳台地区作家来上海书展，到2016年已经做了六年。由于书展现场相对比较嘈杂，不是很适合进行深入的讨论，所以有关领导想是否可以搬出来，思南公馆有这个意愿，第三届就把文学周的作家交流活动放到思南公馆。做完后，作家和媒体都感觉不错。

但是书展一年一次只有一周时间，是否可以常态化？选在了思南这个地方，当时我们一激动做读书会，也是初生牛犊，决定一周一次，这个工作量真是吓死人，这样做下来已经三年，除了过年，每周都做，甚至一周两场、三场。做这件事的人都是兼职，李伟长、王若虚是坚守时间最长的，基本都像做义工一样。三年我们做了一百六十五期，请了近四百三十位中外嘉宾。读书会是以文学为主的，现在做了三年，第一年的时候出了一本文选，是到会嘉宾演讲的记录，第二本也编得差不多了，既想把活动持续做下去，也想把思南读书会形成的效应、品牌和阅读文学推广、延续下去，所以我们想是否办一本选刊。

另外，还有一个契机，上海作协刊物比较全，《收获》今年创刊六十年，《萌芽》去年创刊六十年，还有《上海文学》，我们有很多老牌的文学杂志。《上海文化》2008 年才办，是一本文学批评杂志，但一直没有选刊，这也是上海作家、编辑多年的一个心愿，《思南文学选刊》是上海作协的第一本选刊。

《北青艺评》：《思南文学选刊》展现了一种崭新的样貌，封面设计就很活泼，粉色系一般杂志封面很少使用，而且特别明显能感觉到它是定位于中青年趣味，里面很多栏目的设置也是闻所未闻的，比如小说没有了，改成了“叙事”，还选了《人工智能起源》这样的文章，很有意思。

孙甘露：这个杂志得到了企业的大力支持，这也是社会化办刊的一种新的探索。刊物主要的编辑是黄德海和项静，另外上海有一大批青年学者、作家都参与了创刊，如张定浩、木叶、BTR、盛韵等等，还有说到设计，是一个 1988 年的年轻人，他说白粉黑是今年流行的搭配色。

我觉得做文学研究、批评、创作的人，三四十岁的年龄就应该出来独当一面了，巴金、茅盾出来办杂志、做出版的时候都很年轻。从另一个角度说，三四十岁也不年轻了，在事业和专业上已经成熟了。另外以前的选刊选的是相对比较单一的门类，散文归一类，长篇小说归一类，中篇小说归一类，这本选刊是散文、诗歌、随笔等都在一起，当然这个随笔是偏学术性的。

“小说”改成“叙事”，是因为虚构和非虚构都在叙事。我们不但在文学杂志中选，也从网络媒体、书里选。《对读》栏目我们也是想选一些趣味性的东西，尼克这篇文章原先是放在《上海书评》上的，叫《人工智能的起源》。现在计算机下棋很火，人们由此激起的关注涉及背后很深的思考，后面一篇小说是机器人写的。我们把相关性的内容拿来做一个比照。版式上它虽然是杂志，但其实是按书的方式来做，这样阅读起来比较舒服。

我们的选择不完全是中国的。中国的现当代文学一直伴随着翻译的影响。早期的许多作家自己都是翻译家，鲁迅、巴金都做翻译。中国现当代文学受翻译的影响很大，尤其是中国的作家。当然这中间也有一些问题，比如说文学的翻译腔、遣词造句的问题，这些实际上受外来语言的影响，这从翻译佛经就开始了。今天大量的语汇当初就是翻译过来的，语言的杂交和汇流一直在影响着中文或者汉语写作，更不要说态度、风格、文学观念和理念。所以，我们希望在创作、翻译出版的第一现场，可以把它们放在共时性的场域里面观察。

《北青艺评》:《选刊》创刊的消息一发出，几乎在文学圈里刷屏了，我看有作家评论说它很纯粹，没有“创作谈”一类反人类的东西。

孙甘露：好的创作谈还是非常有意思的，我们之前也想创刊号是不是有一个发刊词，对文章有一个大致的综述。最后我们认为不要做这样的事，你选什么本身就是一个态度，不要阐释了，而且你一说就窄了。你的标准、态度、趣味都在选择里了。文学作品各家有不同的选法，前辈选刊有很多我们需要学习的地方。但文学作品的选择是很复杂的事，有的作品一出来就获得满堂彩，有的作品要慢慢显现出意义，被反复解读、反复研究，各种情况都有。我们尝试着在活跃的文学创作的局面里把握某种脉动——作品背后的趋势性，美学、文学创作或者思潮上的脉动，探究隐含的东西通过选择是否可以找到。当然这也是一个很微妙的东西，也是我们想通过作品表现而不是创作谈来梳理的原因。

《北青艺评》：其实文学刊物的改革是这几年的一个大趋势，前几年媒体都在报道文学刊物陷入困境，我很感兴趣的一点是，文学刊物如何去和读者之间建立一种良好的关系。国外一些文学刊物《纽约客》《格兰塔》《巴黎评论》都很棒，我们好像缺少一些这样的刊物。

孙甘露：正如许多研究者指出的，总体来说当代文学有不少的问题，但是中国有写得非常好的作品，拿出去不差的。你提到的这几本杂志，它们选的基本都是一流的作家，《格兰塔》比较关注年轻一代的作家，关注青年的趣味。我们也是想多发现一些年轻的、正在成长中的、显示出潜质或者相当成熟度的作家。

谈到文学杂志和读者之间的关系，八十年代的《收获》，对文学的创作是有引导性、示范性的，《人民文学》也是一样的，对一个时代是有影响的，杂志也是一个特殊的载体，实际上也参与塑造了一个时代的文学。但现在的情况的形势有很多变化，笼统讲是媒体介质发生变化，很多阅读时间被分摊掉了。还有其他的问题，以前看小说为主，现在看电影、看电视、玩游戏、出去旅游，人们消遣的方式多了——除了专业的人，对大多数人来讲阅读是消遣。以前不能出国旅游，就在家看看书。另外，杂志比较多也是一个原因，中国是出版大国，一年几十万种图书出版，畅销的总是少数。

● 文艺青年

《北青艺评》： 这些年“文艺青年”这个词虽然老被嘲讽，但其实它一直是一个热词。这个群体又开始起来了，如何满足一种新兴的中产阶层的文学趣味？有一些市场还没有被很好地满足，我感觉你们其实也是在寻找一种新的和读者之间的关系。让我很吃惊的是，杂志创刊消息刚刚发布，就已经卖断加印了。事先想到会有这种“盛况”吗？

孙甘露： 有很多受过良好教育的年轻人，对阅读有期待，他们的口味，我不能说“更高级”，但更“多元化”。这也是多出一本选刊的可能性，可以有新的选择。罗兰·巴特在当选法兰西学院院士的演说上讲治学，“更多的知识，更多的乐趣”。很多时候阅读也是消遣，是一种陶冶，但年轻人也需要知识。

《北青艺评》：谈到文学杂志的改革，我们看到《收获》在数字化，《萌芽》也在改版，好像大家都意识到不改变不行了。

孙甘露：像《收获》这样地位崇高的文学杂志，实际上一直在做很多新的尝试，比如上世纪八十年代连续几年的《先锋文学专号》，只是在不同的时代背景下，尝试探索的侧重点不同。像上海文艺社的《小说界》，今年改版专门做短篇小说，这本八十年代创刊的杂志，尝试跟传统的文学杂志不一样的编辑思路，每期有主题，然后约作家来写。文学杂志多年来就是这样，很多人都在探索新的编辑方式，《萌芽》下一步还要改，继续在编辑上下功夫，适应现在年轻人的趣味和口味，以及发掘新的可能性。

现在的“90后”“00后”的口味怎么可能跟“50后”一样？日常经验发生了很大的变化。我们小时候有一口肉吃，就高兴死了，你现在给他一碗肉，他还挑三拣四。年轻人生活在物质相对富裕的环境，口味肯定更刁，这是现实。我们在尝试有没有新的空间——年轻人还是需要这些——怎么提供一个既适合他们，又坚守文学的品质、经典文学的高度的产品——这是我们要看齐的东西。同时尽量观察到现在活跃的创作，给年轻一代的读者提供适合他们，或者他们需要的东西，让他们更关注当代文学。现在的年轻人都受过很好的教育，你糊弄不了他的，他不喜欢看，你也没办法。

对当下的文学创作要充分了解、关注，在前面的基础上找到好的东西，推荐给年轻一代，同时以适合他们的方式，满足他们的需求。但这个不是迎合，我们也不能说引导，我们处于这样一个互动的过程中。

《北青艺评》:《萌芽》改版效果好吗?

孙甘露：现在《萌芽》的运营总体还是可以的，但是和其他文学杂志比较怎么样，我不太清楚。《萌芽》在2010年转企以后，直接面对市场的挑战，压力还是很大的。做文学杂志的同行都知道眼下的情况。我想再观察一段，《萌芽》的思路还是要调整、改变。“80后”韩寒那一代都已经为人父母了，现在《萌芽》的读者已经换了一代人，而且读者远比你想象的聪明。固执、糊弄的想法是行不通的。

● 读书会

《北青艺评》: 还想跟你聊聊“思南模式”。国外有很多文学之家，但是中国思南文学之家还是挺新鲜的，当时怎么想到的?

孙甘露：首先这件事是政府在支撑的。巴黎塞纳河畔有书摊，思南在做读书会的同时也做了一个露天的市集，固定每周六出摊，有时候人多，有时候人少，巴黎书摊也不是每天都很热闹，这么大一个城市需要这样一个东西，就像家庭里搞书房不是为了充门面，而是要看书。每年学院、出版社、作协……大家在私人的饭桌上交流很多，其中有很多非常有意思的东西，为什么不能分享给社会公众呢？古人讲“与君一席谈，胜读十年书”。对公众、年轻人来讲，可能某人的一句话就点拨了你。思南读书会是政府和专业机构做的。为什么不可以把资源分享给社会和公众？这就是办这件事的想法。每年上海社科院、大学的讲座很多的，只有十几、二十人，是很小的研究性的模式，为什么不能把墙打掉分享给社会？

《北青艺评》：这些年，很多外国作家都来过思南，听说奈保尔在这里看到竟然有那么多人来，甚至流露出一种惊恐的眼神呢。

孙甘露：不，他是非常兴奋。我们在科学会堂做诗歌之夜，他挺震惊的，因为来了一千多人，他说全世界没见过这样的，来二三十个人不得了了。他非常高兴，感觉这个国家对文学很重视。他也感觉很振奋，不知道中国有这么多的读者喜欢他。有一千个人出现在你面前，和出版社告诉你，你的书卖了多少是不一样的感受。知道奈保尔的人都知道他很毒舌，我跟很多人说不要往前凑，否则呛你一句，你一辈子就跟盖了个图章似的到处走。但实际上，你看奈保尔的作品就知道，他对人性幽微之处有着非常透彻的了解，大部分作家尤其是好作家，写东西很尖锐，但日常生活中都很客气的。越是对人性了解，相对来说越是宽容、温和。所以尽量看好的一面，背后不堪的东西哪都有，不堪的时刻一生中有多少？老抓着这些有什么意思？

《北青艺评》：做了这么多年读书会，效果很好，还有人把你们的读书会比喻成灯塔。有什么好的经验吗？现在做读书活动的很多，但存在很多问题，很多形式大于内容，不知道您怎么看？

孙甘露：经验谈不上。我也参加过一些别的读书会，但了解不是很全面。从工作实际来说有两点。政府支持是很重要的，从上海来讲，这个城市的读者有这个需求。做这件事，企业的支持不用说了，杂事很多，现场维护、安保等等，团队要约请作家、策划选题、前期宣传、后期报道等等，一大堆事，都是作协的年轻人和主办方、承办方一起搞，做这件事的人都是爱这件事，没有什么回报，都是业余时间在做。从读书会的角度讲，刚开始的时候来宾会时多时少。我说咱们是读书会，不是演唱会，不要过度关注人多人少，人气旺当然很好，说明大家有热情，但不要追求这个，有二十个人就按二十个人做，有一百个人就按一百个人做。有一年冬天上海零下五摄氏度，非常冷，挤满了人。还有一个盲人读者经常来，非常感人。

作家写作本身是很孤独的事，也需要安静，但写作的潜在内涵是跟人交流。读书会也好、出版也好、发行也好、跟读者见面也好，都是交流。以前见作家没这么方便，很多读者给作家写信，现在买书这么方便，为什么要去书展？为什么去读书会？我一直有这样的想法，工具、传播方式什么都会改变，但有一点永远不会改变：人跟人要见面，许多隔阂就是靠见面消除的。文学主要的功能还是人心，不是竞赛，不是看你跑多快。一定要尊重读者、尊重嘉宾。一般读者读小说，不研究你的文体、象征和韵律，只是受作品的感染，作用于他的心。现在有医学研究发现心的作用比脑子的作用还强大，心脏本来就是生命。文学作品就是打动人心，首先作用你的是感情，道理是隐含在背后的。

2017 年 3 月 7 日

孙甘露 ×《现代快报》

岸边的灯塔就伫立在那儿

作为已被写进了当代文学史的一拨人，牙医余华、裁缝残雪、邮递员孙甘露，因职业身份特殊，在“八十年代先锋作家群”中形象鲜明。其中当过十年邮递员的孙甘露，以超强的文体实验性，似乎在先锋这条道路上走得更远、更彻底。他的《信使之函》和《我是少年酒坛子》被编进了教材，过了三十年还在重印。但他大概有十多年的时间没有发表新小说了。

两周前，孙甘露来到南京，参加第二届“青春文学人才计划”评审，又到南京师范大学江苏当代作家研究基地给学生们上课。间隙之中接受《现代快报》记者采访时，他回应了“为何写得这么少”的问题。

他说，作为写作者、文学工作者、文学活动推广人，他没法在众多角色中自己刻意去挑一个身份，“事情来了就得去做，没得选”，但他强调，“不是说我很勉强地在做这事。不是的。我愿意做这些事。我觉得为大家做点事情是应该的”。

1

这几年，去上海，如果没去思南读书会，会显得特别没有腔调，就像来南京没到先锋书店打卡。这处新崛起的上海文化地标，是孙甘露和同仁们一手打造的。

2014 年 2 月 15 日，王安忆走进思南公馆，第一场“思南读书会”就此开启，从此以后，每周六下午准时相约，迄今已经持续了三年。

李欧梵、刘恒、格非、韩少功、贾平凹、陈思和、毕飞宇等华语作家，诺贝尔文学奖得主奈保尔、阿列克谢耶维奇，诺贝尔文学奖评委会前主席谢尔·埃斯普马克，奥地利重量级作家彼得·汉德克，法国哲学家夏尔·佩潘等海外作家、学者都曾来此交流。

奈保尔在上海度过八十二岁生日，“诗歌之夜”上千个读者的热情让他非常惊叹。英国作家大卫·米切尔把他在这里的经历写进了他的长篇小说《骨钟》，“我们从来没想过任何文学作家拥有如此规模的热情粉丝”。

2017 年 2 月 25 日，“思南读书会三周年”活动上，由上海市作家协会主管、主办的综合性大型文学双月刊《思南文学选刊》正式面世，孙甘露任主编。

将阅读活动日常化、常态化，是孙甘露这些年倾尽全力在做的一件事。沪上媒体干脆称他是上海文学活动的“带头大哥”。

对此，孙甘露说：“无论思南读书会，还是《思南文学选刊》，实际上都是从上海书展延伸出来的，是政府在支撑。”

2011 年，上海书展增设“上海国际文学周”环节，孙甘露任总策划。由于书展现场比较嘈杂，不太适合进行深入的讨论，所以考虑搬出来，思南公馆有这个意愿，第三届就把文学周的作家交流活动放到思南公馆。

做完后，作家和媒体都感觉不错，就考虑做一个常态化的读书会，一周一次。几年下来，思南的读书活动已经应接不暇，一周两场、三场都属正常。

而且思南读书会跟一般的读书会不一样：每年都会出一本文选，不是做过就算了。

到今天，国际文学周已经做了九年，思南读书会是第六年，两年前又创刊了《思南文学选刊》，它们都是整个序列上的一环。后来几家单位又合办了思南书局，还开了书店。

“我认为南京也一样。本地的作家、学者、研究者就很多，每年过境的、路过的、来访问的、来开会的也很多。如果我们能有这个便利和资源，把它汇聚起来，为什么不能分享给社会？”孙甘露说。

2

过去的2018年，可以说是长篇小说“井喷年”，一些重量级作家的大部头作品纷纷面世。

一直有传言，孙甘露在写一部新长篇。就在去年年初，出版社还放出消息说，这部小说有望年内出版。但靴子迟迟没有落地。

对于还在写作中的小说，孙甘露不愿多谈，“因为你很难谈论没有完成的东西，写作过程中你的想法也在变化”。

同行的作品他倒是看了不少，李洱的《应物兄》、韩少功的《修改过程》、王安忆的《考工记》，他都比较关注。一方面，这些年参与评审鲁迅文学奖、茅盾文学奖，必须要关注；另外身为写作者，即便不参与这些事情，也是要读一读的。

孙甘露职务身份特别多，上海市文联副主席、上海市作家协会专职副主席、浦东新区文联主席、《萌芽》杂志社社长、《思南文学选刊》杂志社社长……

大量的事务性工作挤占了写作时间，“为什么写得特别少”这个问题，自然也就有了答案。

“你在机关上班，人财物都是非常具体的事情，谁要请病假了，印刷费用要涨了，做活动邀请什么人，要到哪里去，还有大量的会议……”

1986年，孙甘露发表成名作《访问梦境》，随后的《我是少年酒坛子》和《信使之函》，使他在马原、格非的叙事美学探索，残雪的冷漠人性挖掘之外，呈现出先锋小说的另一种维度——小说语言美学的实验。

王朔说：“孙甘露当然是最好的，他的书面语最精粹，就像是上帝按着他的手在写，使我们对书面语重新抱有尊敬和敬畏。”

陈晓明说：“不管从哪方面来说，不管人们是否有足够的耐心，都有必要读一读孙甘露的小说，否则，人们不能说领略到当代中国小说最险峻的风光。”

不过，这位铸造了“最险峻风光”的人，自2003年《忆秦娥》之后，有十多年时间没有发表新小说了，虽然这期间他有不下五六种散文随笔集面世，但人们还是期待“先锋小说家”孙甘露的再一次出手。“会不会感到有压力？”

“不会有。如果我要那么在意，那我肯定就不做别的。”孙甘露回答得很干脆。

3

2008年，孙甘露在爱马仕男装发布会上“走秀”，轰动了上海滩。当时他任《上海壹周》总策划，得以有近便机会深入时尚圈。

“当时有一批作家要挂职，去不同领域深入生活。上海洋山深水港那会儿在建设初期，也曾联系过到那边去挂职。但是因为要照顾父母，去那边不方便，就没去。如果条件便利的话，我就到洋山深水港去了。”

所以成为媒体人，也是挺偶然的一件事，“并不是刻意地要去了解”。

但孙甘露对这段经历很看重，“它拓宽了你的视野，让你对报纸的生产流程有了解，你也能接触到各种原先接触不到的领域”。而且，编报纸对广义的写作来说，也是很好的训练，“给报纸写稿，跟你自己在那写，完全不一样，可以让你反观你的写作，这是很好的经验。我甚至建议有志于写作的人都去当一段时间编辑”。

2013 年年初，作家赵长天病逝，孙甘露接下了好友的担子，任《萌芽》杂志社社长，虽然有过多年媒体经历，但对于这份老牌的青年刊物，孙甘露坦言还是有挑战。

上世纪末，《萌芽》“新概念作文大赛”推出的韩寒、郭敬明、张悦然等一批作家，一出道便万众瞩目。但在文学变得边缘化的时代，刊物的造星功能似乎也在减弱。

“新概念作文大赛已经有二十年，不可能二十年一直是那么轰动。所谓轰动性、震惊性，肯定就是阶段性。另外，从九十年代到今天，因为传播方式的改变，最具震惊效应的，实际上都是些娱乐人物，或者说某些领域人物的娱乐部分。”孙甘露认为，在今天，文学成为相对边缘化的事物，其实这才是文学的常态。

“赫尔岑说，什么东西最流行？感冒最容易流行。现在，媒体太多了，资讯也太多了，人的注意力转移得太快，你看网上那些新闻，第二天就被别的东西给覆盖，更不要说一个严肃的写作，还要被辨认、被研究、被传播。作协也好，出版业也好，期刊也好，包括媒体，都在不断地关注、传播、宣传（文学），实际上这是个潜移默化的过程。”孙甘露说。

当文学不再深度介入公共生活，不再被当成人们精神生活必要部分的时候，投身于文学推广这样的实质性工作，在孙甘露看来是责任使然，也必有意义。

（以上文字来自《现代快报》+/ZAKER 南京记者陈曦）

● “先锋”不是一个帽子，你戴就不拿下来了

《现代快报》：评论认为，格非、马原这些你当年的同道们，在写作上纷纷转向传统和写实，你是怎么看的？

孙甘露：其实你细看他们每个人这些年的写作也很不同，不能一概而论。我觉得有几个方面，一个是个人的选择，而且它们彼此之间也很不同。你不能简单地说成是转向现实主义了。跟年龄也有关系，年轻时候看问题、看文学、看写作，跟你六十岁了再来看，完全不一样。而且八十年代这些作家写中短篇写得多，现在长篇写得多，长篇、短篇对写作的要求也不一样。从里到外都是不一样的，这个变化我觉得很自然。

《现代快报》：这个时代还需要“先锋”吗？

孙甘露：先锋永远需要的，并不是说某些人是先锋，就一辈子是先锋，或者说，只是你们这些人是先锋。“先锋”不是一个帽子，好像你戴就不拿下来了。不同时代的人，所做的工作，方向也不一样。在这个时代，“先锋”是以这种方式来做的，换了一个时代，可能是在

探索其他方面。我觉得这工作实际没有停止过，很多年轻的作家也都一直在不同的方向上做努力，可能跟八十年代的方式不太一样。不是说只有八十年代这批人写的这些东西才是先锋文学。但是我觉得这个影响或隐或显，它一直是存在的。

《现代快报》： 现在还有“先锋作家”吗？

孙甘露： 我们谁敢说自己是历史的终结者？没人敢讲这个话。我觉得可能性永远是存在的，只是这个时刻还没到来。他们也没有必要写那样的作品。他们跟我们是完全不同的人。我觉得真正有创造性的作家，不可能跟前人是一样的，他不可能做你做过的事情。当然从你的角度讲，他们在文体上或者实验性上不像当年那样鲜明。但这个年代就是做这样的事情。因为我们都是应运而生的。八十年代是一个比较特殊的年代，这些作品本身面貌各异，但是它肯定不是作为对后来文学的一个规范性的力量。

《现代快报》： 为何花那么多精力在读书会上？

孙甘露： 岸边的灯塔就伫立在那儿，这是它的职责和使命，人们在漆黑的地方看到的航灯，有指示航道和抚慰人心的作用。或者走夜路，在山野看到远处有灯光，有人家，心里就定了，我觉得读书会起到的应该是这种作用，不是好像有多了不起的指路明灯，而是温暖人。

2019 年 3 月

原版后记

孙甘露

收入本书的对话，自上世纪九十年代始，至今已跨越了十余年。对话者有郜元宝、杨扬、韩博、查建英、郑体武、陈村、罗岗诸君，也有就职于文化报刊的资深编辑记者。从时间顺序看，多少反映了对话双方不同时期所关心的问题；同时，作为我个人写作的一个补充，也有和社会变化互为见证的意思。其重点，并不在我提供了什么特殊的见解，而在于我对何种问题做出了反应。有兴趣的读者可以据此隐约了解一个写作者介入或者疏离时代的缘由。

对话这一形式，近些年在中国广泛流行，有报刊泛滥、网络便捷等缘故，虽然生动迅速地展示了各种人群的思考或者胡诌，就各人从事的专门工作而言，毕竟不是精耕细作的呈现。究其价值，大概更多在于略微拓展了即兴发言的空间，其间的谬误希望也能借此提供反思的余地，上述一二，可看作是将这些对话结集出版的动因之一。

感谢本书所有的对话者，感谢文汇出版社和朱耀华先生，蒙他们的错爱，使我有机会向读者汇总我的个人意见，唯希望这些对话不致沉闷而无趣。最后，还要感谢汪民安先生，承他慷慨允诺，将《汉语中的陌生人》一文作为本书的序言。

2009 年 6 月 24 日

孙甘露：听见内心的时钟（代后记）

罗昕

这是一次期待许久的对话，从《千里江山图》面世就开始了。

一年多来，尽管专业评论和媒体报道不断，孙甘露自己一直很少“说话”。几次发去信息，他常回：“还是先听听读者的看法吧”。

在《千里江山图》获得第十一届茅盾文学奖的第二天，孙甘露如约参加了一场谈论昆德拉的文学活动。其他嘉宾几次说到“茅奖”，他只笑笑，并未多言。活动结束后，热情的读者抱着书找他签名，向他祝贺，他耐心地签完，并一一回应：“谢谢，谢谢。”

“人大约都不喜欢被过度关注，也和我的性格有关，我不习惯阐释自己的作品。”这个八月，孙甘露在上海思南接受了澎湃新闻独家专访。刚刚坐定，他就带着一种略抱歉的微笑说：“我们还是不要过多地谈论作品本身吧。”

他接着打了个比方，写小说就像给读者“变戏法”，要是都跑到舞台后面去，还有什么趣呢？

“小说也像一个表演，当然不是说它假，虽然它有虚构。它其实有点游戏的感觉，或者说戏剧的成分。它在我看来包含了很多含义。”

（一）

有关孙甘露，王朔的一句话至今为人津津乐道："孙甘露当然是最好的，他的书面语最精粹，他就像是上帝按着他的手在写，使我们对书面语重新抱有尊敬和敬畏。"

孙甘露并非中文科班出身。1985 年，上海作协举办青年作家讲习班，二十六岁的邮递员孙甘露与在沪西工人文化宫上班的金宇澄、在商业站搬卸货品的阮海彪、在纺织厂搞机修的程小莹都成为其中一员。讲习班结束，每人要交一篇作品，孙甘露交出了《访问梦境》。

这篇小说于第二年在《上海文学》发表，随即引发热议：这小说特别不像小说。加上后来的《信使之函》《请女人猜谜》《我是少年酒坛子》等富有语言实验性的作品，孙甘露和余华、残雪等人一起，作为"1980 年代先锋作家"，被写进中国当代文学史。

《我是少年酒坛子》出版那一年，二十三岁的毕飞宇刚开启写作生涯，那时他以孙甘露为目标："在先锋文学的层面，余华、苏童和格非在社会层面影响最大，但走得最远的是孙甘露和残雪。孙甘露走到了一种'荒芜'的地步。"

然而，先锋小说的黄金时间并没有持续多久，用程德培的话说，自 1980 年代末开始，先锋小说便无人理睬、隐姓埋名。

但先锋小说的退潮似乎并没有影响孙甘露继续走在这条路上。1990 年代初，孙甘露依然写出了《音叉、沙漏和节拍器》《忆秦娥》等短篇小说，以及自己的第一部长篇小说《呼吸》。在吴义勤看来，无论读之前的《访问梦境》还是《呼吸》，首先要面对的正是孙甘露那种绝对化的先锋精神方式以及贯穿于这种绝对中的那份令人感动的文学赤诚。

2004 年，孙甘露在《上海文学》发表了《少女群像》——这是他尚未成形的长篇小说的一个部分。在他自己的讲述里，这篇作品和早期那些通常被描述为实验性的作品不太一样，《少女群像》开始将现实世界呈现到前面。“我想看看现实在我的笔下会呈现一种什么样的形态。我想看看具体的人在这样一个大的动荡的时代背景前面究竟是怎样的，我想处理一下个人命运这种东西。”

然而《少女群像》终究未完。之后近二十年，孙甘露不再发表新的小说。

直到《千里江山图》。

（二）

昔日的先锋作家要写一部名为《千里江山图》的小说，这个传言在文学圈流传许久。但当它以谍战小说的面貌现身，还是狠狠出乎了大家的意料。

2020 年，一个契机让孙甘露了解到 1930 年代初非常秘密的一次转移行动——党中央从上海转移到瑞金。从上海到瑞金的直线距离，大概就一千多里地。但在当时必须绕道香港，经广东汕头再到瑞金，如此就是三千里地。

这是历史上非常秘密但又非常重要的一次行动，《千里江山图》的故事就是在这个背景下展开。

小说出版后，很多人来问书里的奥秘——最后那封信是谁写给谁的？在小说中至关重要的“浩瀚”有没有原型？那个名叫“穆川”的军官是否另有身份？

作为读者，我自然也有很多猜想。比如，舒伯特的《未完成交响曲》有何深意？在《呼吸》之后，他为何又一次在长篇小说里引用了《图兰朵》，以及合唱队在序幕中的那句歌词——“在图兰朵的家乡，刽子手永远忙碌”？

“写作者在小说中的所有用心，都希望读者通过阅读去发现。”孙甘露说。关于人物对话的内涵、人物形象的寓意、故事情节的背景、小说细节的设置，很多答案恰恰是在“是”与“不是”之间。

“你不能说‘他就是他’，那这个人物也太无趣了。但你也不能说‘他就不是他’。当然，这么做不仅仅是因为有意思，而是‘是’与‘不是’之间，本来就有很多含义。

“打个比方，生活中一个人问另一个人，‘你爱我吗’，这是很常见的问题。如果另一个人说‘不爱’，未必见得就是不爱，对不对？反过来，如果另一个人说‘爱’，也未必就是爱。问问题的人或许是强迫症，其实并不需要绝对的答案。而回答问题的人，或许自己心里都不清楚到底爱不爱。”

（三）

我想，这样的回答，本身就很孙甘露。

在近一年多的文学评论和研讨会中，批评家们几乎都会讲到孙甘露的“转型”，讲到他从《访问梦境》到《呼吸》，再从《少女群像》到《千里江山图》的变化。

郜元宝回忆2016年北师大举办的一场关于先锋文学三十年的讨论会，那时文学界对先锋作家转型能否成功的焦虑似乎达到了顶点。“我并不认为孙甘露给先锋文学的转向画了一个句号，但他确实给我们提供了一个研究这一重要文学现象的独特个案。”

孙甘露坦言，《千里江山图》是他接触的一个全新的小说领域。从头至尾，他都视这次写作为全新的学习过程，既是对历史的辨析，也是对历史题材写作的辨析和想象。

在写小说之前，他对当年的社会日常做了大量的资料调研，包括娱乐广告、水文资料、社会新闻、民间八卦等等。它们化为各种背景与伏笔，藏于小说的角角落落，有的如实呈现，有的改头换面，有的被虚构出更多的细节。

这样一次写作，于他也是探索一种新的可能性。

但有些东西依然不变。比如，他依然向往突破概念化的写作，向往对文体的探索。他依然觉得有趣的写法不仅仅是直接交换看法，而有点“顾左右而言他”的意思。他依然对语言的变化和变异感兴趣，依然相信语言的声音、韵律、语调、节奏，都包含了世界的信息。

在今年三月华师大召开的研讨会上，孙甘露说：“我六十岁以后，思想上确实发生很大转变。但如果要说什么派，我感觉我今天仍然是先锋派，我没有变过。”

这句话，连带着小说最后那封没有署名的信，让人们对作为“信使”的孙甘露还有遐想。

（四）

无论阅读旧作还是新作，我都隐隐感觉声音与孙甘露的写作之间存在着某种关联。拿《千里江山图》举例，其中有枪声、爆竹声、脚步声、汽笛声，有各种“大声”和“小声”，还有许多“不作声”。粗略统计一下，全文大约出现了上百种不同的声音。

“在所有感觉里，听觉确实对我影响最大。比如比起文字和画面，音乐能给我带来更多的感受。”

孙甘露想起了自己的少年时代，爱好就两个，一个是读书，一个是听广播。而一个男孩对于外部世界最初的想象，恰由广播里那些好听的声音编织而成。

“那时候有个广播节目叫‘长篇连播’，《虹南作战史》《飞雪迎春》《平原游击队》《闪闪的红星》……很多小说，我都是广播里听来的。还有音乐，七十年代我听了很多中国传统音乐，八十年代古典音乐也多了，我最早听到的是贝多芬、舒伯特这些，古典派、浪漫派，都是从广播里听来的。”

说到这里，他有些兴奋地提到自己中学时还做过校园里的广播员。当时的广播站里有唱机，有大盒子一样的录音带，唱片是当时很火的薄膜唱片，他得在老师的指导下小心翼翼地放出那些声音。有时他自己也读稿子，现在还能想起一个名叫孔宪凤的“少年楷模”。

当然，少年时代的声音影响不仅于此。后来开始写作，孙甘露发现自己总要读出那些文字。“有时候声音上过不了关，读得不顺，你就觉得写得不对，这成为我的一个习惯。不只是自己的文字，有时候看书也读出来。”

这位已过花甲之年的作家，谈起自己的过往略有卡顿，但一旦聊到那些打动过他的语言，他不假思索，脱口而出。

“我那时候的处境真是离奇而又悲凉。仿佛置身于高台顶端，飘浮于云雾之中。”（菲利普·索莱尔斯）

“白夜是指太阳只离开天空一两个小时的夜晚，这种现象在北纬地区是很常见的。……周围是如此安静，你几乎可以听见一支汤匙在芬兰掉落的叮当声。”（约瑟夫·布罗茨基）

他坐在那里缓慢地读出这些句子，给我一种无比珍惜的感觉。

（五）

其实，朗读《千里江山图》也是一种有趣的体验。

我们会发现，在快节奏的“情报博弈”里，那些质朴的、琐碎的、缓慢的日常，也被十分妥帖地安放在文字里。响声不断的爆竹、底楼阵阵的油香、邻居小孩的吵闹，1933 年新岁前后的人间烟火，仿佛构成了这部小说的另一重底色。

小说开头，人物依次登场，方位逐个转移，时间紧张推进，一场秘密会议即将展开。在这样连呼吸都紧张的时刻，作家笔锋一转，他写那些秘密工作者们——有人听了一会管弦乐，有人喝了一碗猪杂汤，有人点上了一支烟。

那些拥有秘密职业的人，也是身处生活之中的人。这也是为什么，一个再成熟的间谍也有喜怒哀乐，也有习惯与偏好，也很可能出错。

之前孙甘露打过一个比方：一个间谍身上有两个人，一个是工作的身份，一个是日常的身份，两者有时重叠，有时分开。“屋子里的一个间谍有一天突然不见了，那么消失的，其实是两个人。”

他希望在这个小说里，人物的个人遭遇、经历成长以及感情，都通过引述，像一个背景一样被带出来。“小说人物，一是建立在日常经验之上，不然太抽象；二是被赋予行为动机。小说的难处可能就在于如何揭示动机或者说背后的逻辑，你不能藏得太浅，读者一目了然，就没意思；你也不能藏得太深，读者挖不出来，等于无效。”

自然，读者包含了各种人，如果小说最后归于一个大家无法理解的动机——比如纯粹的人性的恶，那就太乏味了。“它一定要是具体的。而这个很具体的东西又要有一点超乎我们的经验，就是所谓的陌生化。”

太阳底下并无新鲜事，无非就是人的七情六欲，生老病死。但孙甘露相信有的作家有一种命名的能力。

“就像马尔克斯写《百年孤独》，他不写，很多事情就不存在，就没有被人这样讲过。这个世界像刚刚开端一样，万物都还没有名字，人们看到一个东西指指点点，但叫不出来。但一旦被有的作家写了出来，这个事情就变成了这样。”

（六）

不少人也好奇一件事，这么多年没出新作，孙甘露会感到忐忑吗？

“说实在的，忐忑没有，外界什么反应你也没办法。当然你也可以想象，那么多年不写，肯定很多人是蛮好奇的。”他顿了顿说，“但如果我很在意这件事，我就不会那么多年不写，对不对？”

他从不避讳自己是一个写作速度很缓慢的写作者。在散文《自画像》里，他列举过《呼吸》《访问梦境》《信使之函》《请女人猜谜》《仿佛》《忆秦娥》《我是少年酒坛子》《夜晚的语言》《相同的另一把钥匙》……这些作品曾点缀着他的生活，一种松散慵懒的生活，与争分夺秒的外部世界格格不入。

《呼吸》后记中的一句话也仿佛道出了他的秘密：“小说仿佛是一首渐慢曲，它以文本之外的某种速度逐渐沉静下来，融入美和忧伤之中，从而避开所谓需求。”

这一天，孙甘露再一次谈到了自己的“慢”。

“可能也和性格有关，我没觉得自己的写作有多了不起。多写一本，少写一本，在我看来是一样的。换个角度说，我虽然长时间没写，但我一直在读，不单是中国的，也有外国的。我对这个行当是了解的，我对写小说这件事心里也是清楚的。”

我们从思南走去地铁站，路上说起了漫步。他提到芥川比吕志的一个观点很有意思——无论男女，只要比自己所处的时代稍稍老派一点，都会更有魅力。

说这话的时候，他左手手环的黑色屏幕在阳光下闪了闪光。

那道光仿佛在提醒我，有一种美好在于，无论晴空万里还是刮风下雨，无论周身人群如何飞奔或雀跃，一步一步，一个人总能听见自己内心的时钟，发出的灵魂的声音。